Karl Monk und das Geheimnis der schwarzen Schildkröte

Detektivroman aus Christiania
von
Fredrik Viller.

Bibliografische Information der Deutschen Nationalbibliothek: Die Deutsche Nationalbibliothek verzeichnet diese Publikation in der Deutschen Nationalbibliografie; detaillierte bibliografische Daten sind im Internet über http://dnb.dnb.de abrufbar.

Textgrundlage ist die Übersetzung von Friedrich Känel unter dem Titel „Der Diamant des alten Frik" in: Deutscher Hausschatz in Wort und Bild. 26. Jahrgang. 1899/1900. Verlag von Friedrich Pustet. Regensburg/New York/Cincinnati.

© 2019 Ralf Schönbach, Hennef
Herstellung und Verlag: BoD – Books on Demand, Norderstedt
ISBN: 978-3748190103

Inhalt

Erstes Kapitel.
Monk will nach Amerika reisen.

„Nächsten Freitag reise ich nach Amerika."

„Nach Amerika reisen?"

„Jawohl, es ist bitterer Ernst. Mit dem Dampfer „Johanna" fahre ich nach Rotterdam und von dort mit der „Zaardam" nach New York."

„Ist es wirklich Dein Ernst, Ende November nach Amerika zu reisen? Dich müssen wichtige Geschäfte dazu veranlassen. Kannst Du nicht einen anderen senden? Du weißt, Klara würde ihren Erstgeborenen nicht als richtig getauft betrachten, wenn Du nicht sein Pate sein würdest. Dieser Akt sollte nächsten Sonntag stattfinden."

„Leider – es handelt sich um wichtige Geschäfte, sehr wichtige, die nur ich allein besorgen kann. Wie leid es mir auch tut, Deiner Frau nicht dienen zu können, ich muss doch reisen." –

Dieses Gespräch fand in Monks Zimmer statt und zwar zwischen mir und Monk selber. Wie gewöhnlich war ich um sieben Uhr aus meiner Schreibstube gekommen und zu Monk hinaufgegangen, um ein wenig mit ihm zu plaudern und ihn vielleicht zu bewegen, mich nach Hause zu begleiten.

Diejenigen, die „Karl Monks Erlebnisse" gelesen haben, kennen Monk und mich hinreichend, um das Folgende verstehen zu können; den anderen diene Nachstehendes zur Kenntnis:

Als junger Mensch verließ ich mein Vaterland. Als Mann kehrte ich dorthin zurück, nachdem ich mir als Ingenieur in fremden Weltteilen ein Vermögen verdient hatte.

Dies geschah einige Jahre vor Beginn dieser Erzählung. Ich sah meinen Jugendfreund Monk wieder. Er übte eine merkwürdige Beschäftigung aus, nämlich diejenige eines Privatdetektivs.

Soviel ich verstehen konnte, betrieb er sein Amt ebenso sehr aus Interesse für die Sache, wie um sein Brot zu verdienen. Er hatte sich durch seinen Scharfsinn, seine Ehrlichkeit und Uneigennützigkeit bereits einen angesehenen Namen errungen. Doch schüttelten die Leute verwundert den Kopf über ihn, denn er hatte wiederholt vorteilhafte Anerbietungen, in den Staatsdienst zu treten, abgeschlagen und führte das Leben eines Sonderlings und Einsiedlers. Er pflegte mit niemandem Umgang als nur mit mir und den Meinigen. Aber dessen ungeachtet betrachteten ich und meine Frau es als einen großen Triumph, wenn wir ihn hie und da einmal zu einem Besuche in unserem Hause bewegen konnten.

Meine Frau nahm großen Anteil an seinem Schicksal, soweit ein Mann wie Karl Monk andere daran teilnehmen ließ.

„Kannst Du denn nicht verstehen", sagte sie zu mir, „dass Monk einmal in seinem Leben eine große Enttäuschung erlitten hat und deshalb menschenscheu geworden ist? Wir wollen ihn um jeden Preis der Einsamkeit entreißen, mit oder gegen seinen Willen. Vielleicht dankt er uns einmal dafür."

Wenn mir auch der weibliche Scharfblick für den Kummer anderer abging, so begriff ich doch, dass sie recht hatte, und wir bemühten uns nach Kräften, ihn an uns zu fesseln.

Aber noch etwas anderes verstand ich und dies war, dass Monk vollständig aus freien Stücken uns sein Vertrauen schenken sollte, wenn er es geraten fände, uns in die Geheimnisse seines Lebens einzuweihen. Es bedurfte keiner großen Menschenkenntnis, um einzusehen, dass Monk der letzte von allen Menschen war, in dessen Vertrauen sich jemand mit Gewalt eindrängen konnte.

Monks Absicht, nach Amerika zu reisen, verwunderte mich im höchsten Grad. Er hatte früher kein Wort davon gesagt.

„Hast Du eine neue Angelegenheit übernommen?", fragte ich.

„Nein!"

Ich sah ihn zweifelnd an. Es war nicht der gleiche Monk, der sonst so ruhig vor mir zu stehen pflegte, mit dem schönen offenen Angesicht und den klugen grauen Augen meinem Blick begegnend.

Er, der in seinem Auftreten sonst so besonnen war und sich durch ruhige harmonische Bewegungen auszeichnete, wie sie einem kräftigen, gut gesonnten Körper eigen sind, trabte jetzt unruhig im Zimmer auf und ab.

Das lockige Haar fiel unordentlich über die breite, etwas niedrige Stirne herab und die Finger zupften an dem kurzen Schnurrbart, der den wohlgeformten Mund verbarg.

Er blieb vor mir stehen, während ich in dem großen Lehnstuhl saß: „Kannst Du heute Abend bei mir bleiben?"

„Ja, mit Vergnügen", antwortete ich. „Klara ist mit einer Freundin aus ihrer Vaterstadt im Theater. Die Freundin nahm mein Billet, da bereits ausverkauft war. Ich bin also frei. – Ich hatte gerade die Absicht, Dir den Vorschlag zu machen, den Abend miteinander zu verbringen."

„Gut, wir wollen sogleich speisen. Ich möchte eine Sache mit Dir besprechen und bis dieses geschehen ist, finde ich keine Ruhe."

3

Monk klingelte und gleich darauf nahmen wir an einem gut gedeckten Abendtisch Platz. Mein Wirt speiste fast nichts, doch ohne seine Pflichten als Wirt zu vernachlässigen, konnte aber seine Ungeduld, die Mahlzeit beendet zu sehen, kaum verbergen. Es handelte sich augenscheinlich auch um eine ungewöhnliche Sache und ich speiste deshalb so schnell als möglich fertig, ohne dass viele Worte gewechselt wurden.

Als wir wieder in das Zimmer traten, lud mich Monk auf einem seiner besten Stühle zum Sitzen ein, stellte Whisky und Wasser vor mich hin und bot mir Zigarren. Er zündete sich selbst eine solche an, warf sie aber sogleich in den Kamin.

„Du willst etwas mit mir besprechen, sagtest Du vorhin, Monk."

„Ja, wenn Du mich mit Geduld anhören willst."

„Natürlich! Hast Du jemals bemerkt, dass ich Dir nicht geduldig zugehört hätte?"

Ein schwaches Lächeln zog über das braune Angesicht Monks:

„Eine bittere Pille das. Ich habe Deine Geduld gewiss oft auf eine zu harte Probe gestellt mit meinen lehrhaften Vorträgen über die Kunst, die Logik und die Schlüsse eines Detektivs; aber heute Abend handelt es sich nicht um Derartiges. Hast Du Lust, eine Geschichte, die mich selber betrifft, zu hören, die Geschichte, warum ich in diesem Augenblick der Mann bin, wie er hier vor Dir steht und warum ich ein solches Leben führe?"

„Lieber Karl", antwortete ich, „ich will mehr als gerne Deine Geschichte hören. Es kann wohl jeder erraten, dass Dir einmal etwas widerfahren ist, das einen Schatten auf Dein Dasein geworfen hat, aber wie Du natürlich begreifen wirst, fragt man seine Freunde nicht über derartige Dinge aus. Man wartet, bis sie selber kommen."

„Recht so. Ich hätte Dir gewiss längst alles erzählen sollen, besonders deshalb, weil ich hinsichtlich meiner Person gar nichts zu verhehlen habe. Ja, es ist töricht von einem Manne, sich vereinsamter zu machen, als er in Wirklichkeit ist, und in diesem Falle fürchte ich, dass es doppelt dumm von mir ist, nicht den Beistand eines Freundes anzurufen. Mein Blick hat sich getrübt, weil ich stets die Angelegenheit von jener Seite betrachtet habe, soweit sie meine Person berührte. Ganz richtig ist es übrigens nicht von mir, die Angelegenheit als eine persönliche zu bezeichnen, da ich ja nicht einmal die Hauptrolle darin spiele. Aber jedenfalls betrifft sie eine Person, die mir ebenso teuer war wie mein eigenes Ich."

„Erzähle, Monk, erzähle! Kann ein ehrlicher Mann mit einer verständigen Frau Dir helfen, so wende Dich an mich und Klara."

Ich reichte ihm meine Hand hin. Monk ergriff sie und schüttelte sie kräftig. Zweifel und Unruhe waren von ihm gewichen.

Wenn ich nun seine Erzählung wiedergebe, so möchte ich dies gerne in seiner eigenen klaren Sprache und mit seinen treffenden Worten tun.

Zweites Kapitel.
Der alte Frik.

„Als wir uns vor fünfzehn Jahren trennten und Du nach Zürich reistest, um Dich als Ingenieur auszubilden", begann Monk, „da betrieb ich im Ernst mein Studium als Jurist und war so glücklich, nach vier Jahren mein Amtsexamen mit Auszeichnung bestehen zu können. Meine Freunde und Lehrer rieten mir, die wissenschaftliche Laufbahn einzuschlagen. An der Universität war gerade ein Stipendium frei und mit demselben nebst dem kleinen Vermögen, das ich von meinem Vater geerbt hatte, hätte ich sorgenlos dem geraden Weg zu einer Professur an der „Universitas regia Fredericiana" folgen können. So sagte man nur wenigstens. Aber dies stand nicht nach meinem Sinn. Der Zuhörerbank zu entgehen, um gleich darauf einen ständigen Katheder zu besteigen, das erschien mir durchaus nicht anziehend.

Zuerst nahm ich eine Stelle als Schreiber auf einer Amtskanzlei hoch im Norden an, wo es wenig Geschäfte, aber Überfluss an Wild in den Bergen und Fischen in den Gewässern gab, und kehrte im folgenden Jahre als bärtiger, rotwangiger Nimrod nach Christiania zurück. Darauf wurde ich jüngster Assistent bei der Stadtpolizei und verbrachte etwa zwei Jahre damit, junge Leute wegen Straßenunfuges büßen zu lassen und den unsteteren Teil der Bevölkerung der Stadt so viel als möglich im Zaum zu halten.

Wie Du begreifst, war eine solche Beschäftigung nicht gerade geeignet, einen Mann auf längere Zeit zu fesseln, was ich unserem liebenswürdigen Polizeimeister auch erklärte, als ich eines schönen Tages mein Abschiedsgesuch auf sein Pult legte.

„Halt, mein lieber Monk", sagte der Polizeimeister mit seinem freundlichen Lächeln, „könnten Sie mit diesem Gesuch nicht noch ein wenig warten? – Ich muss gestehen, dass ich bei Ihnen keine besonderen Anlagen für Ihre bisherigen Aufgaben gefunden habe. Dagegen müsste mich eine vieljährige Erfahrung sehr täuschen, wenn Sie bei der Detektivpolizei nicht am rechten Platze sein sollten. Alle wissen, dass wir Ihnen unsern Erfolg in der Angelegenheit des Postdiebstahls zu verdanken haben, obschon Sie offiziell nichts damit zu tun hatten, und die Art, wie Sie Aufklärung über den Gjörstadmord brachten, habe ich jedenfalls nicht vergessen. Schon seit mehreren Monaten habe ich beabsichtigt, Ihnen eine Stelle bei der Detektivabteilung anzubieten. Wenn Sie Ihr Gesuch zurückziehen wollen, so können Sie die Sache als abgemacht betrachten."

„Ich nahm das Anerbieten mit Freuden an, doch erst, nachdem ich mir für ein Jahr Entlassung aus dem Dienste vorbehalten hatte – ein Jahr, das ich im Auslande verbrachte, um auf Reisen Sprachen und Weltleben zu studieren. Welchen Nutzen mir dieser Aufenthalt draußen in der großen Welt gebracht hat, brauche ich Dir wohl nicht zu erklären.

Dass ich bei der Geheimpolizei an den rechten Platz gekommen war, daran zweifle ich nicht, wenn ich das überflüssige Lob in Betracht ziehe, welches meine Vorgesetzten nach und nach an mich verschwendeten, oder die schmeichelhafte Aufmerksamkeit, zu deren Gegenstand mich Zeitungen und Publikum zu machen begannen.

Einen großen Teil meines Erfolges als Detektiv verdanke ich wohl der freigebigen Art, mit der mich die Natur in körperlicher Hinsicht ausgerüstet hat. Wenn man, ohne zu ermüden, 12–16 Stunden nacheinander eingespannt sein und sich den Schlaf einer Nacht versagen kann, sobald es nötig ist, dann ist man imstande, eine Menge persönlicher Beobachtungen zu machen und braucht sich nicht auf andere zu verlassen.

Die meisten Polizeimänner begehen den großen Fehler, dass sie in wichtigen Angelegenheiten allzu sehr auf die Untersuchungen anderer vertrauen. Wenn Du bemerken willst, unter wie vielen verschiedenen Gesichtspunkten ein und dasselbe Ding – und wäre es scheinbar nur eine Kleinigkeit – betrachtet werden kann und wie verschiedenartig die Berichte darüber ausfallen, wenn sie von verschiedenen Individuen abgegeben werden, so wirst Du begreifen können, dass ein Vorgesetzter schwer den richtigen Schluss ziehen kann, wenn er nicht selbst alle Einzelheiten, selbst die unbedeutendsten, in Augenschein nimmt. Du weißt ferner, dass ich ein Meister in allen körperlichen Übungen bin, was in Verbindung mit den Muskeln, mit denen mich die Vorsehung so tüchtig ausgerüstet hat, bewirkt, dass ich selten um meine Sicherheit zu fürchten brauche."

„Ja, das weiß Gott", dachte ich. „Als Junge warst Du der schlimmste Gegner und der beste Beistand eines Freundes bei einer Schlägerei und Du scheinst auch heute noch ein streitbarer Kämpe zu sein, wenn es nötig ist." Ich warf einen Blick auf die geschmeidige Gestalt vor mir mit den kräftigen Schultern, den schmalen Hüften und den kleinen muskulösen Händen, deren Griffe ich so gut kannte. –

Aber ich hatte nicht lange Zeit, bei den Erinnerungen der Jugend zu verweilen.

Monk machte einen Gang durch die Stube, wie es seine Gewohnheit war, wenn seine Gedanken stark beschäftigt waren, und fuhr dann fort:

„Ja, ich glaube Dir nun einen äußeren Umriss meiner Verhältnisse bis zum heutigen Tage gegeben zu haben, gleichsam als Einleitung zu demjenigen, was später die Hauptrolle in meinem Leben spielte und es auch jetzt noch tut. Höre also:

Es war eine regnerische und stürmische Nacht zu Ende September vor sieben Jahren. Müde und bis auf die Haut durchnässt kam ich zu meiner Wohnung in der Universitätsstraße gefahren. Ich wohnte damals immer im ersten Stockwerk, um so schnell und unbemerkt als möglich aus- und eingehen zu können. Ich hatte Nachforschung nach einigen Einbrechern hoch droben in der Egeberggegend angestellt. Die Reise war sowohl für mich als meine Gehilfen lang und mühsam gewesen und hatte kein Resultat gehabt.

Ich bediene mich immer des gleichen Droschkenkutschers, wenn ich eines solchen bedarf, – nun, Du kennst ja Peter Syversen? Gut, ich weiß, dass Du Dich seiner erinnerst. Genug, mein Kutscher war ebenso nass wie ich selber – er hatte fünf Stunden lang in einer der äußersten Gassen auf Grönland (Stadtteil in Christiania) auf uns gewartet – und war ebenso entmutigt über das schlechte Ergebnis, sodass ich mich veranlasst sah, ihn mit in mein Zimmer zu nehmen und ihm ein Glas guten Kognak anzubieten. Das Pferd duselte unterdessen draußen im Regen unter einer Decke. Mein guter Syversen hatte gerade sein Glas geleert und unter den herzlichsten Danksagungen sich eine Trabukos angezündet, womit er sich zurückzog, als am Telefon kräftig geklingelt wurde.

„Warten Sie ein wenig!", rief ich dem Kutscher zu und sprang zu dem Apparat.

„Sind Sie Monk, der Polizeibeamte Monk?"

„Ja – mit wem spreche ich?"

„Mit Bartholomäus Frik, dem alten Frik in der Drammensstraße, wie man mich nennt. Können Sie gleich herauskommen? Bei mir hat ein Einbruch stattgefunden. Ich glaubte, dass ein Mann wie Sie der Erste auf dem Fleck sein möchte und dies so schnell als möglich."

„Gut, ich werde kommen."

Angenehm war es nicht. Aber Frik hatte recht, wenn er sagte, dass ich der Erste auf dem Platze sein möchte. Einige Minuten später fuhr die Droschke in strömendem Regen durch die öden Gassen nach der Drammensstraße. Ich benützte unterwegs die Zeit, um mich zu besinnen, was ich von dem alten Frik wusste.

Bartholomäus Frik oder Kapitän Frik, wie er auch genannt wurde, hatte als ganz junger Mann in den zwanziger oder dreißiger Jahren Norwegen verlassen. Beinahe ein ganzes Menschenalter hindurch hatte niemand viel von ihm vernommen, bis er plötzlich als alter Mann in sein Vaterland zurückkehrte, einige Jahre vor Beginn meiner Geschichte. Er schleppte eine ganze Schiffsladung von Raritäten und Kostbarkeiten mit nach Christiania, wie er überhaupt als sehr reicher Mann galt. Sein Kapitänstitel stammte vermutlich daher, dass er, wie es im Volksmunde hieß, sein Geld als Kapitän eines Seeräuberschiffes und später als Sklavenhändler erworben hatte. Eine wahrscheinlichere Erklärung, die wohl auch mit der Wahrheit übereinstimmte, war die, dass er sein Vermögen mit Goldwaschen in Australien und Diamantengraben in Afrika verdient hatte. Er war in beiden Ländern einer der ersten gewesen, welche die reichen Schätze ausbeuteten. Nach Christiania gekommen, kaufte er sich ein großes Haus an der Drammensstraße, das er fast ganz mit den aus allen Gegenden der Erde mitgeführten Raritäten anfüllte. Bei seiner Heimkehr fand er von seinen Verwandten nur die Witwe seines Bruders nebst zwei halberwachsenen Kindern in dürftigen Verhältnissen vor. Wahrscheinlich um seine frühere Gleichgültigkeit wettzumachen, hatte er die arme Witwe mit Wohltaten überhäuft und ihre schwachen geistigen Fähigkeiten in die größte Verwirrung gebracht, indem er große und nach ihren Begriffen fabelhafte Summen zu ihrer Verfügung stellte. Sie war indessen kurz darauf verstorben und Frik hatte ihre beiden Kinder – einen Sohn und eine Tochter – zu sich genommen. Allgemein glaubte man, dass sie ihn beerben würden.

Der alte Frik war eine wohlbekannte Gestalt in Christiania – ich selber hatte nie mit ihm gesprochen – und stand in großem Ruf seines Reichtums, seiner Freigebigkeit und seines zornigen Wesens halber.

Das Haus steht gleich außerhalb Skillebank, wie Du vielleicht weißt. Übrigens ist es kein Wunder, wenn Du noch nichts von ihm vernommen hast, trotzdem Dein neues Haus nicht weit von seinem Besitztum steht, denn in den letzten Jahren ist der alte Frik ans Krankenlager gefesselt gewesen. Er zeigt sich nie außerhalb des Hauses und – wie es zu gehen pflegt – die Gleichgültigkeit der Leute ihm gegenüber ist jetzt ebenso groß, wie ihr Interesse für ihn und seine Verhältnisse im Anfang gewesen war.

Die Droschke hielt vor der eisernen Gitterpforte des Gartens, welche sogleich von einem Manne mit einer Laterne in der Hand geöffnet wurde – es war der Kutscher des Hauses.

Es bedurfte nicht vieler Worte. Er war auf meine Ankunft vorbereitet und ich wurde sofort hinauf nach dem Hauptgebäude geführt.

Wir durchschritten den Eingang und ein paar Zimmer – in dem letzten derselben standen ein paar Mägde und flüsterten zusammen – dann kamen wir in ein großes Zimmer oder einen Saal, der vollständig beleuchtet war.

Der Saal bot einen bunten Anblick: Einzelne Möbel waren altmodisch, andere neumodisch. Da waren tropische Pflanzen in großen Kübeln, venezianische Spiegel an den Wänden und zwischen denselben große Schränke voller Merkwürdigkeiten aus allen Himmelsstrichen und Zeitaltern, auf der anderen Seite des Zimmers und in den Ecken ausgestopfte Tiere, auf einem Regal einige mächtige Altarleuchter aus einer alten Kirche, auf dem benachbarten Regal eine Lampe aus einem hindustanischen Tempel, auf einer Konsole ein Prachtstück von einer Pariser Tafeluhr, gegenüber eine Sanduhr aus dem frühen Mittelalter. Ja, ich könnte die wunderbarsten Mischungen und Zusammenstellungen aufzählen.

Trotzdem war das Zimmer nicht ungemütlich – mir fiel sofort ein, was sich später auch als richtig erwies, dass Bartholomäus Frik dies alles zusammengehäuft, seine Nichte aber geordnet hatte.

Nur auf der einen Seite des Zimmers war Unordnung zu bemerken: umgeworfene Stühle, aufgebrochene Schränke und das eine Fenster vollständig zertrümmert, sowohl Glas als Kreuzstöcke. Sturm und Regen drangen übrigens nicht herein, da es auf der windgeschützten Seite des Hauses sich befand. Weil zudem in der anderen Ecke des Saales ein munteres Kaminfeuer loderte, so war der Gesamteindruck wohltuend warm und angenehm.

Am Feuer saß der alte Frik in einem großen Stuhl. Auf dem Gesimse vor ihm lag ein schwerer amerikanischer Marinerevolver mit blank geputzten Läufen und, an seinen Stuhl gelehnt, stand ein gewaltiger preußischer Reiterpallasch.

Der Herr des Hauses selbst trug einen großgeblümten Schlafrock und Pantoffeln. Er erhob sich sogleich, als ich eintrat. Neben ihm standen die Kinder seines Bruders: ein kecker, junger Mann mit einem frohen, offenen Gesicht und – eine sehr schöne junge Dame.

Der alte Frik war nicht gerade schön anzusehen. Er hatte ein breites, volles, rotes Gesicht mit einer großen und rotblauen Nase, dazu weißes, buschiges Haar, das wirr nach allen Seiten starrte und ebenso weiße, dichte Backenbärte, die sich unter dem Kinn begegneten. Seine Augen waren hell und meist freundlich, wenn er aber zornig wurde, was nicht selten geschah, dann nahmen sie eine grünliche Farbe an, die durchaus nicht ansprechend war. Jeder Mensch soll ja dem einen oder anderen Tiere gleichen. Das Aussehen des alten Frik würde einem bengalischen Königstiger gar keine Schande gemacht haben.

Er trat schnell auf mich zu und drückte meine Hand in seiner gewaltigen Faust, die an Größe und Fülle den Flossen eines Walrosses glich. Er war dick, breit und untersetzt, bewegte sich aber mit jugendlicher Lebhaftigkeit, wenn auch etwas plump.

Da, da sind Sie schon, Herr Monk! Willkommen! Es sind gewiss kaum fünf Minuten verstrichen, seit ich am Telefon nach Ihnen geklingelt habe. Das nennt man schnelle Bedienung! Ja, junger Mann, das ist richtig, vor allem Schnelligkeit, das ist das Wichtigste in der Welt. – Was meinen Sie, weshalb konnte Napoleon ganz Europa erobern? Was verhalf ihm dazu, was meinen Sie? Seine Schnelligkeit, Freundchen, und nichts anderes! Reden Sie mir nicht von Feldherrntalent und derartigem! Er war flinker als alle anderen und darum machte er mit ihnen auch, was er wollte! – Aber nun sollen Sie hören, wie es mit diesem verdammten Einbruch hier im Hause zugegangen ist. Du blinzelst mir zu, Sigrid, Du meinst wohl, dass ich Euch Monk erst vorstellen soll. Well! Das ist meine Bruderstochter, Sigrid Frik, und dieser hier mein Bruderssohn, Einar Frik, beide die Freude und Stützen meines Alters. Doch wir wollen von dem Einbruch sprechen! – Was? Beginnst Du mir auch Gesichter zu schneiden, Einar? Ab! Du meinst, dass wir Herrn Monk zum Sitzen einladen sollten –"

„– und zu einem Glas Wein", fiel die junge Dame ein und warf einen mitleidigen Blick auf meine nassen Kleider.

„Ja, natürlich soll Monk sich setzen und alles erhalten, was er begehrt. Mittlerweile aber kann ich ihm in wenigen Worten erzählen, wie alles zugegangen ist." –

Bartholomäus Frik war indessen kein Mann von wenigen Worten und es dauerte ziemlich lange, bis ich vernahm, dass er schlaflos gelegen hatte, wachgehalten durch „ein verteufelt unangenehmes Gefühl in der einen großen Zehe", und dann um ein Uhr ein sonderbares Geräusch im Zimmer unterhalb gehört hatte, – sein Schlafzimmer lag nämlich über dem Saale, wo wir saßen.

Der Alte, nicht faul, sprang aus dem Bett, erhaschte einen geladenen Revolver, der immer auf seinem Nachttisch bereit lag, und einen Säbel, der danebenstand, es waren Dinge aus seinem abenteuerlichen Leben.

So ausgerüstet und mit Pantoffeln an den Füßen, sonst aber ohne weitere Bekleidung als ein Nachthemd, hatte er sich die Treppe hinabgeschlichen und leise die Türe zum Saal geöffnet.

Hier sah er zwei Männer, die ruhig daran arbeiteten, seine Schränke aufzubrechen und den wertvollsten Inhalt derselben in einen Sack zu stecken.

„Ich gab zuerst zwei Schüsse auf ihre Köpfe ab", fuhr Frik fort, „aber als der Pulverrauch sich verzog, da sah ich, dass sie beide noch lebendig und auf der Flucht durch das Fenster waren. Mit dem Säbel in der Hand stürmte ich ihnen nach und sie würden nicht lebendig hinausgelangt sein, wenn ich nicht über den verdammten Panther gestrauchelt wäre!" – Er zeigte auf eine große, ausgestopfte Tigerkatze, die umgestürzt mitten im Zimmer lag.

„Aber Du hättest sie töten können, Onkel!", fiel die junge Dame vorwurfsvoll ein.

„Ja, töten! Ich wünschte, ich hätte sie zu Ragout zerhauen. Aber hören Sie, nun kommt das Ärgerlichste von allem. Nur der eine der Lumpen konnte durch das offene Fenster entwischen, – ich hatte die Krampen an der anderen Hälfte nicht eingehakt, – und da der vermutlich nicht Zeit hatte zu warten, bis ich wieder aufgestanden war, fuhr er gleich mit dem Kopf voran durch Glas und Sprossen. Das ging nun aber nicht so glatt, denn als ich von dem verdammten Panther loskam, hing noch sein linker Unterschenkel zum Fenster herein. Das sollst du nicht mit dir nehmen, dachte ich, denn ich war jetzt nur ein paar Ellen von ihm entfernt und hielt den Säbel über dem Kopf geschwungen, aber gerade als ich zuhaue, gerate ich mit dem einen Fuß in den Rachen des Eisbären und fiel zum zweiten Male.– Ja, Sie lachen! Sie glauben mir vielleicht nicht. Aber ich sage Ihnen, wäre mir nicht der Eisbär in den Weg gekommen, so hätte ich in diesem Augenblick den Fuß des Schurken und vielleicht noch ein Stück von der Wade desselben vor Ihnen auf den Tisch legen können. Hier können Sie selber sehen, der

Säbel nahm den Stiefelhaken und die Sohle mit sich. Weiter kam ich nicht, aber ein paar Zoll tiefer würden genügt haben!"

Er legte triumphierend einen breiten, groben Stiefelhaken mit daran hängender Sohle, augenscheinlich durch einen kräftigen Hieb vom Stiefel getrennt, vor mich hin.

„Dies ist alles, was von dem Kerl übriggeblieben ist. Der Rest sprang quer durch den Garten und hinaus auf die Drammensstraße. Der Revolver war mir ebenfalls entfallen, sollst würde ich wohl noch ein paar Schüsse auf sie abgegeben haben. Ich erschoss mit demselben einmal einen Zulu auf siebzig Schritte – er hatte mir ein Huhn gestohlen, der Halunke."

Ich wusste nicht recht, was ich von einem so fürchterlichen Blutdurst dieses Alten denken sollte. Aber ein gewisses humoristisches Zwinkern seines einen Auges ließ mich ahnen, dass er nicht so ganz echt war, und da die beiden jungen Leute aus ihrer Munterkeit kein Hehl machten, so brachen wir alle drei in ein gesundes Gelächter aus.

Später erkannte ich, dass der alte Frik an jenen Fehlern litt, welche die gewöhnliche Folge eines harten und abenteuerlichen Lebens zu sein pflegen, sowie er ein solches von Jugend an bis ins späte Alter geführt hatte, nämlich: Starrsinn, Eigenwille und tyrannische Verachtung vor den Gefühlen anderer, wenn seine eigenen in Aufruhr waren. Übrigens war sein Herz sanft und gut wie Gold.

Weit entfernt davon, dass der Einbruch ihn aus dem Gleichgewicht gebracht hätte, fühlte er sich im Gegenteil bedeutend angeregt durch diese Erinnerung an ein an ähnlichen Auftritten reiches Leben, besonders weil er selbst bei der Überraschung der Diebe eine so wichtige Rolle gespielt hatte.

Endlich war er fertig mit seinem Bericht über das Verschwinden der Diebe, die Alarmierung des Hauses, die telefonische Aufforderung an mich usw. Was ihn aber besonders stolz machte, das war der Umstand, streng dafür gesorgt zu haben, dass nach dem Einbruch im Zimmer nichts angerührt oder verändert wurde.

„Ich bin selbst Polizeibeamter gewesen", sagte er, „ich war drei Jahre Sheriff in Ballarat und leitete dort manche Untersuchung. Soviel habe ich gelernt und erfahren, dass der Schauplatz eines Verbrechens unverändert und unangetastet bleiben soll, bis die Polizei kommt, sonst ist es derselben unmöglich zu arbeiten."

Ich dankte ihm für seine Sorgfalt und Geistesgegenwart, was ihm sehr zu schmeicheln schien.

Ich habe diese meine erste Begegnung mit dem alten Frik nicht deshalb so ausführlich erzählt, weil sie große Bedeutung für meine Geschichte hätte, sondern weil sie Dir vielleicht eine Vorstellung von dem Manne und seinen Eigenschaften geben kann.

Ich schritt nun zur Untersuchung des Tatortes. Es war ganz so, wie Frik gesagt hatte: Nichts war berührt oder verändert worden. Sogar der Sack, den die Diebe zur Fortschaffung der Kostbarkeiten hatten benutzen wollen, lag gefüllt am Boden, wie sie ihn bei der Flucht hingeworfen hatten.

Mehrere von den Schränken im Zimmer waren jederzeit mit goldenen und silbernen Geräten und edlen Steinen gefüllt. Es war ein vollständiges Museum und die Diebe waren insofern einem vernünftigen Plane gefolgt, als sie alle Behälter aufgebrochen, aber nur die wertvollsten und leicht transportablen Dinge in den Sack gesteckt hatten.

Übrigens war nichts Besonderes zu entdecken. Wir konnten die Fährte der Diebe durch den Garten verfolgen, über den Zaun und hinaus nach der Drammensstraße. Aber sie hatten nichts hinterlassen außer der vom alten Frik abgehauenen Trophäe – den Stiefelhaken mit der Sohle und den Sack.

Der letztere wurde ausgeleert und die Sachen wieder auf ihren Platz in den Schränken getan. Es schien nichts zu fehlen und die Übersicht war leicht, da jedes Ding seine Nummer und seinen nummerierten Platz hatte.

Da schlug Fräulein Frik plötzlich die Hände zusammen:

„Aber die Schildkröte, Onkel! Die Schildkröte ist fort! ... Es ist eine Kostbarkeit, die wir so nennen, ein großer, in Gold gefasster Diamant in der Form einer Schildkröte", setzte sie hinzu, als sie meinen verwunderten Blick sah.

„Es ist die kostbarste meiner Sachen", fuhr der alte Frik fort. „Ich weiß nicht, was der Diamant – er ist schwarz – wert ist, wenn er geschliffen wird, aber das weiß ich, dass mir fast 40000 Kronen für denselben geboten worden sind."

Er tastete mit seiner großen Hand auf den Boden des Sackes und wendete die innere Seite nach außen. Aber es fand sich keine Diamantschildkröte. – Nun wurde das Zimmer, der Garten und die nächste Strecke der Drammensstraße auf das genaueste mit Laternen abgesucht – aber ohne Resultat.

„Wie groß war die Schildkröte?", fragte ich.

„Sie konnte zur Not in der hohlen Hand eines Mannes verborgen werden. Sie maß mit der Einfassung wohl ein paar Zoll im Umfang."

Es war jetzt ungefähr drei Uhr morgens. Hier gab es für mich nichts mehr zu tun. Ich empfahl mich, um Abschied zu nehmen.

Der alte Mann war aufs Neue in Aufregung geraten über den Verlust des Diamanten und er bedauerte in den kräftigsten Ausdrücken, dass es ihm nicht vergönnt gewesen war, die Schurken zu erschießen oder mit dem Säbel zu zerhauen.

„Es wäre töricht von mir, wenn ich etwas versprechen wollte", sagte ich, „aber ich bin ziemlich fest davon überzeugt, dass wir die Vögel binnen wenigen Tagen im Bauer haben werden und dann wird der Diamant wohl zum Vorschein kommen."

Mit diesen Worten verabschiedete ich mich, steckte den abgeschnittenen Stiefelhaken in die Tasche und ging nach Hause.

Auf dem Rückweg drehten sich meine Gedanken natürlich um das, was ich bei Bartholomäus Frik gesehen und gehört hatte.

Aber merkwürdig genug, verweilten meine Gedanken bei der jungen Dame, Fräulein Frik. Ich hatte nur wenige Worte aus ihrem Munde vernommen und zum ersten Male ihr Angesicht gesehen. Aber – sie erschien mir besonders anziehend.

Ich bin nie besonders verliebter Natur gewesen und kein Weib hatte bisher einen stärkeren Eindruck auf mich gemacht, sodass es mich verwunderte, als ich bemerkte, wie klar ihr Bild mir nach den wenigen Stunden Beisammenseins erschien. Ich empfand bereits ein starkes Verlangen danach, ihr zu gefallen und etwas zu tun, das ihre Bewunderung erregen konnte.

„Du könntest jedenfalls schnell ihrem Onkel den Diamanten wieder verschaffen", dachte ich. „Junge Damen schätzen zwar die Kunst eines Detektivs nicht besonders, aber es würde wenigstens ihren Onkel freuen und mich fürs erste in ihre Nähe bringen."

Ich hatte gleich bemerkt, dass der Einbruch bei Frik von einfacher, wenig verwickelter Art war und die Sache hätte mich vom professionellen Standpunkte aus nicht sonderlich interessiert, gewann aber jetzt plötzlich neues Interesse für mich.

Nach Hause gelangt, wechselte ich schnell die Kleider, kochte nur eine Tasse Kaffee über der Spirituslampe und nahm dann den abgehauenen Stiefelhaken nebst der Sohle zur Hand.

Es war ein breiter starker Haken, unten mit Eisen beschlagen und vollständig neu, ebenso die Sohle. Er glich nicht ganz der gewöhnlichen billigen Sorte von Schuhwaren, auf die unsere gewöhnlichen Verbrecher angewiesen sind, ohne dass man ihn jedoch zum feineren Schuhwerk rechnen konnte. Er kam mir fast bekannt vor. Mein Gehirn begann mit einer unbestimmten Erinnerung zu arbeiten – – ah! jetzt fiel es mir ein: Der Haken nebst der Sohle gehörte jener Sorte von Schuhen an, ja, glichen vollständig einem Paar solcher, das gerade der Polizei in einer ähnlichen Angelegenheit als Indizienbeweis bei dem Abdruck in weicher Erde gedient hatte. Es war jenes Schuhwerk, womit die Gefängnisgesellschaft entlassene Strafgefangene versieht, damit sie nicht ganz von allem entblößt sind, wenn sie aus der Strafanstalt kommen.

Der eine der Diebe war also ein entlassener Sträfling. Mein Gehirn arbeitete weiter: „Der Schuh ist vollständig neu, – – er ist also nach erlittener Strafe entlassen worden – wahrscheinlich gestern Morgen. Den Plan zu dem Einbruch und das notwendige Auskundschaften der

Lokalitäten hat dagegen der andere entworfen und besorgt, der andere, der bereits früher auf freiem Fuße gewesen ist." –

Zehn Minuten später stand ich im Vorraum zu meinem Schreibzimmer auf der Polizeikammer. Es war noch nicht ganz heller Morgen. Ein wachehabender Beamter saß vor dem Ofen und duselte.

„Suchen Sie im Protokoll nach, ob einer von unseren Einbrechern in den beiden letzten Tagen aus der Strafanstalt entlassen worden ist", rief ich.

Es ist leider Tatsache, dass die meisten Verbrechen von Strafgefangenen gleich nach Verbüßung ihrer Strafe begangen werden, und wir führten deshalb genau Buch über die Entlassenen.

Unterdessen ging ich hinaus auf die Wache und bestellte zwei Konstabler zu meiner Begleitung.

„Der „Schwarze John", der Drontheimer, dessen sich der Herr Kommissär wohl erinnern wird, ist gestern Morgen entlassen worden, sonst finde ich niemand."

„Gut, untersuchen Sie, wo er sich aufhält, wenn er „draußen" ist."

„Ich kenne ihn gut. Er pflegt sich bei der „dicken Berthe" aufzuhalten. Sie bietet droben auf Vaalerengen „Kaffee und Wohnung für Reisende" an. Doch liegt er häufig auch in den Ziegelbrennereien der Umgegend."

Ich hatte stets bei der Polizeikammer eine Droschke in Bereitschaft. Eine Viertelstunde später stieg ich mit meinen zwei Konstablern in bürgerlicher Kleidung in passender Entfernung von dem „Pensionat" der „dicken Berthe" aus.

Der „Schwarze John" war jedoch nicht da und wir begannen in den Ziegeleien nachzuforschen.

Als wir zu dem zweiten Ofen kamen – es hatte unterdessen zu tagen begonnen und die Arbeiter rückten mit ihren Speisekörben in der Hand ein – schlüpften zwei Männer auf der anderen Seite hinaus und sprangen über einen anstoßenden Acker.

Wir rannten ihnen nach. Doch es schien, als hätten sie einen zu großen Vorsprung vor uns und würden im Morgennebel entschlüpfen.

Plötzlich aber mäßigte der eine seine Eile und wir hatten ihn bald in unserer Mitte. Den anderen ließen wir vorläufig gehen.

Der eingefangene Kerl fluchte und schwor, leistete aber sonst keinen Widerstand.

„Wäre nicht der verdammte Schuh gewesen, so würde mich die Polizei diesmal nicht gefasst haben", rief er.

Wir folgten der Richtung seines Blickes und bemerkten, wie sein linker Fuß quer durch den Schuh geschlüpft war, der um seinen Knöchel hing und schlenkerte. Es war kein sehr bequemer Schuh zum Springen. Ich kannte freilich die Ursache nur zu gut. Die Konstabler jedoch betrachteten mit Verwunderung diesen merkwürdigen Schuh, der übrigens ganz neu aussah.

Die Redseligkeit des „Schwarzen John" täuschte mich aber nicht. Ich gab scharf acht auf alle seine Bewegungen. Während er mit einer gewissen rohen Gemütlichkeit das Schuhphänomen von den Konstablern betrachten ließ, führte er äußerst vorsichtig die eine Hand hinter seinen Rücken und mit fast unmerklicher Bewegung des Handgelenkes warf er einen kleinen Gegenstand zehn bis zwölf Schritte weit hinter sich.

„Diese Streiche kannst Du Dir ersparen, schwarzer John", sagte ich freundlich, ging hin und hob ein kleines, schmutziges Paket, in ein fettiges Stück der „Morgenposten" eingewickelt, vom Boden auf.

In einem drei- bis vierfachen Umschlag von gleicher Art lag das sonderbarste Ding, das ich jemals gesehen hatte. Es war ein großer schwarzer Diamant, flachgedrückt, oval und an den Enden zugespitzt. Er war in einen ziemlich breiten goldenen Rahmen von gleicher Form wie der Stein eingefasst und, um die Ähnlichkeit mit einer Schildkröte vollständig zu machen, war er mit einem Kopf, einem kleinen Schwanzstummel und auf der unteren Seite mit vier Knoten als Beinen versehen, alles von Gold. Am Kopf funkelten zwei grüne Edelsteine als Augen.

„O nein, es hilft mir wohl nichts", sagte der „Schwarze John" gelassen, „ich werde wohl für einige Jahre eingesperrt werden."

Er zeigte einen sanften Galgenhumor, während er zwischen den beiden Konstablern nach der Stadt trottete. Die Morgendünste häufiger nächtlicher Zechgelage schienen ihn noch nicht ganz verlassen zu haben.

„Haben ein schwieriges Handwerk, Kommissär", fuhr er vertraulich fort. „Ich glaube nicht, dass es schlimmer sein würde, wenn man sein Leben lang in der Sklaverei wäre. Da würde man jedenfalls nicht mitten in der Nacht aufgeschreckt, wie es uns heute Abend geschah."

„Das war draußen in der Drammensstraße, nicht wahr?", fragte ich teilnehmend.

„Ja, aufgeschreckt! ... Was würden Sie sagen, Kommissär, wenn Sie in der Nacht in einem Hause ein kleines Geschäft zu verrichten hätten und meinten, es wäre alles still und ruhig und es käme dann so ein alter Orang-Utan im bloßen Hemd, mit dem Säbel in der einen und dem Pistol in der anderen Hand und finge an, auf Sie zu schießen, dass Ihnen die Kugeln um die Ohren pfiffen?"

Unter derartigen jovialen Gesprächen setzten wir den Weg nach der Stadt fort, wo wir uns trennten.

Um halb ein Uhr mittags – es war ein schöner, sonniger Tag – klingelte ich wieder bei dem alten Frik in der Drammensstraße. Ich hatte einige Stunden geschlafen, beim Polizeimeister meinen Rapport abgestattet und wollte mir nun das Vergnügen gönnen, dem alten Frik meinen Diamanten abzuliefern.

Ich hatte etwas mehr Zeit als sonst auf meine Toilette verwendet. Den Grund kannst Du Dir selber vorstellen.

Es freute mich auch sehr, als ich ins Zimmer geführt wurde und dort Fräulein Frik allein vorfand. So konnte ich also einige Worte mit ihr wechseln. Wenn der Alte dazu kam, dann wusste ich wohl, wer das Gespräch führen würde.

Sie empfing mich freundlich, und als ich ihr ohne weiteres den Diamanten überreichte, da schlug sie die Hände zusammen vor Verwunderung:

„Onkel wird sich freuen! Wenn er ihn wieder hat, dann wird er sicher die Geschichte von heute Nacht als eine ungewöhnlich angenehme Zerstreuung betrachten. Darf ich ihm den Diamanten zurückgeben?"

„Ja, natürlich."

„Ich selbst habe ihm nämlich heute Nacht geraten, an Sie zu telefonieren, Herr Monk, und ich versicherte ihm auch heute, dass Sie uns die Schildkröte wieder verschaffen würden –"

„Es freut mich sehr, Fräulein, dass Sie ein so großes Vertrauen auf meine Geschicklichkeit haben. Aber wie kamen Sie dazu, sich an mich zu wenden?"

Das junge Mädchen errötete ein wenig: „Wir haben in den Zeitungen wiederholt von Ihnen gelesen und Einar erzählte, dass es keine Angelegenheit gäbe, in der Sie sich nicht zurechtfinden könnten –"

„Ich danke Ihrem Bruder sehr für sein schmeichelhaftes Urteil und lobe mir die Einbrecher von heute Nacht, die mir Gelegenheit gaben, Ihre Bekanntschaft zu machen – ich meine die Bekanntschaft mit den Hausbewohnern."

„Aber Sie müssen mich einen Augenblick entschuldigen, Herr Monk. Ich will sogleich den Onkel aufsuchen und ihm den Diamanten übergeben. Ich habe ihm ja noch nicht einmal mitgeteilt, dass Sie hier sind."

Sie eilte aus dem Zimmer und ich sah ihr bewundernd nach. Sie war bei Tage noch schöner als bei Lampenlicht. Helles, rötlich-goldiges Haar, treue, blaue Augen, eine gerade Nase und ein hübscher Mund, wenn auch nicht einer von den kleinsten. Was die Figur anbetrifft, so war sie die reinste Diana.

Ich blieb stehen und sah zum Fenster hinaus, als die Türe aufging. Ich wandte mich schnell um und vor meinem ersten flüchtigen Blick schien Fräulein Frik wieder ins Zimmer zu treten. Aber schon in der nächsten Sekunde wurde ich inne, dass ich das junge Mädchen, das zögernd auf der Schwelle stand, früher noch nie bemerkt hatte. Sie war ebenfalls groß, blond und schlank und mit fast den gleichen anmutigen Bewegungen. Die letzteren und die Haltung waren denjenigen Fräulein Friks sehr ähnlich, ebenso das Gesicht und die Form des Kopfes. Das Haar aber war viel rötlicher, die Lippen dünner und der Mund schärfer geschnitten. Die Augen waren zwar blau und schön, hatten aber einen viel kälteren Ausdruck.

Ich hielt sie zuerst für Fräulein Friks Schwester, aber ein Blick auf das kleine, kokette Stubenmädchenhäubchen sagte mir, dass sie eine andere Stellung im Hause einnehme.

Sie verließ mit einer Entschuldigung sehr schnell das Zimmer: Sie habe nicht gewusst, dass Besuch da sei. Sie habe das Fräulein aufsuchen wollen.

Kaum hatte die Türe sich hinter ihr geschlossen, als Fräulein Frik sich wieder zeigte, und da sie wahrscheinlich noch einen Schatten von Verwunderung auf meinem Gesicht bemerkte, lachte sie leise:

„Mein anderes Ich ist wohl hier gewesen? Sie wusste nicht, dass jemand da war. Alle Fremden, die uns besuchen, verwundern sich über die Ähnlichkeit zwischen Evelina und mir. Es ist mein Kammermädchen, wie Onkel sie nennt. Er behauptet, ich müsse ein eigenes Mädchen zu meiner Bedienung haben. Ihre Beschäftigung besteht eigentlich darin, Kleider für die Armen zu nähen. Ich bediene mich lieber selber, da ich glücklicherweise nicht verwöhnt bin. Aber der Onkel ist nicht leicht von etwas abzubringen, was er sich einmal in den Kopf gesetzt hat. Sie ist übrigens ein ausgezeichnetes Mädchen und ich betrachte sie fast als Freundin. Sie dürfen sie nicht etwa für besonders eitel halten, wenn Sie sie in Samt und Seide sehen sollten. Onkel ist nicht zufrieden, wenn er mich nicht jede Woche in einem neuen Kleide sieht, und so bin ich froh, wenn Evelina mir den Staat abtragen hilft. Mithin ist es kein Wunder, wenn wir beiden Vögel eine gewisse Ähnlichkeit haben, was die Federn anbetrifft!“

„Die Ähnlichkeit erscheint mir doch nicht so besonders groß“, antwortete ich, „oder meinen Sie das wirklich? Darin könnte ich mich nicht irren.“

„Doch“, erwiderte sie, „es war mir anfangs sogar unangenehm. Ihr Vater war seiner Zeit ein wohlhabender Handwerker. Dann aber ging es bergab mit ihm, er begann zu trinken – die Mutter war wohl auch nicht, wie sie hätte sein sollen – und so wollte Onkel, der die Leute viele Jahre gekannt hatte, absolut, dass ich der Tochter eine Stelle als Kammermädchen anbieten sollte."

Es war mir eine große Freude, mich mit der schönen, jungen Dame unterhalten zu können. Sie war so natürlich und frei von Ziererei, wie ich nur je ein junges Mädchen gesehen hatte. Man konnte bald bemerken, dass sie guten Verstand und ausgezeichnete Kenntnisse besaß.

Herr Frik ließ leider nicht lange auf sich warten. Er kam hereingewatschelt, in eine großkarierte englische Jacke gekleidet. Sein blühendes Gesicht strahlte wie eine Sonne. Er begnügte sich diesmal nicht damit, meine Hand zu schütteln, sondern er ergriff beide Hände mit seinen Tatzen. Sein Lob über meine Geschicklichkeit war wirklich überwältigend und nur mit großen Anstrengungen konnte ich ihn von diesem Thema abbringen.

Darauf folgte eine Einladung zum Mittagessen in „Villa Ballarat", wie er sein Haus nannte. Ich sollte ihm dann einen genauen Bericht darüber abgeben, wie es bei der Aufspürung der Einbrecher zugegangen war.

Diese Einladung passte gar nicht zu meinen heutigen Geschäften und ich hielt mich schon für verpflichtet, sie abzulehnen, als ich zufällig einen Blick auf Fräulein Frik warf.

Ich glaubte in ihrem Gesicht etwas zu bemerken, das unsicherer Erwartung glich und – ich nahm die Einladung an. Wie Du siehst, zappelte der Fisch bereits im Netz.

Das Mittagessen verlief ausgezeichnet. Der alte Frik erzählte uns, wie er die Schildkröte gefunden hatte, – doch darauf komme ich später zurück.

Glücklicherweise war noch eine Person zugegen, die als Zuhörer des alten Frik dienen konnte, während ich eine ungleich interessantere Unterhaltung mit Sigrid führte.

Der junge Herr Einar, der ein prächtiger Mensch zu sein schien und dem die Führung der Bücher seines Onkels oblag, leerte allein eine Flasche des besten Heidsieck Monopole und schlich sich sogleich nach Beendigung der Tafel und nachdem er sich gehörig mit echten Havannas vom Onkel versehen hatte, hinüber ins „Grand" zu einer Partie Billard.

Ehe ich „Villa Ballarat" verließ, hatte ich doch noch ein Gespräch mit dem alten Frik über ernstere Gegenstände: Ich stellte ihm vor, wie unvorsichtig es sei, so viele Kostbarkeiten unbeschützt gegen Diebe und Räuber anzuhäufen.

„Sie haben selbst gesehen, Herr Frik, wie sie Leute zum Einbruch verführen", sagte ich.

Der Alte zeigte sich wenigstens einmal geneigt, sich raten zu lassen.

„Besuchen Sie mich morgen", sagte er. „Ich möchte mich gerne mit Ihnen darüber besprechen, wie ich mich einrichten muss. – Das Haus hier wird ohnehin zu klein für mich. Ich erwarte in einigen Tagen einen Gast. Was würden Sie dazu sagen, wenn ich mir draußen im Garten einen Pavillon bauen ließe und denselben speziell zu einem Museum oder Aufbewahrungsort für meine Raritäten einrichtete? Wenn ich den Pavillon einzig nur zu diesem Zweck baute, so müsste ich ihn wohl ziemlich sicher gegen Diebe machen können. Man könnte ja eiserne Schränke, Eisenstangen vor den Fenstern, elektrische Warnapparate und derartige Dinge anbringen. – Solange ich selbst gesund und rüstig bin, werde ich meine Dinge wohl zu hüten wissen – wie ich, wie Sie wissen, heute Nacht getan habe – wenn ich aber älter werde, wird es schlimmer sein. Man kann sich ja nicht auf die jungen Leute im Hause verlassen!"

Indem ich ihm angemessen zustimmte, bewog ich ihn, seinen Plan zu verwirklichen und binnen eines Monats hatte Frik im Garten, ungefähr fünfzig Ellen vom Hauptgebäude entfernt, einen Bau aufführen lassen, ein Gebäude, das als Aufbewahrungsort für seine Sammlungen dienen und zugleich Räume für sein Schreibzimmer und einen feuerfesten Aufbewahrungsort für Geld und wichtige Dokumente enthalten sollte.

Dieses Gebäude spielt später eine Rolle in meiner Erzählung und ich will Dir deshalb eine kurze Beschreibung davon liefern.

Es wurde so ziemlich in Quadratform gebaut und in zwei Hälften geteilt. Die ganze eine Hälfte wurde nun zur Aufnahme der Sammlungen Friks eingerichtet. Sie bildete einen großen Saal, der keine Fenster hatte, sondern sein Licht vom Dache her erhielt. Über den Dachfenstern wurde ein starkes Gitter von vergoldeten Eisenstangen angebracht, um Einbruch von oben zu verhindern.

Schwere eiserne Läden, weiß angestrichen und lackiert, sodass sie aussahen wie unschuldige Teebretter, konnten vor die Schränke gezogen werden, wenn das „Museum geschlossen war", wie der alte Frik sich ausdrückte.

Diese Eisenläden waren indessen durch verborgene Gegengewichte so gut abgepasst, dass die schwächste Kinderhand sie nach oben oder unten in Bewegung setzen konnte. Sie ließen sich mit starken, aufbruchsicheren Schlössern verschließen, zu denen nur Frik die Schlüssel besaß.

Die andere Hälfte des Gebäudes war in einen größeren und in einen kleineren Raum eingeteilt. Der größere diente Herrn Frik als Schreibzimmer. Dort hielt sich an den Vormittagen sein Neffe neben einer Menge großer Bücher auf. – Der kleinere Raum, der infolge seiner mehrere Fuß dicken Mauern im Inneren nur wenig Platz übrigließ, wurde als feuerfester Aufbewahrungsort für Geld und Dokumente benutzt.

Dieser Raum hatte keine Fenster und nur eine äußerst solide mehrfache Eisentür, die dem früher erwähnten Saal oder „Museum" zugekehrt war.

Das alles war auf meinen Rat so gemacht worden, indem ich folgendermaßen dachte: Das Kontor ist natürlich der schwächste Punkt im Gebäude, es hat Fenster und es kommen selbstverständlich viele fremde Leute dorthin. Es ist daher am sichersten, die einzige Türe zu dem feuerfesten Gewölbe, wo Frik größere Geldsummen aufbewahren wird, nach dem Museum ausmünden zu lassen. Dort verkehren nur die Leute des Hauses und die Gäste, und es ist bei Nacht gesicherter gegen Einbruch als das Kontor.

Um den ganzen Garten herum wurde ein eiserner Zaun von doppelter Manneshöhe errichtet und Leute, die ins Haus wollten, mussten an der Gitterpforte läuten.

Der alte Frik wohnt noch immer am gleichen Orte, ist aber jetzt krank und – einsam. Er verlässt sein Zimmer nicht mehr. Er hat sich von allen Geschäften zurückgezogen und das feuerfeste Gewölbe ist wahrscheinlich geleert.

Zu jener Zeit, in der ich seine Bekanntschaft machte, hatte er einen großen Teil seines Geldes in gemeinnützige und industrielle Unternehmungen gesteckt, besonders solche, die dem Lande neue Erwerbsquellen erschließen konnten.

Er selbst nahm übrigens an keiner dieser Unternehmungen teil und auf seinem Schreibzimmer gab es auch nicht mehr zu arbeiten, als was von ihm und seinem Neffen besorgt werden konnte.

Es dauerte nicht lange, bis ich ein steter, und wie nur schien, gern gesehener Gast in der Villa war, ja, während des Winters verging kaum ein Tag, ohne dass ich sie besuchte.

Der alte Frik konnte nicht müde werden, mich nach Neuigkeiten auszufragen, obschon ich den Verdacht hegte, dass es weniger meine Berichte waren, die ihn so sehr interessierten als der Umstand, dass er nach jeder meiner Geschichten – die ich so kurz als möglich zu fassen suchte – Gelegenheit fand, zwei oder drei von seinen eigenen Erlebnissen zu berichten, was manchmal längere Zeit beanspruchte.

Er war übrigens ein ausgezeichneter Erzähler und wir saßen oft stundenlang und hörten ihm mit dem größten Interesse zu.

Meist beschränkte sich die Gesellschaft auf den alten Frik, Sigrid und mich. Einar war ein munterer, junger Mann, der viel draußen in der Stadt in Gesellschaft von Kameraden verkehrte.

Wie schon erwähnt, führte er die Bücher seines Onkels. Das ließ sich aber leicht am Vormittag abmachen. Er beklagte sich oft darüber, dass der Onkel ihm kein festes Gehalt geben wolle. Wohl waren die Summen, die ihm der Onkel von Zeit zu Zeit schenkte, nicht klein und überstiegen im Ganzen das Gehalt eines Buchhalters bedeutend. Aber er erhielt das Geld immer in höchst unbestimmten Fristen, je nach der Laune des Onkels, sodass er manchmal im Überfluss schwelgte, dann aber wieder oft wochen- und monatelang keinen Schilling besaß, was für ihn sehr unangenehm war, da man ihn unter einer Schar munterer, aber geldarmer Kameraden für eine Art Krösus zu halten pflegte.

Der alte Frik hatte es sich wohl in den Kopf gesetzt, dass er auf diese Art den Neffen an den Verbrauch und die Entbehrung von Geld zugleich gewöhnen könnte, und wurde wütend, wenn der Neffe auf die Zweckmäßigkeit eines festen Gehaltes anspielte.

Die Nichte war der Augapfel des Alten. Was ihr jedoch am schwersten fiel, das war die Frage, wie sie am besten allen den Geschenken ausweichen könnte, mit denen der Onkel sie überhäufte.

Mit dem Geld hatte sie weniger Not. Denn einerseits verhielt sich Einar nicht abweisend gegen ein kleines Darlehen und andererseits fehlte es nicht an Notleidenden vor der Türe des jungen Mädchens. Schlimmer war es mit den kostbaren Stoffen und Schmucksachen, die der Onkel selbst auswählte und ihr in sehr kurzen Zwischenräumen zustellen ließ.

Drittes Kapitel.
Mr. Reginald Howell.

Eines Tages bekam ich folgende Einladung: „Herr Polizeikommissär Monk!

Mein Onkel lässt Sie bitten, morgen 5 Uhr bei uns zu Mittag zu speisen. Er erwartet einen Engländer, den Sohn eines seiner früheren Kameraden in Australien, und möchte Sie mit ihm bekannt machen. Ihre Sigrid Frik."

Es war dies tatsächlich das konventionellste Billet, das man nur erhalten konnte, und doch verursachte es mir eine große Freude, wenn ich derartige Schreiben mit der feinen, hübschen Handschrift erhielt, die ich so gut kannte.

Es war an einem Samstag wenige Tage vor Weihnachten. – Die Zeit seit damals, als ich Sigrid zum ersten Male gesehen hatte, bis jetzt, hatte ich dazu benützt, mich so gründlich zu verlieben, wie nur ein Mann es tun kann.

Liebe macht blind, sagt man, aber so blind hatte sie mich gar nicht gemacht, dass ich nicht bemerkt hätte, wie meine Versuche, der jungen Dame zu gefallen, ihr gar nicht unangenehm schienen. Mehr kann kein Mann verlangen, bis er mit klaren und deutlichen Worten sich erkundigt hat, und dies beabsichtigte ich gerade in nächster Zeit zu tun, verschob es aber immer noch, in der eitlen Hoffnung, zuerst größere Gewissheit über den Erfolg erlangen zu können.

Dass ich die Einladung zum Mittagessen am folgenden Tage annahm, versteht sich von selbst.

Bei meiner Ankunft in „Villa Ballarat" fand ich den alten Frik in strahlender Laune.

„Hier haben Sie ihn, Monk, hier haben Sie ihn, Reginald Howell, den Sohn meines alten Freundes Howell, des besten Mannes und treuesten Kameraden in der ganzen Welt! Ich glaube nicht, dass mein alter Freund selbst in der Jugend ein so gutes Aussehen hatte wie der Sohn hier. Aber sein Herz war wie Gold und man konnte auf ihn wie auf Felsen bauen –"

Der alte Frik hatte Mühe, von der Erinnerung an den alten Howell loszukommen. Aber es gelang schließlich seiner Nichte, ihn so weit in die Gegenwart zurückzubringen, dass ich dem jungen Engländer vorgestellt werden konnte.

Es war ein großer, schöner, junger Mann, ungefähr in meinem Alter und von dunklem englischem Typus.

Er litt allerdings stark an den englischen schiefen Schultern und unsymmetrischen Gliedern, aber seine Haltung war ungezwungen und sicher, wie sie bei Engländern aus der guten Gesellschaft zu sein pflegt.

Seine Augen waren schön, sehr dunkel, fast schwarz, aber ohne Wärme, und sein Gesicht hatte nichts besonders Anziehendes. Er zeigte übrigens bei der ersten Begegnung weniger von der kalten Steifheit, als dies sonst bei Angehörigen seiner Nation der Fall zu sein pflegt, und sein Wesen war einschmeichelnder als bei den meisten seiner Landsleute, doch in durchaus nicht unangenehmer Weise.

Er gefiel mir nach und nach ganz gut.

Es kam vor, dass er im Anfang Fräulein Sigrid ziemlich warme Blicke zuwarf, und ich fühlte bei dieser Gelegenheit nicht geringe Lust, ihn aus dem Feld zu schlagen. Aber da dieses nur eine Wiederholung jenes Gefühles war, das ich in den vergangenen Monaten gegenüber einem halben Dutzend anderer junger Männer empfunden hatte, die in „Villa Ballarat" verkehrten, so war ich vernünftig genug, diesem Gefühle nur vorübergehend Platz einzuräumen. – Er hütete seine Blicke bald darauf, vermutlich merkte er, wo sich das Land befand, wie der Seemann zu sagen pflegt.

Was in hohem Grad zum Vorteil des jungen Engländers sprach, das war seine augenscheinliche Bescheidenheit.

Als sein Vater vor einem Jahre starb – er hatte bis dahin in Australien gewohnt – beschloss der Sohn nach Europa zu reisen und schiffte sich auf einem Segelschiff ein – er habe sich immer für die Segelschifffahrt interessiert, sagte er –; aber das Fahrzeug war auf offener See in Brand geraten. Mannschaft und Reisende mussten in die Boote steigen. Doch nur eines der letzteren erreichte das Land, dasjenige nämlich, in welchem sich Reginald mit acht anderen Gefährten befand. Aber es zerschmetterte schließlich an den Korallenriffen und Mr. Howell rettete sich allein auf eine kleine Insel. – Dort traf er einige freundlich gesinnte Eingeborene und wurde ein paar Monate später von einem Schiff aufgenommen, das ihn nach Europa brachte.

Es kommt selten vor, dass sich Leute des Erzählens enthalten können, wenn sie eine ziemlich interessante Begebenheit erlebt haben. Aber erst nach wiederholten Aufforderungen von Seiten des alten Frik war Mr. Howell zu bewegen, einen sehr nüchternen und kurzen Bericht über die abenteuerliche Reise abzugeben.

Es war klar, dass er sich bei dem fürchterlichen Ereignis sehr kaltblütig und mutig benommen und es nur seiner Besonnenheit und Geistesgegenwart zu verdanken hatte, dass er sich hatte retten können. Doch erwähnte er seine eigene Person fast gar nicht und bloß in den bescheidensten Ausdrücken. Er hatte überhaupt die

Eigenschaft – entweder durch Erziehung erworben oder seiner Natur eigen – selten oder nie von sich selber zu sprechen – eine Eigenschaft, die nie verfehlt, einen vorteilhaften Eindruck zu machen.

Als der junge Mann in England ankam, stattete er selbstverständlich den Behörden einen genauen Bericht ab über den Untergang der „The Queen of the East" und das Schicksal seiner Besatzung. Dieser Bericht wurde von den meisten englischen Blättern abgedruckt. Mr. Howell erbot sich lachend, uns einige derselben zu verschaffen, wenn wir seinen mündlichen Bericht zu wenig erschöpfend fänden.

Reginald Howell war auf die ausdrückliche Einladung des alten Frik nach Norwegen gekommen.

Als dieser von dem Tode seines alten Freundes Howell vernommen, hatte er gleich geschrieben und den Sohn aufgefordert, ihn in Norwegen zu besuchen. Der junge Howell hatte Friks Brief gerade in dem Moment erhalten, als er im Begriffe stand, von Australien abzureisen – er hatte sich zum Voraus entschlossen, Europa zu besuchen – und seine Abreise telegrafisch mitgeteilt.

„Du tatest recht daran, Reginald, so schnell als möglich den alten Freund Deines Vaters zu besuchen! Du hast doch die Absicht, den Winter bei uns zu verbringen? Hier kannst Du das Skilaufen lernen, ein netter Sport das, Du kannst mir's glauben! Du musst bei uns wohnen, ich habe zwei Zimmer in „Villa Ballarat" für Dich eingerichtet."

Mr. Howell glaubte, die Einladung wenigstens für ein paar Monate annehmen zu können. Er war eifriger Sportsmann und hatte sich längst vorgenommen, es mit dem Skisport zu versuchen.

„Recht so!", brüllte der alte Frik und stieß sein Champagnerglas gegen dasjenige des Engländers. „Das ganze

Haus und alles, was ich besitze, steht dem Sohne meines alten Freundes zur Verfügung – nach dem Mittagessen sollt Ihr hören, was ich ihm schulde. – Zwar glaube ich nicht, dass ich Dir mit Geld dienen kann. In seinem letzten Brief an mich schrieb Dein Vater, dass er Dir alles hinterlassen werde, was er besitze – Deine Mutter starb ja, als Du noch ein ganz kleiner Junge warst. Du bist das einzige Kind! – Gewaltig reich war wohl Dein Vater nicht. Aber ich glaube, er schrieb etwas von 1200 Pfund im Jahr?"

„Ja, so ungefähr", bemerkte der junge Mann gutmütig und lächelte über die Redseligkeit des wohlwollenden Alten, „und dies ist mehr als genug für mich."

„Dann ist es vielleicht am besten, wenn ich Deinen Namen im Testamente streiche? Er hat dort bisher so hübsch neben demjenigen Einars und Sigrids gestanden."

Wir lachten alle herzlich und erhoben uns vom Tische.

Als wir beim Kaffee saßen und unsere Zigarren angezündet hatten, begann der alte Frik seine Erzählung von seiner Kameradschaft mit dem alten Howell und den Begebenheiten, welche diese Männer miteinander verbunden hatten.

Wohl versuchte ich zuerst freizukommen in der Hoffnung, mit Sigrid unter vier Augen ein Gespräch unterhalten zu können. Aber es gelang nicht, und nachdem ich die Erzählung des Alten angehört hatte, musste ich gestehen, dass nur ein verliebter junger Mann von etwas Interessanterem träumen konnte, als dieser Bericht war.

Ich möchte wünschen, ich könnte ihn mit allen Einzelheiten und Friks eigenen Worten wiedergeben. Aber das kann ich nicht und ich muss mich darauf beschränken, Dir die Hauptpunkte der Erzählung mitzuteilen.

Bartholomäus Frik hatte etwa um das Jahr 1830 Norwegen verlassen und war zur See gegangen. Es war sein Widerwille gegen die Schule und die Lust nach Abenteuern, die ihn von dannen getrieben hatten. Zuerst streifte er mehrere Jahre in der östlichen Welt umher, in Ostindien, Südafrika und Australien, teils als Seemann, teils als kühner Jäger und verwegener Abenteurer zu Lande. Endlich befand er sich Ende der vierziger Jahre in dem zuletzt genannten Weltteil, als das Goldfieber um sich zu greifen begann. Eine Gesellschaft von drei Personen brach von Melbourne auf, um sich nach den Golddistrikten zu begeben. Es waren Frik, der älteste von ihnen, und sodann zwei Engländer, Howell und Davis. Die Bekanntschaft zwischen diesen drei Männern – sie waren alle Abenteurer, aber aus guter Familie – war nicht alt, aber sie entwickelte sich in den folgenden Jahren zur treuen Freundschaft und Kameradschaft.

Sie führten viele Jahre das gewöhnliche Dasein der Goldgräber, zeitweise waren sie vom Glücke begünstigt, reisten dann nach Melbourne und machten ihrem Geld schnell ein Ende.

Endlich nach einem siebenjährigen, wechselnden Dasein entdeckten sie einen reichen Goldfund und verdienten sich im Laufe weniger Monate ein Vermögen.

Jetzt wurde die Kompagnie aufgelöst: Howell, der ruhigste und besonnenste von ihnen, kaufte sich ein großes Stück Land und betrieb die Schafzucht. Es gelang ihm auf diese Weise, sein Vermögen zu erhalten und noch ein wenig zu vergrößern, wenn er auch nicht gerade immer vom Glücke begünstigt war. Frik und Davis dagegen glaubten, nicht genug zu haben. Das erworbene Geld setzte sie instand, einen von Frik entworfenen Plan zu verwirklichen, für den sie lange geschwärmt hatten.

Mitte der dreißiger Jahre war nämlich Frik als ganz junger Mann in Südafrika gewesen. Dort folgte er den Boeren, die nordwärts über den Orangefluss zogen, begleitete sie auf Streifereien über den Fluss Baal und weiter gegen Norden.

Auf diesen Expeditionen hatte Frik selbst Diamanten gefunden und von Eingeborenen abenteuerliche Erzählungen von reichen Vorräten solcher Steine vernommen, die sich in Felshöhlen von ganz eigentümlicher Beschaffenheit befinden sollten, was in ihm den Gedanken an verlassene Bergwerke erweckte.

Diese Berichte waren derart, dass er nicht daran zweifeln konnte, dass denselben etwas Wahres zu Grunde lag, und die Angabe des Ortes passte auch einigermaßen. Er konnte aber damals keine Begleiter zu einer Expedition zusammenbringen, da der genannte Ort weit drinnen in der Wüste lag und von wilden, feindlichen Eingeborenenstämmen besetzt war. Damals fehlten ihm auch die Mittel, allein eine Expedition auszurüsten, und er musste daher vorläufig den Gedanken aufgeben. Frik und Davis beschlossen, nach den erwähnten Diamanten zu suchen.

„Davis schien mir gerade der rechte Mann zu sein", bemerkte der alte Frik, als er in seiner Erzählung so weit gekommen war, „er war wenigstens doppelt so versessen auf die Diamanten als ich."

Die beiden Kameraden reisten flugs nach dem Kapland, kauften sich eine vorzügliche Ausrüstung und dingten Leute zu einer großen Expedition. Das übrigbleibende Geld, das nicht zur Ausrüstung diente, sandten sie an eine Bank in London.

Dies wurde von Davis besorgt, er war der geschäftskundigste.

Die Expedition gelangte bis an den Baal, kam aber nicht zurück und dies ging so zu:

Als sie so weit gekommen waren, dass sie nach Friks und Davis' Berechnung nur noch eine Tagereise bis zu den Diamantgruben zu machen hatten, ließ man die Eingeborenen mit den Ochsenwagen zurück und die beiden Abenteurer setzten ihre Reise allein fort. Es gelang ihnen zu finden, was Frik die „verlassenen Gruben Salomos" bezeichnete. Sie füllten einen kleinen Sack mit Diamanten. Aber ins Lager zurückgekommen, fanden sie es geplündert. Die ganze Mannschaft war von einem feindlichen Eingeborenenstamme getötet. Frik und Davis wurden ebenfalls nach einem harten Kampfe gefangen. In der Nacht aber gelang es Davis, der unverletzt geblieben war, zu flüchten. Frik, dem ein Pfeil den Schenkel durchbohrt hatte, konnte ihm nicht folgen.

Davis nahm mit Friks Einwilligung den Sack mit den Diamanten mit sich und versprach, sobald er wieder in zivilisierte Gegenden zurückgekommen wäre, eine neue Expedition zu Friks Befreiung auszurüsten.

Den letzteren schleppten indessen die Sieger immer weiter mit sich ins Land hinein, wo es ihm unmöglich war, an Flucht zu denken, und so lebte er drei Jahre lang bei ihnen.

Endlich tauchte eine Schar europäischer Pioniere im Inneren des dunklen Festlandes auf, wo der Stamm lebte. Ehe die Schwarzen es verhindern konnten, hatte sich Frik mit den Weißen vereinigt und folgte ihnen nach bewohnten Gegenden.

Wahrscheinlich hatten sich die Schwarzen nach so langer Zeit daran gewöhnt, Frik als ihren Angehörigen zu betrachten. Er hatte sich bei ihnen verheiraten müssen.

Wieder zu den Weißen zurückgekommen, erkundigte sich Frik natürlich zuerst nach seinem Freund Davis.

Dieser war wohlbehalten in die Kapkolonie zurückgekehrt, hatte aber nichts von einer Hilfsexpedition für Frik gesagt. Im Gegenteil hatte er erzählt, dass Frik tot sei, und war dann spornstreichs nach England gereist. Er hatte wohl verlauten lassen, dass er Diamanten bei sich habe, sie aber niemandem gezeigt.

Frik fand kein besonderes Wohlgefallen an diesem Bescheid. Doch besaß er noch einige kleinere Diamanten, die er während seines Aufenthaltes unter den Eingeborenen gefunden hatte. Diese verkaufte er für ein paar hundert Pfund und reiste dann hinter Davis her nach England.

Hier zeigte es sich, dass Davis das Geld in der Bank erhoben, alle Diamanten verkauft, einen großen Herrensitz erworben hatte und nun als Großgrundbesitzer in Yorkshire lebte. Frik fuhr hinaus nach dem Gut, wurde aber vom Eigentümer nicht einmal vorgelassen. Dieser weigerte sich sogar entschieden, ihm einen Teil von dem in der Bank erhobenen und durch den Verkauf der Diamanten erworbenen Geld auszuliefern.

Nun wurde Frik wütend und wollte sich mit Gewalt einen Weg zu dem Schurken bahnen, wurde aber von den Dienern zur Türe hinausgeworfen.

Da wandte Frik sich an die Polizei, diese wies ihn jedoch an das Gericht. Er musste einen Anwalt bestellen, um den Prozess mit seinem früheren Kameraden zu führen.

Ein Anwalt war nicht schwer zu finden, weder einer noch mehrere. Aber keiner von ihnen wollte sich mit der Sache befassen, es sei denn, dass Frik für die Kosten Garantie leiste. Davis wäre reich und mächtig und würde natürlich alle die Mittel benutzen, welche die englische Gerichtsordnung in so reichem Maße denjenigen zur Verfügung stellt, die wenig Skrupel und viel Geld haben.

Frik tobte noch eine Weile wie ein Löwe im Käfig. Aber glücklicherweise fasste er sich und schiffte sich nach Australien ein, ehe er vollständig verrückt geworden war, wie er sich ausdrückte.

In Australien wurde er freundlich empfangen von dem dritten Mitglied der früheren Gesellschaft, und als Howell die Geschichte vernahm, wurde er ebenso erbittert über den Schurken Davis wie Frik selber. Es war übrigens gerade eine unglückliche Zeit für Howell. Seine Farm war von einer Überschwemmung heimgesucht worden und der größte Teil seiner Schafherden dabei zu Grunde gegangen.

Aber Howell gab nicht nach. Unbekümmert um Friks Gegenvorstellungen nahm er unter vielen Schwierigkeiten eine Anleihe von 5000 Pfund auf sein Gut auf, drängte dasselbe Frik auf, und als dieser sah, dass sein Freund keine Vernunft annehmen wollte, so zögerte er nicht länger, sondern reiste mit diesem Geld nach England.

Jetzt hielt es nicht schwer, den Prozess einzuleiten. Ein tüchtiger Anwalt wurde bestellt und der Prozess gegen Davis mit aller Energie betrieben.

Indessen zweifelte Frik bald, ob es ihm je gelingen würde, sein Ziel zu erreichen. Sein Gegner hatte die Zeit gut benutzt, um sich zu wappnen, und bediente sich aller Mittel, um den Gang der Gerechtigkeit zu verzögern. Unter solchen Umständen verschwanden Friks 5000 Pfund schnell. Endlich aber gelang es der Findigkeit seines Anwaltes, gewisse dunkle Punkte in dem Leben Davis' aus jener Zeit zu finden, in welcher Frik seine Bekanntschaft gemacht hatte.

Diese Punkte waren derart, dass Davis, der unterdessen zum Parlamentsmitglied seiner Grafschaft gewählt worden war, um jeden Preis verhindern musste, dass dieselben der Öffentlichkeit zur Kenntnis kamen. Er musste sich deshalb bequemen, dem Prozess durch einen Vergleich ein Ende zu machen und Frik die Hälfte seines Vermögens auszubezahlen, die demselben rechtlich zukam.

„Schließlich", fügte der alte Frik bei, „brachte ich den Schurken so weit, dass er nicht allein sich erbot, alles zu bezahlen, was ich verlangte, sondern sogar einen demütigen Brief an mich schrieb und mich um Gottes willen bat, die Sache nicht zu veröffentlichen. Es würde ihn sonst ruinieren, schrieb er.

Weil Davis fast alles Geld in sein Gut gesteckt hatte, so hielt es schwer, Bargeld aufzubringen. Aber der Handel wurde doch am Ende geordnet und ich habe die Geschichte niemandem erzählt. Ein Versprechen legte ich übrigens nicht ab. Aber es wird gleichwohl gut sein, wenn Ihr über das, was ich Euch jetzt erzählt habe, ebenfalls schweigt. Kann es dem Schurken zu Ruhe und Frieden und zur Bereuung seiner Sünden für den Rest seines Lebens verhelfen, so ist es wohl das Beste.

Es war nicht möglich, Deinen Vater, Mr. Reginald, zu bewegen, mehr als die 5000 Pfund anzunehmen, die er mir geliehen hatte, trotzdem ich jetzt viel reicher war als er. Nein, er war stolz, ebenso stolz als treu."

Wir hatten alle mit gespanntem Interesse die Geschichte des alten Frik angehört, alle mit Ausnahme Reginalds. Trotz seiner guten Erziehung war seine Ungeduld mehrmals aufgefallen, selbst für den Erzähler.

Derselbe bemerkte denn auch:

„Nun, Du hast die Geschichte wohl schon öfters von Deinem Vater vernommen, Reginald, sodass ich sie also um Deinetwillen nicht zu erzählen nötig hätte. – Aber ich möchte, dass diejenigen, die mir auf der Welt jetzt am nächsten stehen, wissen, welch einen Freund ich an Deinem Vater hatte."

Mr. Howell lächelte ein wenig verlegen: „Ja, natürlich habe ich diese Geschichte zwei- oder dreimal von meinem Vater vernommen. Aber Sie werden begreifen, dass er nicht so viel Gewicht auf den Beistand legte, den er Ihnen leistete. Er meinte, es wäre nicht mehr, als ein Mann gegenüber einem Freund zu tun verpflichtet sei, und dies ist auch meine Ansicht."

„Ganz der Sohn seines Vaters!", rief der Alte und ließ nicht nach, bis er die Hand des Engländers ergriffen und sie kräftig geschüttelt hatte, wie bescheiden derselbe auch abzuwehren suchte.

„Haben Sie später mehr von Davis gehört?", fragte er nach einer Pause.

„Nein, nicht viel", antwortete Frik. „Er war bereits verheiratet, als ich den Prozess mit ihm führte. Aber es war wohl keine besonders glückliche Ehe. Seine Frau besorgte gewiss einen guten Teil der Bestrafung, die er so redlich verdiente. – Später vernahm ich auch, dass er Mühe habe, seine ausgedehnte Landwirtschaft zu betreiben, nachdem er derselben so viel Kapital hatte entziehen müssen. Na, das ist seine Sache. Wir können Gott sei Dank noch über anderes sprechen als über diesen Kerl! Einen Umstand muss ich übrigens noch erwähnen: Als Davis nur meine Hälfte zurückbezahlen musste, da übernahm ich auch den schwarzen Diamanten mit Einfassung, den wir die Schildkröte nennen. Ich erhielt ihn um 2000 Pfund, die er in ungeschliffenem Zustand ungefähr wert sein soll. – Wir fanden ihn, so wie er ist, droben in Salomos Bergwerken. Es sind die gleichen, über die mein guter Freund Rider Haggard später geschrieben hat. Es war der einzige von unseren Diamanten, den Davis nicht verkauft hatte."

Viertes Kapitel.
Wieder die schwarze Schildkröte.

Von den Monaten, die jenem Sonntagnachmittag bei Frik in der Drammensstraße folgten, habe ich wenig zu berichten.

Der junge Mr. Howell blieb im Hause wohnen, verliebte sich in den Skisport und lernte diese Kunst selbst in wunderbar kurzer Zeit. Er beschloss auf Friks inständige Bitte während des Sommers in Christiania zu bleiben, da er Finnmarken und Spitzbergen besuchen wollte.

Einar Frik und Reginald Howell wurden zur Freude des Onkels gute Kameraden – trotz des Altersunterschiedes. Sie waren stets beisammen und ich glaube wohl, dass der Onkel mit der Geschäftsarbeit des Neffen ein wenig Nachsicht hatte.

Ein Polizeimann indessen vernimmt mancherlei und ich brachte bald in Erfahrung, dass die beiden jungen Männer nicht immer den unschuldigsten Vergnügungen huldigten. Selbst in Christiania finden sich immer wenigstens ein Dutzend junger Taugenichtse, die Geld zur Verfügung und nichts zu tun haben. Einar und Reginald wurden Stammgäste in diesem Kreise, wo es in der letzten Zeit Mode geworden war, Hasard zu spielen und zwar um keineswegs geringe Summen.

Mit Kummer betrachtete ich dieses Treiben. Eines Tages sprach ich mit Einar unter vier Augen und warnte ihn ernstlich.

Das Erröten und freimütige Geständnis des jungen Mannes verriet mir, dass seine Seele noch keinen Schaden genommen hatte. Übrigens sagte er nur, er habe in der letzten Zeit reichlicheres Taschengeld vom Onkel erhalten und nicht höher gespielt, als seine Verhältnisse erlaubt hätten. Mr. Howell habe ihn mehrmals davon abgehalten, hoch zu spielen. Er versprach mir, dass er sich ganz aus dem Spielzirkel zurückziehen wolle, wozu auch Mr. Howell Lust gezeigt habe.

Dies beruhigte mich und ich musste überhaupt zugeben, dass das Benehmen Reginald Howells in jeder Beziehung dasjenige eines Gentlemans war. Dass ich trotzdem eine Spur von Unwillen oder Misstrauen gegen ihn nährte, war ein Umstand, der sich nicht erklären ließ.

Eines kann ich in meiner Erzählung nicht übergehen und das ist, dass ich eines Tages Mut fasste und Fräulein Frik die bewusste große Frage stellte, deren Beantwortung so befriedigend ausfiel, wie es sich nur ein Mann wünschen kann.

Sie verlangte, dass die Verlobung von uns bis auf weiteres geheim gehalten werden sollte, da sie davor bangte, die Sache ihrem Onkel zu erzählen, der die Aussicht, sie verlieren zu müssen, kaum mit Ruhe aufnehmen würde. Der alte Frik hatte eine gewaltige Freude an den Kindern seines Bruders. Der alte Mann hatte mehrere Menschenalter hindurch gelebt, ohne den Sonnenschein einer anderen Herzlichkeit als derjenigen der Freundschaft gefühlt zu haben. Jetzt schien er Entschädigung suchen zu wollen in dem liebevollen Verhältnis zwischen ihm und den beiden jungen Menschen, die durch die Bande des Blutes mit ihm verknüpft waren.

Ich habe übrigens den Verdacht, dass der alte Fuchs, was Sigrid und mich betraf, wohl Lunte gerochen hatte. Aber ich glaube auch, dass es mir gleichzeitig gelungen war, seine Achtung zu gewinnen, sodass er schlimmsten Falles seine Nichte lieber mir als einem anderen geben würde.

*

Es war am 10. Mai, an einem schönen Frühlingstag; der Lenz war dieses Jahr ungewöhnlich frühzeitig gekommen und die Bäume standen schon belaubt.

Mein Tagewerk war zu Ende. Es war ein langer und beschwerlicher Tag gewesen und ich stand gerade in meiner Wohnung und überlegte, ob ich mir nicht zur Belohnung einen freien Abend gönnen und denselben in „Villa Ballarat" verbringen sollte. Ich hatte seit mehreren Tagen keine Zeit gehabt, Sigrid zu besuchen.

Es klingelte am Telefon:

„Sind Sie es, Monk?"

Es war die Stimme des alten Frik. Ich erkannte den Ton wieder, es war der gleiche, wie vor fast acht Monaten, als ich zum ersten Mal aufgefordert wurde, nach der Villa zu kommen.

„Ja, ich bin es."

„Können Sie sogleich herauskommen? Hier ist etwas geschehen!"

„Ich werde in zehn Minuten kommen."

Auf dem St. Olafsplatz nahm ich eine Droschke. Ich wollte nicht eine Minute verlieren.

Eine unheimliche Ahnung, dass ein Unglück geschehen werde oder bereits geschehen war, kam über mich. Ich weiß nicht, ob Menschen wirklich ohne materielle Ursache Vorahnungen haben können. In diesem Fall war ja die Ahnung hinreichend in den knappen Worten des alten Frik begründet.

An der Gitterpforte stand Frik selber und öffnete mir. Er verschloss die Pforte sorgfältig hinter uns, steckte den Schlüssel in die Tasche und sagte dann, indem er mit den Händen in den Taschen sich vor mich hinstellte:

„Die schwarze Schildkröte ist wieder fort."

„Fort?"

„Fort, ja! – Gestohlen, sage ich", und er hob die Stimme.

Ich ersuchte ihn leiser zu sprechen und die Sache zu erklären. Es war mir eine Erleichterung, zu hören, dass es nichts Schlimmeres war. Ich ahnte kaum, dass es noch viel schlimmer werden konnte.

„Hier hört uns niemand", fuhr Frik fort, „hier mitten im Garten. – Es ist, wie ich sage, die schwarze Schildkröte ist gestohlen worden und zwar im Lauf der letzten Stunden – nach fünf Uhr."

Ich sah auf meine Uhr, sie zeigte genau fünf Minuten über halb acht.

„Wie wissen Sie, dass es nach fünf Uhr geschehen ist? Lag nicht die Schildkröte in dem Schrank mit den eisernen Läden im Museum?"

„Jawohl, aber hören Sie nun. Der alte Prokurator Jürgens, Sie kennen den alten Dummkopf mit seinen Sammlungen wohl, speiste zu Mittag bei uns. Darauf tranken wir draußen im Museum den Kaffee, wie wir oft zu tun pflegen. Um fünf Uhr erhob sich Jürgens und wir gingen alle hinauf in das Hauptgebäude. – Aus einer Ursache, die ich Ihnen später erklären werde, vergaß ich, die Türe zum Museum und dem Schranke zu schließen. Ich erinnerte mich vor einer halben Stunde daran. Ich warf einen Blick in die Schränke, ehe ich sie verschloss, und bemerkte jetzt, dass die Schildkröte fehlte."

„Wissen Sie genau, dass es fünf Uhr war?"

„Ja, wir betrachteten die Schildkröte gerade, bevor wir das Museum verließen. Ich war der letzte, der hinaus ging, nachdem ich sie vorher an ihren Platz getan hatte."

„Haben Sie anderen mitgeteilt, dass die Schildkröte fort ist?"

„Nein, nachdem ich mich von dem Fehlen des Gegenstandes überzeugt hatte, war es mein erstes, an Sie zu telefonieren. Ich habe seither in eigener Person darauf geachtet, dass niemand ein- oder ausgegangen ist."

Ein langes, an Abwechslungen und Abenteuern reiches Leben hatte den alten Mann Entschlossenheit und Geistesgegenwart gelehrt.

Er hatte sich vollständig korrekt benommen und seine Aufschlüsse waren klarer als die allermeisten derjenigen, die ein Polizeibeamter unter ähnlichen Umständen zu erhalten pflegt.

„Ist Fräulein Sigrid oder ihr Bruder zu Hause?"

„Nein, Einar reiste vorgestern in Geschäften für mich nach Hamburg. Er bleibt eine Woche dort und Sigrid ging aus, um ein halbes Stündchen zu spazieren. – Ich hatte sie an die Pforte begleitet, als mir einfiel, dass die Türe zum Museum nicht geschlossen war."

„Vermissen Sie nichts weiter im Museum als die Schildkröte?"

„Nein, soviel ich bemerkt habe. Jedenfalls sind dort noch eine Menge kleiner und kostbarer Sachen übrig, die leichter zu verwerten sein würden als die Schildkröte. Es kann kein gewöhnlicher Dieb gewesen sein oder doch jedenfalls ein ungewöhnlich dummer."

„Hat die schwarze Schildkröte für Sie oder einen anderen noch einen besonderen Wert außer demjenigen, den das Gold und der Stein haben?"

„Nein, das kann ich mit Vergnügen beschwören! – Sie meinen wohl, es sei mit diesem Diamanten wie mit verschiedenen ähnlichen Dingen in englischen Detektiverzählungen, die von schwarzen und gelben Menschen umschwärmt werden, weil sie das betreffende Ding absolut haben müssen. Nein, derartige Geheimnisse gibt es hier nicht. Wir fanden ihn nebst allen den anderen Diamanten in der Höhle, von der ich Ihnen erzählt habe. Gewiss Jahrtausende lang haben keine Menschen ihren Fuß dorthin gesetzt, und die Schwarzen, die in der dortigen Gegend wohnen, bekümmern sich nicht im geringsten um die Diamanten. Deshalb ließen sie auch Davis mit seinem Sack unangetastet, sodass er damit in der Nacht davonlaufen konnte. Erst wenn die Eingeborenen die Segnungen der Zivilisation kennengelernt haben, finden sie Geschmack an Diamanten."

„Eines muss getan werden", sagte ich, „solange es noch hell ist. Wollen Sie darauf Acht geben, dass niemand durch die Pforte aus- und eingeht, so werde ich unterdessen nachsehen, ob jemand über den Zaun in den Garten gestiegen ist."

Wie schon erwähnt war das ganze Besitztum Friks, das wohl mehr als 25000 Quadratellen Flächeninhalt zählen mochte, als Garten eingerichtet und mit einem hohen, eisernen Gitter umzäunt. Die Entfernung der einzelnen Stangen voneinander war so gering, dass selbst ein Kind nicht hätte durchschlüpfen können. Dass ein verwegener und gewandter Mann trotz der Spitzen darüber klettern konnte, war dagegen nicht ausgeschlossen, wenn es auch sehr schwierig war.

Es war übrigens leicht, darüber ins Klare zu kommen, ob jemand diesen Weg benutzt hatte. Es hatte in der letzten Zeit viel geregnet und der Boden auf der inneren und äußeren Seite des Zauns war aufgeweicht. Jeder Fuß musste hier Spuren hinterlassen, besonders auf der äußeren Seite, wo sich ein frischgepflügtes Feld befand.

Ich machte einen Gang durch den ganzen Garten: Kein Mensch war hier gegangen.

Der alte Frik patrouillierte noch immer an der Pforte hin und her, als ich zurückkehrte.

„Kein Mensch ist heute über den Zaun gekommen", sagte ich.

„Nein!", antwortete er nachdenklich. „Das habe ich die ganze Zeit geglaubt. Die Diebe werden sich leider im Hause befinden – aber dort kommt ja Sigrid!"

Richtig, das liebe Mädchen kam mit raschen Schritten auf die Pforte zu.

Wohl fuhr eine warme Röte über ihr Gesicht, als sie mich bemerkte. Aber diese verschwand schnell. Ich sah, dass Sigrid sehr bleich und angestrengt war.

Wir öffneten ihr die Pforte und ich gab Frik einen Wink, dass ich zuerst mit ihr zu sprechen wünsche.

Ich ging ihr entgegen, ergriff ihre Hand und flüsterte ihr zuerst einige Worte zu, die nichts mit dem Diebstahl zu tun hatten. – Als wir in die Nähe des Onkels kamen, äußerte ich laut und so nachlässig als möglich:

„Ihr Onkel kann die schwarze Schildkröte nicht finden. Er meint, dass er sie an dem einen oder anderen Ort verlegt habe."

Ich verband damit die Absicht, ihr Nachdenken zu wecken für den Fall, dass der Diamant wirklich verlegt worden war. Ich fürchtete, wenn ich plötzlich etwas davon erwähnte, dass er gestohlen worden sei, würde die junge Dame allzu sehr in Aufregung geraten, um ruhig nachdenken zu können.

„Lieber Onkel, steht sie denn nicht im Schranke? Ich sah ja selbst, dass Du sie dorthin gelegt hast, ehe wir Prokurator Jürgens durch den Garten begleiteten."

Mir entging es nicht, dass Sigrid wie geistesabwesend sprach. Sie sah müde aus wie ein Mensch, der eine große körperliche oder geistige Anstrengung erlitten hat.

Wir ersuchten sie, den Dienstboten gegenüber einstweilen nichts von dem Verschwinden des Diamanten verlauten zu lassen, und sie trat ins Haus, um für die Abendmahlzeit zu sorgen. Es war auffallend, wie wenig die Sache sie zu interessieren schien.

Darauf telefonierte ich an die Polizeikammer und bestellte zwei von meinen Leuten sofort nach der „Villa Ballarat". Dann ersuchte ich den alten Frik, mit mir bis zu ihrer Ankunft im Garten zu spazieren. Wir konnten auf diese Weise darauf achtgeben, dass niemand ohne unser Vorwissen im Hause ein- und ausging.

„Wo ist Mr. Howell?" Mir kam plötzlich der Gedanke, dass ich von diesem Herrn weder etwas gesehen noch gehört hatte.

„O, er reise nachmittags mit der Eisenbahn nach Österdalen. Er war von einem Waldbesitzer dort droben, Bäringsaasen heißt er, wie ich glaube, eingeladen worden. Sie wollten Auerhähne schießen. Es seien nur noch vier Tage übrig bis zum Beginn des Jagdbannes, glaube ich ihn sagen gehört zu haben."

„Um welche Zeit reiste er ab?"

„Er hat vormittags sein Gepäck hinab auf die Station gesandt. Aber der Zug sollte erst um sechs oder sieben Uhr abfahren. Wir können uns bei Iversen erkundigen, wann er gegangen ist. Sie wissen übrigens, dass hier im Hause jedermann gehen und kommen kann, wann er will."

Iversen war Friks Vertrauter. Er war ein früherer Unteroffizier, ein ungewöhnlich zuverlässiger und tüchtiger Mann, den Frik auf meine Empfehlung in seinen Dienst genommen hatte. Sein offizieller Titel war zwar Gärtner, versah aber abwechselnd mit dem Kutscher den Dienst als Pförtner, hielt den Hof in Ordnung, war Tischler, Schmied und vieles andere mehr und erhielt von dem alten Frik sehr gute Bezahlung.

Er und der Kutscher waren unverheiratet, sie wohnten in einem kleinen Pförtnerhause neben der Gartenpforte, speisten aber droben im Hause.

Unterdessen erschienen meine beiden Beamten an der Pforte und ich erteilte ihnen meine Instruktionen. Der eine sollte vor der Villa Wache halten und sich ablösen lassen, sodass Haus und Garten keinen Augenblick unbeobachtet blieben. Wenn sich der Diamant noch innerhalb des eisernen Zauns befand, so würde der etwaige Dieb ihn sobald als möglich hinauszubringen versuchen.

Der andere Beamte erhielt den Befehl, bei allen Pfandleihern und anderen Geschäften, bei denen der Diamant mutmaßlich verwertet werden konnte, Erkundigungen einzuziehen und, falls letzteres geschehen war, sofort die Polizei davon zu unterrichten und unter allen Umständen dafür zu sorgen, dass der Verkäufer verfolgt und ermittelt würde.

Beim Abendtisch erhielt ich von dem alten Frik und Sigrid einen sehr genauen Bericht über alles, was an diesem Tage im Hause vorgegangen war. Ihre Angaben bezüglich der Zeit stimmten genau überein. Sigrid hatte übrigens Kopfweh und sah leidend aus. Frik und ich rieten ihr, zu Bette zu gehen, was sie gleich darauf tat.

Darauf hatte ich eine Besprechung mit Iversen – der Kutscher hatte an diesem Tage frei, um seine Familie auf Moß besuchen zu können.

Endlich ließ ich mich in ein Gespräch mit dem Stubenmädchen und der Köchin ein. Eveline hatte am

Nachmittag Urlaub erhalten, um ihre Mutter zu besuchen. Nachmittags sechs Uhr war sie jedoch in der Villa gewesen, aber sogleich wieder gegangen und noch nicht zurückgekommen.

Zu welchen Resultaten oder Vermutungen ich bei dieser Untersuchung kam, davon werde ich später sprechen. Vorläufig kann ich beifügen, dass sie nicht sehr befriedigend waren und dass ich zu ahnen begann, diese Sache werde mir mehr Kopfzerbrechen verursachen, als irgendeine andere bisher getan hatte.

Ehe ich mich von dem alten Frik trennte, ließ ich von ihm eine öffentliche Anzeige an die Polizeikammer schreiben. Ohne eine solche hätte ich mich kaum ernstlich der Sache annehmen können.

Fünftes Kapitel.
Beim Polizeimeister.

Am nächsten Vormittag elf Uhr stand ich im Geschäftszimmer des Polizeimeisters. Er hatte mich um diese Zeit zu sich bestellt.

Ich hatte einige Wochen lang als Vorgesetzter der Detektivabteilung während der Ferienreise meines Oberbeamten gearbeitet. Der letztere suchte übrigens ein anderes Amt, und ich hatte die bestimmte Zusage des Polizeimeisters, seine Stelle zu übernehmen. „Ich habe bereits mit dem Staatsrat darüber gesprochen und Sie können die Sache als abgemacht betrachten", waren die Worte, mit denen mein hoher Vorgesetzter vor einigen Tagen ein für mich sehr angenehmes Gespräch beendigt hatte. Gleich darauf war es mir gelungen, den Urheber eines berüchtigten Mordes ausfindig zu machen.

Der Polizeimeister war sehr freundlich gegen mich gewesen und behandelte mich, besonders in der letzten Zeit, fast kameradschaftlich, soweit sein altmodisches, würdiges und feierliches Wesen dies gestattete.

Er reichte mir die Hand, sobald ich eintrat.

„Guten Morgen, Herr Kommissär! Belieben Sie Platz zu nehmen." – Er gab einem Beamten, der steif in einer Ecke stand, einen Wink und derselbe schob mir einen großen Lehnstuhl hin. „Ja, Sie können einstweilen hinaus in das Vorzimmer gehen, Beamter Strukstad, ich habe mit dem Detektivchef etwas zu besprechen.

Sie sind ein glücklicher Mann, Herr Monk, nun haben Sie wieder ein interessantes Geschäft in Behandlung bekommen. Ich meine den Diamantendiebstahl bei dem alten Frik in der Drammensstraße.

Und nun, Herr Kommissär, möchte ich gerne etwas Näheres über den alten Frik und seinen Diamanten hören. Nach allem, was ich in Erfahrung gebracht habe, gehören Sie auch zu den Freunden der Familie. Ja, wenn ich recht berichtet bin, so fühlen Sie sich nicht bloß von ihren Diamanten angezogen."

Ich war nicht wenig überrascht davon, dass der Polizeimeister ein Geheimnis kannte, das ich gleich allen anderen Verliebten so gut bewahrt glaubte.

Ich ließ mich jedoch nicht weiter auf diesen Teil der Sache ein, was mein Vorgesetzter auch nicht zu erwarten schien, sondern begann, ihm so kurz und klar als möglich die Verhältnisse des Hauses und seiner Bewohner zu erklären.

Dann erzählte ich die Begebenheiten des gestrigen Tages:

„Wie Sie wissen, Herr Polizeimeister, war gestern ein Gast beim Mittagessen im Hause. Es war der alte Prokurator Jürgens. Sie kennen ihn ja und seine Sammlungen und wohl auch seine Sammlermanie. Ich habe in Erfahrung gebracht, dass seine Verwandten ihn unter Vormundschaft stellen lassen wollen. Er ist ziemlich altersschwach und beschäftigt sich damit, sein großes Vermögen mit dem Ankauf aller möglichen Raritäten der Welt zu vergeuden.

Er ist aber doch noch immer so klug, dass ihm niemand etwas Wertloses aufschwatzen kann. Ist es aber auf die eine oder andere Weise ein Ding von wirklichem Wert, dann bezahlt er ohne Murren die größten Summen dafür.

Er speiste also zu Mittag bei Frik. Er geht natürlich nur dorthin, um die Sammlungen desselben zu sehen, und plagt den Alten fast zu Tode mit seinen zudringlichen Versuchen, dieses oder jenes zu kaufen.

An dem Mittagessen beteiligten sich Jürgens, Frik, Fräulein Frik und Mr. Howell. Der junge Frik ist schon seit ein paar Tagen verreist. Im Hause befanden sich übrigens noch die Köchin, das Stubenmädchen und der Gärtner. Der Kutscher war auf Besuch bei seiner Familie auf Moß. Ich habe schon an die Polizei telefoniert und die Bestätigung erhalten, dass er dort am Morgen ankam und um acht Uhr die Stadt mit dem Abendzug verließ.

Fräulein Friks Mädchen Eveline war am Nachmittag ebenfalls abwesend. Sie hatte Erlaubnis erhalten, ihre kranke Mutter besuchen zu dürfen.

Nach dem Mittagessen ging man hinab in das Museum, wie man im Hause das Gebäude nennt, von dem ich Ihnen neulich erzählt habe und das Herr Frik auf meinen Rat im Garten zwischen dem Wohnhause und der Drammensstraße hat erbauen lassen.

Wenn Besuch kommt, pflegt man auf „Villa Ballarat" oft den Kaffee im Museum zu trinken, besonders wenn die Gäste die Merkwürdigkeiten desselben zu besehen wünschen.

Prokurator Jürgens hatte zum zwanzigsten Male den Wunsch geäußert, die schwarze Schildkröte sehen zu dürfen und Frik dringend aufgefordert, sie zu verkaufen.

„Ich bezahle 10000 Kronen bar!", sagte der Alte.

„Erstens ist sie mehr als 30000 Kronen wert, mein lieber Jürgens", hatte Frik geantwortet, „und zweitens verkaufe ich sie um keinen Preis."

Jürgens musste endlich auf den Diamanten verzichten, wollte aber mit aller Gewalt eine andere Rarität kaufen. Besonders warb er um einen kleinen Elefanten, aus Elfenbein geschnitzt und mit einer Uhr an der Stirne. Das Uhrwerk liegt im Körper des Tieres und der Rüssel bildet das Pendel. Derselbe schwingt sich hin und her und macht einen komischen Eindruck.

Doch war ihm das Glück bei dem Elefanten nicht günstiger als bei der Schildkröte und die Familie fühlte sich nicht wenig erleichtert, als der feilschende Alte von seinem Diener abgeholt wurde. – Sie wissen, dass ihm das Gehen schwer wird und er sich in einem von seinem Diener geschobenen Rollstuhl transportieren lässt.

Frik nahm Abschied von Jürgens und wollte gerade die Schränke schließen, nachdem er jedes Ding wieder an seinen Platz gestellt hatte, als man Geschrei draußen hörte.

Es war der ungeschickte Diener – der, weil wohl ein wenig benebelt – den Alten in eines der Blumenbeete gestürzt hatte.

Alle eilten aus dem Museum hinaus in den Garten.

Nachdem man Jürgens wieder auf die Beine und zur Türe hinausgebracht hatte, gingen Frik und seine Leute in das Hauptgebäude. So kam es, dass der alte Frik den Schrank mit den eisernen Läden und die Türe zum Museum abzuschließen vergaß.

Es war gerade fünf Uhr nachmittags.

Der alte Frik ging hinauf auf sein Zimmer und hielt ein Mittagsschläfchen. Das Fräulein ging spazieren, sie hatte den ganzen Tag Kopfweh gehabt.

Um sechs Uhr kamen sie wieder zusammen. Fräulein Frik war schon vor einer Viertelstunde zurückgekehrt und wartete im Wohnzimmer mit dem Mittagstee auf ihren Onkel.

Die beiden saßen bis sieben Uhr beisammen. Sie tranken Tee und sahen die Haushaltungsrechnung des Fräuleins durch.

Um sieben Uhr ging die junge Dame wieder aus, um zu spazieren. Das Kopfweh wollte nicht nachlassen.

Als Frik sie bis an die Pforte begleitet hatte, fiel ihm ein, dass die Türe zum Museum nicht verschlossen war, und jetzt machte er die Entdeckung, dass der Diamant verschwunden war.

Pförtner Iversen hatte die Zeit zwischen 5 und 7½ Uhr in dem kleinen Pförtnerhause verbracht, er beschäftigte sich mit Tischlerarbeit und stand an dem der Pforte und der Straße zugekehrten Fenster.

Ich erkundigte mich bei ihm, wer in dieser Zeit ein- und ausgegangen sei.

Ja – zuerst sei um fünf Uhr das Fräulein ausgegangen und etwa eine kurze halbe Stunde nachher zurückgekehrt.

Ungefähr um sechs Uhr wäre Eveline nach Hause gekommen, aber um 6½ Uhr wieder ausgegangen.

Um sieben Uhr habe Mr. Howell mit Gewehr und Jagdtasche das Haus verlassen und in der Nähe eine Droschke bestiegen.

Gleich nachher sei das Fräulein wieder ausgegangen, von dem alten Frik bis an das Tor begleitet.

Die Köchin und das Stubenmädchen hatten sich die ganze Zeit in der Küche und im Mägdezimmer aufgehalten.

„Das muss ich sagen, das ist ein Muster von einem vorläufigen Rapport, Herr Monk. Sie haben das alles im Gedächtnis und nicht einmal notiert?"

„Ich glaube in dieser Hinsicht eine besondere Fähigkeit zu haben, Herr Polizeimeister. Ich werde nur konfus, wenn ich mehr notiere, als höchst notwendig ist. Ich sehe es klarer, wenn es nur im Gedächtnis steht."

„Ja, ja, jeder hat seine Art! Das ist jedenfalls eine sehr nützliche Fähigkeit für einen Detektiv. – Aber sagen Sie mir doch, wie können Sie so genau jedes Mal die Zeit angeben? Man kann sich nicht immer so genau auf die Uhr in einem Hause verlassen."

„Zufällig gibt es in dieser Hinsicht mehrere Anhaltspunkte:

Der alte Frik besitzt einen ausgezeichnet guten Taschenchronometer und er ist stolz darauf, dass derselbe beständig auf die Minute richtig geht.

Gerade bevor sich Jürgens entfernte, wurde die Bemerkung gemacht, wie zuverlässig die Uhr im Kopf des Elefanten sei, – er steht auf einem Regal gerade über dem Schranke, wo der Diamant seinen Platz hatte. Trotzdem sie lange nicht mehr reguliert worden war, zeigte sie doch auf die Minute richtig. Dies stellte sich bei einer Vergleichung mit dem Chronometer heraus.

Damit haben wir einen sicheren Ausgangspunkt – fünf Minuten über fünf.

Ferner erhält Frik jeden Tag seinen Nachmittagstee genau um sechs Uhr. Die Mägde haben sich in dieser Beziehung die größte Pünktlichkeit angewöhnt, da der Alte sehr genau ist.

Endlich blickte Iversen auf die Uhr, als Mr. Howell ausging, um zu sehen, ob er früh genug den Zug erreichen würde. Mr. Howell hatte, als er hinausgelassen wurde, die Bemerkung gemacht, dass die Uhr bereits zehn Minuten über sieben zeige, was mit Iversens Uhr übereinstimmte.

Wie Sie sehen, habe ich mich in der Angabe der Zeit kaum sehr geirrt, höchstens ein paar Minuten."

„Ja, ich sehe es ... – Ihre Nachforschungen bei den Pfandleihern und Juwelieren sind wohl ohne Resultat geblieben?"

„Ja, bisher, und ich glaube, es wird für immer so bleiben."

Der Polizeimeister nickte. Keiner von uns sprach es aus. Aber doch waren wir beide darin einig, dass ein Dieb, der einen so schwer verwertbaren Gegenstand wie die Schildkröte stahl, während ihm genug verkäufliche Dinge zur Auswahl vorlagen, seine besonderen Gründe haben musste und sich nicht durch eine derartige Verwertung des gestohlenen Gegenstandes ins Verderben stürzen würde.

„Ich weiß ja", sagte der Polizeimeister lebhaft, „dass Sie Ihre Untersuchungen noch lange nicht abgeschlossen haben. Aber es lassen sich doch interessante Mutmaßungen darüber anstellen, wer den Diamanten genommen haben kann. Ich gleiche einem alten Streithengst, der die Trompete hört, und habe Lust, mich zu versuchen. – Wer kann nach Ihrer Ansicht den Diamanten genommen haben?"

Ich sah, dass mein hoher Vorgesetzter das Verlangen fühlte, die Sache zu erwägen, und ich konnte mich nicht enthalten, ebenfalls meine Mutmaßungen aufzustellen, wenn ich auch auf einer solchen Stufe der Untersuchung wenig Lust dazu hatte.

„So viel ich sehen kann", antwortete ich, „gibt es nur fünf Personen, die den Diamanten genommen haben können: Gärtner Iversen, Mr. Howell, das Kammermädchen Eveline, die Köchin und das Stubenmädchen. – Alle diese Personen hatten in der Zeit von 5 – 7½ Uhr Zutritt zum Garten und also auch zum Museum."

„Sie vergessen zwei Personen, Herr Monk!"

Ich starrte ihn an.

„Sie vergessen den alten Frik und seine Nichte!"

Der Polizeimeister lächelte und ich versuchte auch zu lächeln. Aber das Lächeln gefror gleichsam und ein sonderbar unangenehmes Gefühl überkam mich.

Der Polizeimeister bemerkte dies wahrscheinlich:

„Ja, ich spreche natürlich vom rein theoretischen Gesichtspunkt aus. Es gehört ja zum Abc eines Polizeibeamten, dass er allen misstrauen muss, solange der Schuldige nicht entdeckt ist."

„Nicht allen, Herr Polizeimeister!" Ich fühlte, dass ich mit einem Ernst sprach, der gar nicht zu der Lage oder dem gemütlichen Ton meines Vorgesetzten passte. Aber ich konnte das physische Unbehagen nicht los werden, das die Erwähnung von Sigrids Namen bei mir erzeugt hatte.

„Vielleicht haben Sie recht, Herr Monk, jedenfalls wird dieser Umstand sicher nicht das Gegenteil beweisen. Aber sagen Sie mir, was denken Sie eigentlich von Mr. Reginald Howell?"

Der Polizeimeister wollte, wie es mir vorkam, dem Gespräch augenscheinlich eine andere Wendung geben. Er mochte bemerkt haben, dass mich dasselbe in gewisser Hinsicht peinlich berührte.

„Es ist natürlich, Herr Polizeimeister, dass Sie meine Aufmerksamkeit auf ihn lenken. Er hat in der Zeit von fünf bis zehn Minuten vor sieben Uhr hinreichend Gelegenheit gehabt, sich des Diamanten zu bemächtigen und mit demselben sich aus dem Hause zu entfernen. Für ihn hätte es keine Gefahr gehabt, in das Museum zu gehen, und wäre er von einem der Diener bemerkt worden, so würde dies kein Aufsehen erregt haben, da er gleichsam als ein Glied der Familie Frik gilt.

Das ist die eine Seite der Sache. Die andere Seite ist die, dass Mr. Howell in jeder Beziehung den Eindruck eines Gentlemans macht, dass er durch freundschaftliche Bande mit der Frikschen Familie verbunden ist, und endlich ist er in ökonomischer Beziehung derart situiert, dass er weder Diamanten noch Derartiges zu stehlen braucht."

„Wissen Sie das sicher?"

„Ich urteile nach seinen eigenen Angaben und denjenigen des alten Frik. Überdies war ich heute Morgen um 9½ Uhr bei Bankier Wendel – ich habe seiner Zeit Mr. Howell dieses respektable Bankiergeschäft persönlich empfohlen – und fragte den Prinzipal im Vertrauen, wie es mit Mr. Howells Konto stünde. Er teilte mir mit, dass derselbe für den Augenblick ein Guthaben von 300 – 400 Pfund Sterling in der Bank stehen habe. Dies wäre der Rest einer Summe Geldes, die er in bar mitgebracht und bei dem Bankier deponiert hätte, überdies sei von den Herren Hambro & Sohn, Bankiers in London, die Ordre eingelaufen, auf ihre Rechnung Mr. Howell einen Kredit bis zu 2000 Pfund Sterling zu eröffnen."

„Na, ich wünschte, ich hätte einen ähnlichen Kredit bei der Bank. Dies macht es nicht sehr wahrscheinlich, dass sich der Engländer an dem Diamanten vergriffen haben sollte. – Übrigens will ich Sie nicht länger aufhalten, Herr Monk. Verfahren Sie in dieser Sache nach Gutdünken. Sie haben ja noch keine Zeit zu Untersuchungen gehabt und ich hätte Sie in einem so undankbaren Stadium nicht ausfragen sollen. Wir wollen dieses Gespräch als eine kleine Erfrischung betrachten. Glück auf! Teilen Sie es mir mit, sobald Sie etwas Interessantes zu berichten haben."

Der Polizeimeister reichte mir die Hand.

Im Lauf des Tages wurde mir ein mit „privat" bezeichnetes Billet des Polizeimeisters überreicht, das folgendermaßen lautete:

„Lieber Herr Monk!

Ich habe es nicht unterlassen können, an den Diamanten des alten Frik zu denken. – Wäre es nicht doch vielleicht denkbar, dass er auf eine sehr natürliche Weise abhandengekommen ist, indem er vielleicht auf den Boden fiel, auf eine unrichtige Stelle gelegt wurde oder sonst verloren ging?

Möglich wäre es auch, dass ihn jemand spaßeshalber versteckt hat, um dem alten Frik einen Streich zu spielen.

Ich gebe zu, dass es nicht wahrscheinlich ist. Aber fast unwahrscheinlicher ist es noch, dass ihn jemand gestohlen haben sollte, – gerade den am schwersten verkäuflichen Gegenstand von allen Kostbarkeiten, die nach Ihrer Aussage im Schranke gelegen haben.

Ich bitte Sie, dies in Erwägung zu ziehen und bei Ihren Untersuchungen die größte Vorsicht obwalten zu lassen.

Das Verschwinden des Diamanten würde bald genug Anlass zum Klatsch in der ganzen Stadt geben.

Es ist von größter Wichtigkeit, dass sich die Polizei nicht „prostituiert", wie es die Leute nennen. Das heißt, dass sie sich nicht von der unergründlichen Dummheit der Leute hinters Licht führen lässt.

Ich kenne Ihre Klugheit und wahrscheinlich sind diese Zeilen überflüssig. Ihr usw."

Sechstes Kapitel.
Ein Morgenbesuch.

Ich unterließ nicht, mir die klugen Worte des Polizeimeisters zu merken. Gleich nach dem Verschwinden des Diamanten untersuchte ich auf das sorgfältigste die ganze Villa.

Die Dienstboten nahmen die Sache mit musterhafter Fassung auf und erboten sich selbst, alle ihre Behälter zu öffnen. Ich nahm mir sogar die Freiheit, Mr. Howells Zimmer zu untersuchen. Alle seine Behälter standen ebenfalls offen, boten aber nichts, das von Interesse gewesen wäre. Meine Nachforschungen brachten mir auch zur Kenntnis, dass dieser Herr an jenem Tage, als der Diamant verschwand, sich direkt zur Station begeben hatte und von dort mit dem Zug nach Elverum gefahren war.

Ich weiß nicht, woher es kam, aber in mir tauchte wiederholt der Gedanke auf, dass der junge Engländer auf irgendeine Weise mit dem Verschwinden des Diamanten in Beziehung stehe. Vielleicht rührte dieser Umstand davon her, dass ich das bestimmte Gefühl hatte, es kenne noch niemand von uns den jungen Mann so ganz genau, trotzdem er bereits mehrere Monate auf der „Villa Ballarat" geweilt hatte. Sein Wesen war frei und offen – aber man lernte ihn doch nicht kennen.

Den Gärtner Iversen und die beiden Mägde, die Köchin nebst dem Stubenmädchen schlug ich mir bald aus dem Sinn. Der erstere hatte sich viele Jahre lang als der bravste, zuverlässigste Mann gezeigt. Er war Junggeselle, hatte ein Sümmchen in der Bank liegen und es war leicht, über seine Vergangenheit Aufschluss zu erlangen, in welcher er als Jüngling – Sohn wohlhabender Bauersleute in Smaalenen – in die Unteroffiziersschule eingerückt und der militärischen Laufbahn gefolgt war, bis er dann – stets mit den besten Zeugnissen – bei Frik in Dienst trat.

Es bleibt nur noch das Kammermädchen übrig, und wenn Du meinst, dass Eveline eine Hauptrolle in den traurigen Begebenheiten spielen werde, die sich nun rasch Schlag auf Schlag folgen, dann trügen Dich Deine Ahnungen nicht.

Schon vom ersten, oder besser gesagt, dem zweiten Tage an, als ich das Haus des alten Frik betreten hatte, war mir das junge Mädchen aufgefallen. Es war etwas Geheimnisvolles in ihrem Benehmen, wahrscheinlich eine Folge ihres schweigsamen, etwas verschlossenen Wesens. Sigrid bestätigte auch, dass sie wortkarger sei, als junge Mädchen sonst von Natur zu sein pflegen. Sie meinte, dass sie viel Charakter besitze und fand trotz ihres Schweigens großen Gefallen an ihr. In der letzten Zeit war sie noch verschlossener gewesen als früher und sie machte nicht den Eindruck der Gesundheit, obschon infolge ihrer natürlichen blassen Gesichtsfarbe ihrem Äußeren kaum eine Veränderung anzumerken war.

Den Nachmittag, an welchem der Diamant verschwand, hatte Eveline in folgender Weise verbracht – ihre Erklärung stimmte vollständig mit den Aussagen der anderen überein –: Sie hatte gleich nach dem Mittagessen, als die Herrschaft hinab in das Museum gegangen war, den Kaffee dorthin gebracht.

Als sie damit fertig war, hatte sie die Villa verlassen, um ihre kranke Mutter zu besuchen, dies geschah kurz vor dem Aufbruch des Prokurator Jürgens.

Um sechs Uhr war sie einen Augenblick wieder in der Villa gewesen, um etwas zu holen, das sie vergessen hatte, und hatte gleichzeitig die Kleider gewechselt, weil sich das Wetter geändert hatte, war aber nicht länger als eine halbe Stunde in der Villa geblieben.

Es erschien auffallend, dass Eveline plötzlich lebhafter geworden war, als ich sie je früher gesehen hatte, und Sigrid meinte auch, dass sie besser und munterer aussähe seit jenem Tage, als der Diamant verschwand.

Hinsichtlich Evelines Mutter, Madame Reiersen, brachte ich in Erfahrung, dass sie sich durch Waschen und Plätten und Vermieten von ein paar Zimmern erhielt, dass sie sich aber zeitweise betrank und ihre Haupteinnahme gewiss nur in demjenigen bestand, was ihr die Tochter schenkte. Fräulein Friks Freigebigkeit setzte die letztere instand, der Mutter eine ziemlich reichliche Unterstützung zukommen lassen zu können.

Madame Reiersen liebte es besonders, von früheren Tagen zu sprechen, als Reiersen noch lebte und ein wohlhabender Gerbermeister auf Grönland war.

Wie Du siehst, hatten meine Untersuchungen kein Resultat aufzuweisen. Aber meine Gedanken über das Verschwinden des Diamanten begannen doch eine bestimmte Richtung einzuschlagen, eine Richtung, die es mir erwünscht erscheinen ließ, Madame Reiersens Bekanntschaft zu machen.

*

Am nächsten Morgen um 9½ Uhr – die Maisonne strahlte warm – trat ein Herr in den Hofraum Nr. 44 in der Russelökgasse.

Der Herr war nicht gerade fein gekleidet, sein Rock ein wenig abgetragen, die Beinkleider waren unten mit einigen Fransen behangen, er machte aber wahrscheinlich doch einen ganz ehrenwerten Eindruck – wie ein älterer, armer Student zum Beispiel, der nicht weit vor dem theologischen Amtsexamen steht.

So war mein Aussehen, wenigstens wie ich hoffe. Denn eine solche Rolle gedachte ich zu spielen.

Im Hofraum stand eine Frau und spülte Wäsche unter der Pumpe.

Ich fragte nach Madame Reiersen und war so glücklich, die Antwort zu erhalten: „Drittes Stockwerk, rechts des Ganges."

„Ja, ich meine die Frau, welche für die Leute wäscht."

„O, mit diesem Waschen ist es wohl nicht so weit her. Aber es wohnt übrigens nur eine Madame Reiersen hier im Hofe!", war die mürrische Antwort.

„Ich glaube, Sie haben recht damit, dass es mit diesem Waschen nicht weit her ist. Wenigstens war das Zeug nicht mehr als halbgewaschen, das ich neulich von ihr erhielt", bemerkte ich.

Die Frau fühlte sich augenscheinlich von meinen geringschätzigen Aussprüchen angesprochen, denn sie ließ die nasse Wäsche, die sie in der Hand hielt, los und wandte sich gegen mich.

„Ah so, na! Sie wäscht also für Sie und Sie sind nicht zufrieden damit? Nein, Sie sind wohl nicht der erste, der das tut. Aber eine Schmach und Schande ist es, dass eine solche Säuferin anderen das Brot wegnehmen und in Freude und Herrlichkeit leben kann."

„Was mich betrifft, so wollte ich ihr als Wäscherin den Dienst kündigen."

„Ja, kündigen Sie ihn!" – die würdige Frau brach in ein höhnisches Gelächter aus – „Was kümmert sie das? Solange ihre feine Tochter bei dem alten Frik in der Drammensstraße im Dienste steht, kann sie in Herrlichkeit und Freude leben, ohne Lumpen waschen zu müssen. Aber ich denke, es nimmt mit ihr ein Ende mit Schrecken – –. Wenn sie Schauspielern nachzulaufen beginnt, dann ade!"

Damit war unsere kurze, aber angenehme Unterhaltung zu Ende.

Ich versuchte mehr über den Schauspieler zu vernehmen, der so plötzlich auf der Bühne erschienen war, wurde aber von der Frau barsch abgewiesen, „da sie nicht klatsche, besonders Fremden gegenüber nicht."

Es war nichts mehr auszurichten und ich stieg hinauf in das dritte Stockwerk.

An einer kleinen Vorzimmertüre mit Glasscheiben befanden sich zwei Karten.: Ich las: Ludwig Fredriksen, Schauspieler. Thorwald Herstad, stud. med.

Zur Linken bemerkte ich eine gewöhnliche Küchentüre. Als ich an derselben anpochte, zeigte sich eine beleibte Frauengestalt. Madame Reiersen trug eine nach meinem Dafürhalten einfache Morgentracht. Die Art und das Aussehen der Kleidungsstücke kann ich Dir leider nicht beschreiben. Sie schienen ihr übrigens alle zu eng zu sein und hatten wohl bessere Tage gesehen.

Ich lüftete meinen großen, breitrandigen, aber niedrigen Theologenhut und erklärte dann, dass ich die Absicht habe, der Madame das Waschen meines Leinenzeuges zu übertragen. Sie schien sehr überrascht darüber, dass jemand freiwillig ihr Wäsche zur Reinigung anvertrauen wollte, und fragte etwas misstrauisch, wer sie empfohlen habe.

„Vielleicht könnten wir einstweilen in das Zimmer gehen", sagte ich, „ich möchte gerne ein wenig niedersitzen. Sehen Sie, ich bin leidend und das Treppensteigen wird mir beschwerlich."

Sie brummte etwas wie „meinetwegen", führte mich dann durch eine Küche in ein unappetitliches Zimmer mit schlechter, verdorbener Luft. Es bildete ihr Wohn- und Schlafzimmer zugleich.

Ich setzte mich mühsam und legte die Hand auf das Herz.

Sie schien übrigens nicht von einem mitfühlendem Herzen geplagt zu sein. Denn sie murmelte von „dummen Leuten, die Treppen steigen, obschon sie es nicht ertragen".

„Aber wer hat Sie denn zu mir heraufgewiesen?", fuhr sie fort.

Ich sah ein, dass es mir schwer, wenn nicht unmöglich sein würde, mit dem unappetitlichen Weib ein Gespräch anzuknüpfen, besonders weil sie augenscheinlich ihre Morgenstärkung noch nicht zu sich genommen hatte und mithin für geistigen Einfluss unempfänglich war.

Ich beschloss einen Schlag zu wagen:

„Fräulein Frik hat mir empfohlen zu Ihnen zu geben, wenn ich eine tüchtige Wäscherin wünsche – Fräulein Frik im Hause des alten Frik in der Drammensstraße."

Die Frau setzte sich auf einen Stuhl gegenüber und sah mich sehr verwundert an:

„Kommen Sie in das Haus zu Frik? Sie?", war die wenig schmeichelhafte Antwort, während sie mich kritisch betrachtete.

Ich bereute meinen dürftigen Anzug, der, wie ich meinte, für mein angebliches Anliegen passen sollte, daran war nun aber nichts zu ändern. Ich musste mir helfen, so gut ich konnte.

„Ich bin Theologe", sagte ich mit Würde, „und Sekretär bei der „Weiblichen Inneren Mission". Wir halten öfters Verwaltungsrat bei Fräulein Frik."

„Ja so, na!" – Plötzlich leuchtete es in den Augen der Frau, ihr war augenscheinlich ebenfalls eine Idee gekommen. Denn von nun an war ihr Ton süß und einschmeichelnd. – „Ja so, na, Sie wollen Pfarrer werden. Das hätte unser ältester Sohn auch tun sollen. Reiersen wollte ihn Doktor werden lassen, ich aber schwor darauf, dass er Pfarrer werden müsse. Bei Friks finden sich ja wohl viele feine Damen! Haben Sie meine Tochter draußen bei Frik auch getroffen?"

„Ihre Tochter, haben Sie – –"

„Nun, nun, das ist gleichgültig", – sie fand es nicht rätlich, mich von der Tochter zu unterrichten, wenn ich sie selber nicht kannte. – „Aber wenn Sie mit dem alten Frik bekannt sind, dann haben Sie wohl auch von dem großen Diamanten gehört, der fortgekommen ist?"

Ich wusste schon, dass man in der Stadt bereits von dem Diamantendiebstahl zu sprechen begonnen hatte. Aber es kam mir unerwartet, die Frau davon reden zu hören ... Wollte sie etwa auskundschaften, welchen Verdacht man im Frikschen Hause hegte? Wusste sie etwas davon? Hatte sie selbst irgendeinen Verdacht? Oder war es nur Neugierde?

„Ja, man hat den Dieb glücklicherweise erwischt."

„Nein, was sagen Sie?"

Auf diesem interessanten Punkt des Gespräches angelangt, hörten wir, wie die Küchentüre geöffnet wurde.

Madame Reiersen ließ mich sitzen und begab sich sogleich hinaus.

Nun entspann sich ein leises, fast flüsterndes Gespräch. Aber die Türe war rissig und mein Gehör scharf. Es waren Madame Reiersens Stimme und diejenige einer fremden Frauensperson – –. Ich erkannte sie, es war die Tochter!

„– nicht daheim? – noch nicht nach Hause gekommen, sagst Du – die ganze Nacht draußen gewesen – –"

Ich hörte die Mutter murmeln, dass „er" wohl bald kommen werde.

„Und er hat nicht einmal Antwort gegeben? – – Er versprach ja, dass ich ihn heute um zehn Uhr treffen werde – –

Ein fremder Herr, sagst Du, dem Fräulein Frik empfohlen habe, zu Dir zu gehen … ?"

Die Mutter mochte wohl meine Anwesenheit erwähnt haben. Die Tochter aber schien ein berechtigtes Misstrauen gegenüber der Empfehlung Fräulein Friks zu nähren. Wahrscheinlich war sie neugierig, das Phänomen zu sehen, das Madame Reiersen Wäsche anbot. Denn die Türe öffnete sich sogleich und ich stand dem Kammermädchen Eveline gegenüber.

Groß und kräftig, hübsch und geschmackvoll gekleidet wie immer, erschien sie vor mir. Als sie mich erkannte, wurde ihr ohnehin blasses Gesicht noch bleicher und mir kam es vor, als wankte sie ein wenig. Dann aber presste sie die dünnen Lippen zusammen und grüßte mich ruhig.

„Sie hier, Herr Polizeikommissär?" Sie betrachtete meine Kleidung und lächelte ein wenig höhnisch.

Bei diesen Worten drängte sich Madame Reiersen an ihrer Tochter vorüber und sah mich erbittert an.

„Polizei, sagst Du, er ist von der Polizei? Ja, das hätte ich wissen sollen, als Sie sich hier eindrängten und von gestohlenen Diamanten und solchen Dingen zu schwätzen begannen."

Ich sah die Tochter an. Aber in ihrem Gesicht war keine Bewegung zu entdecken. Entweder hatte sie nichts mit dem Diamantendiebstahl zu tun oder besaß einen kräftigeren Willen als die meisten Menschen.

„Sie vergessen, Madame Reiersen", sagte ich, „dass Sie von dem Diebstahl bei Herrn Frik zu sprechen begonnen haben."

Täuschte ich mich oder sah ich richtig? Mir war, als richtete sich der Blick des jungen Mädchens für eine Sekunde oder zwei unwillig auf ihre Mutter.

„Ja, wenn ich davon angefangen habe, so haben Sie mich jedenfalls dazu verführt", fuhr Madame Reiersen auf. „Weshalb sind Sie sonst hergekommen? – Glauben Sie etwa, dass wir Friks Diamanten gestohlen haben? Belieben Sie selber nachzusehen, ob er in meinem Hause zu finden ist!"

Die würdige Dame begann Kommodenschubladen herauszuziehen, Schranktüren und ähnliche Behälter zu öffnen, während ihr Mundstück mit wunderbarer Schnelligkeit arbeitete.

„Ich habe gar nicht die Absicht, eine Hausdurchsuchung bei Ihnen vorzunehmen, meine liebe Madame", sagte ich so beruhigend als möglich. „Ich kam eigentlich deshalb zu Ihnen, um mich ein wenig über Ihren Zimmermieter – den Schauspieler Fredriksen – zu erkundigen."

Diesmal reichte die Selbstbeherrschung der Tochter nicht aus – für einige Sekunden fuhr eine glühende Röte über ihr Gesicht und sie trat ans Fenster, um hinauszusehen.

„Fredriksen ist alt genug, um für sich selbst zu sorgen", meinte die Madame unwirsch. „Übrigens ist er jetzt nicht zu Hause und wann er kommt, weiß ich nicht."

Ich hatte für den Augenblick nichts mehr dort zu tun. Ich nahm meinen Hut, nickte der Frau zu und entfernte mich. Kaum war ich eine Treppe hinabgestiegen, hörte ich schwere Schritte heraufkommen. Auf dem Treppen-absatz tauchte zuerst ein verbeulter Filzhut auf, dann ein bleiches, übernächtigtes Gesicht mit glattrasierten Wangen, üppigen Polkalocken in feuchten Strähnen unter dem Hutrand, ein schwarzer Diplomatenfrack von tadel-losem Schnitt, aber mit bestickten, seidenen Aufschlägen, helle Beinkleider mit Strippen – unten et-was befranst – und gesprungene Lackschuhe mit großen Schleifen.

Die Gestalt starrte mich mit einem schlaffen Blick an und verschwand in dem kleinen Vorzimmer droben. – Es war Ludwig Fredriksen, bekannt als kleiner Schau-spieler, aber großer Don Juan.

Er schien die glückliche Eigenschaft zu haben, Unan-nehmlichkeiten ziemlich schnell vergessen zu können. Denn in diesem Augenblick erkannte er mich augen-scheinlich nicht, während wir doch vor kaum Monats-frist eine ziemlich widerwärtige Unterhaltung in mei-nem Geschäftszimmer miteinander geführt hatten. – Die Ursache dieser Unterhaltung war ein ehrerbietiges Dar-lehensgesuch um einige tausend Kronen von Seiten des Künstlers an einen Großkaufmann der Stadt.

Der betreffende Kaufmann glaubte dieses Dokument den Händen der Polizei überliefern zu müssen, trotzdem der galante Künstler als Pfand mehrere rosenrote, fein parfümierte Billets, von des Kaufmanns eigener Tochter an den Eigentümer der Polkalocken gerichtet, zu depo-nieren sich erbot.

„Vielleicht pflegen wir bald wieder eine angenehme Unterhaltung miteinander", dachte ich, indem ich der reizenden Gestalt des Künstlers nachblickte, bis er ver-schwand, „aber jetzt nicht."

Die Sache war die, dass in der letzten halben Stunde gewisse Ideen, die schon früher in mir aufzudämmern begonnen hatten, festere Gestalt annahmen und sich miteinander zu einer Kette verbanden.

Ich glaubte das eine Ende der Kette in der Hand zu haben und wollte mich an das andere vorwärts zu tasten versuchen, – oder war es vielleicht besser, dasselbe ohne Tasten mit einem raschen Griff zu erfassen?

Die Kette hatte sich übrigens auf folgende Weise gebildet: Als ich Madame Reiersens Zimmer verließ, war mir der Gedanke gekommen, dass Eveline, vielleicht auch ihre Mutter, von dem Diamanten etwas wisse.

Als ich die kleine Küche durchschritt, berührte mein Ellbogen ein etwas schmutziges Kaffeegeschirr – eine Kanne und ein paar Tassen mit eingetrocknetem Satz am Boden. Dieser Zufall genügte, um ein kleines Gedankenwerk in Gang zu bringen, das zwar vollständig in meinem Kopfe abgestellt war, aber vielleicht nie in Gang gekommen sein würde, wenn nicht die ekelhaften Kaffeetassen der Madame dort gestanden hätten.

Sie machten mich an eine Tirade denken in Evelines Erklärung vom vergangenen Tage:

„Ich ging nach Hause zu meiner Mutter, sobald ich den Kaffee im Museum aufgetischt hatte – –"

Sie stellte im Museum den Kaffee auf, – sie sah, dass der Diamant vorgezeigt wurde – sie bemerkte die Gier des geistesschwachen Prokurator Jürgens nach dem Besitz desselben – sie hörte, wie er 10000 Kronen für den Diamanten bot! Später geht sie durch das Museum, als alle es verlassen haben, sieht die Türe offenstehen und weiß, dass sie nur die Hand auszustrecken braucht, um eine große Summe Geldes zu besitzen. Vielleicht hatte sie die eine oder andere Verwendung dafür, die ich noch nicht kenne – die ich aber ahne.

Wenn diese Gedankenfolge richtig war, dann hatte der Prokurator jetzt den Diamanten in seinem Besitz.

Siebentes Kapitel.
Prokurator Jürgens.

Mein Beschluss war gefasst – ich wollte unverzüglich den Prokurator aufsuchen. Die Unwahrscheinlichkeit, dass der alte Ehrenmann sich zum Hehler gemacht haben sollte, focht mich nicht an. Ich wusste, dass vor der Sammlermanie alle moralischen Bedenken verfliegen, wie Spreu vor dem Winde, besonders wenn die Altersschwäche bereits den Geist zu trüben begonnen hat. Die Schwierigkeit bestand darin, dass der Alte mit der Sprache herausrücken musste, wenn er die Schildkröte wirklich besaß. Zu kräftige Mittel gebrauchen durfte ich nicht. Es war ja ein schwächlicher Greis, mit dem ich es zu tun hatte, und ihn zu überlisten, war auch nicht recht leicht. Er besaß nicht geringe Schlauheit, und seine Standhaftigkeit, wenn es galt, einen seiner Schätze zu bewahren, war rein unglaublich, das wusste ich von früher her.

Prokurator Jürgens kannte mich gut. Ich hatte ein paarmal von Amtes wegen mit ihm zu tun gehabt, als man ihn zu bestehlen versucht hatte. Überdies hatten wir uns öfters bei Frik getroffen und endlich kam ich wie so viele andere interessierte Menschen in der Stadt zuweilen zu ihm, um zu sehen, ob er seine schönen Sammlungen um irgendeine Merkwürdigkeit vermehrt habe. Nun, Du kennst ja die Jürgenschen Sammlungen im Nationalmuseum. Es ist ja eine ganze besondere Abteilung. Er hatte schon vor seinem Tode alles der Öffentlichkeit geschenkt. Während ich mich zu Hause umkleidete, entwarf ich meinen Kriegsplan.

Er war weder besonders fein noch listig ausgedacht – nur ein ganz gewöhnlicher Kniff war es, wie Du erfahren wirst – aber wie Du ferner sehen sollst – auch gut genug für diese Gelegenheit.

Ich zog die Glocke bei Jürgens in Munkedams-Straße Nro. 13. Er wohnte in dem zweiten Stockwerk.

An den Hof stieß eine Küche und ein Mägdezimmer, das von seiner Köchin oder Haushälterin bewohnt wurde. Auf der anderen Seite der Vorstube war ein von dem Diener bewohntes Zimmer. Jürgens selbst besaß ein Zimmer auf der Seite nach der Straße und die übrigen drei Zimmer, die ebenfalls der Straße zugekehrt waren, enthielten seine Sammlung von Antiquitäten und anderen Merkwürdigkeiten.

Auf meinen Rat hatte er eine Menge Vorsichtsmaßregeln getroffen, um sich vor Dieben zu schützen. Es waren starke Türen mit unerbrechbaren Schlössern, Eisenstangen vor den Fenstern und einige feuerfeste, eiserne Schränke zur Aufbewahrung der kostbarsten Sachen angeschafft worden.

Der Diener öffnete mir die Türe. Der Grund, weshalb Prokurator Jürgens einen Diener hielt, war der, dass er, wie ich schon früher erzählt habe, beinahe gelähmte Beine hatte. Wohl konnte er sich allein in seinen Zimmern umherbewegen, wenn auch mühsam, aber auf der Straße musste er in einem Rollstuhl gefahren werden. Übrigens war Prokurator Jürgens ein bescheidener Mann und trotz seines großen Vermögens in allem, mit Ausnahme seiner Sammlungen, sehr sparsam. In dieser Hinsicht war er, wie früher bemerkt, geradezu unverantwortlich verschwenderisch.

Der Prokurator arbeitete sich aus seinem Lehnstuhl empor und wankte mir entgegen.

Ein kahler Kopf mit Mütze, große Nase, eingefallene alte Wangen und ein zwischen zwei gewaltige Vatermörder gepresster runzliger Hals, eine von verschüttetem Schnupftabak vergilbte Hemdkrause, ein uralter schwarzer kurzer Rock, graumelierte Beinkleider und unter denselben blankgeputzte Stiefel.

Das war der Haupteindruck, den der Alte machte. Seine Augen trieften und der Blick war zeitweise ein wenig matt. Manchmal aber zwinkerten sie listig und verrieten, dass der alte Prokurator früher ein schlauer Kerl gewesen und noch jetzt nicht leicht zu überlisten war.

Er reichte mir die eine Hand, tastete mit der anderen an einer langen, goldenen Kette, die um seinen Hals hing und in der Uhrtasche endigte, und begann selbst das Gespräch.

Seine Stimme zitterte leicht und er schien auch etwas unruhig zu werden, als er mich erblickte. Aber es war schwer zu sagen, ob diese Symptome eine natürliche Folge seines Alters waren, oder ob er etwas zu verhehlen hatte und bei meinem Erscheinen ängstlich wurde.

„Nein, sieh doch, Herr Monk", sagte er, „es ist lange her, seit ich die Ehre hatte, Sie bei mir zu sehen. Darf ich mir vielleicht das Vergnügen gönnen, Ihnen einige hübsche Sachen zu zeigen, die ich neulich erworben habe? – Sie haben übrigens immer so entsetzlich wenig Zeit, dass ich glaube, Sie haben meine Sammlung nie ordentlich betrachtet."

Diese Worte überzeugten mich davon, dass der Alte, wenn er den Diamanten wirklich besaß, denselben in einem sicheren Versteck hatte und solche gab es hier genug. Die alten Möbel waren voll der unglaublichsten Verstecke – geheime Fächer, Schubladen und dergleichen.

„Vielen Dank, Herr Prokurator", antwortete ich auf-geräumt, „aber diesmal bin ich von Amtes wegen hier und habe noch weniger Zeit als gewöhnlich."

„Das tut mir leid", grunzte der Alte und ließ sich auf einen Stuhl sinken. Hierauf nahm er mit zitternden Hän-den eine Prise. „Kleine Prise gefällig? Doch nein, junge Herren schnupfen heutzutage nicht mehr. Aber nehmen Sie Platz, Herr Polizeikommissär, nehmen Sie Platz!"

„Danke!" Ich zog den Stuhl vor den Alten hin und neigte mich gegen ihn. „Es handelt sich um einen frechen Diebstahl, der hier in der Stadt begangen worden ist. Man hat einen ungewöhnlich kostbaren Gegenstand ge-stohlen und der Polizeimeister hat mich ersucht, zu fragen – –"

„Sie glauben doch wohl nicht, mein Werter, dass ich gestohlene Sachen kaufe?"

Die Augen des Prokurators zwinkerten unruhig und seine Hand mit den dürren Fingern fuhr an der Uhrkette auf und ab.

„Nein, natürlich nicht, Herr Prokurator. Aber Sie wissen, dass es bereits früher ein paar Male vorgekom-men ist, dass man Ihnen gestohlene Sachen zum Verkaufe angeboten hat und dass Sie uns durch die An-gabe der Kennzeichen der Diebe unschätzbare Dienste geleistet haben. Deshalb –"

„Nein, diesmal kann ich Ihnen nicht helfen, nein, gar nicht! –"

„Aber Sie haben ja noch nicht gehört, um was es sich handelt."

„Nein – aber – aber – ich habe seit längerer Zeit nichts gekauft, nichts von Bedeutung, was – – was für Sie von Interesse sein könnte."

„Das ist schlimm – sehr schlimm! – – Damit geht unsere letzte Hoffnung verloren. Wenn nur das Armband nicht nach dem Auslande entführt wird, dann wäre es sehr schwierig M – –"

„Armband, sagen Sie, war es ein Armband?"

„Ja, es war ein Armband, ein ungewöhnlich prachtvolles Armband, mit Edelsteinen besetzt, das gestern im Theater aus dem Ankleidezimmer Adelina Pattis verschwand. – Sie wissen, dass sie in diesen Tagen hier auftritt. Sie hat es vom Kaiser von Brasilien geschenkt erhalten."

„Nein, das ist doch schlimm! Aber wie gesagt, nur hat niemand in der letzten Zeit etwas Derartiges zu verkaufen versucht."

Der Alte fühlte sich unverkennbar erleichtert. Er zog die Glocke und befahl dem Diener, Wein und Zigarren zu bringen.

„Trinken Sie ein Glas Wein mit mir, Herr Kommissär. Alt und Jung bedarf ein Glas guten Weines und besseren als den da erhalten Sie nicht. Ich habe ihn selbst 1847 aus Oporto mitgebracht."

Wir tranken ein Glas. Der Wein war gut.

Der Prokurator hatte schnell das Thema von dem verlorenen Schmuck fallen lassen und von verschiedenen Ereignissen aus dem Jahr 1820 usw. zu berichten begonnen.

Aber es lag nicht in meinem Plan, ihn in Sünden sterben zu lassen. Ich hatte meine Laufgräben eröffnet und schritt zum Sturm.

„Eine ärgerliche Geschichte, diese Diebstähle an Schmucksachen und Kostbarkeiten, die gegenwärtig in der Stadt vorkommen", sagte ich. „Niemand ahnt, wie viel dies der Polizei zu schaffen macht."

„Ich begreife es", erwiderte der Prokurator, unwillig darüber, wieder dieses Thema berührt zu sehen und füllte mit zitternder Hand die Gläser.

„Ja", fuhr ich fort, „jedermann, der solche Dinge besitzt, sollte ebenso vorsichtig sein, wie der alte Frik in der Drammensstraße."

Als der Alte den Namen Frik hörte, hüpfte er beinahe vom Stuhl empor, aber unbarmherzig fuhr ich fort:

„Ja, es ist eine köstliche Geschichte, der letzte Diebstahl bei dem alten Frik!" Dann brach ich in ein herzliches, langes Lachen aus, das augenscheinlich die Nerven des Prokurators in äußerst unangenehmer Weise beeinflusste.

„Haben Sie noch nichts vernommen? Nun sehen Sie! Der alte Frik besitzt eine Menge Raritäten, von denen viele aus Gold, Silber und Edelsteinen bestehen und sehr kostbar sind. Es kommen von Zeit zu Zeit viele Leute dorthin, teils als Gäste des Hauses, teils aus Interesse für seine Sammlungen. Der alte Frik bekam es satt, immer so scharf aufpassen zu müssen und so ließ er Nachahmungen seiner kostbaren Sachen herstellen: vergoldetes Messing statt Gold und Glas statt der Edelsteine. – Dies ist übrigens ein tiefes Geheimnis, sodass selbst seine besten Freunde diese Dinge für echt halten, während die Originale im Gewölbe der Bank aufbewahrt werden."

„Nein, was Sie sagen?", dabei streckte der Alte den Hals aus wie ein Greif.

„Doch hören Sie weiter! Am vorigen Tage verschwindet das kostbarste von allen seinen Stücken. Ich glaube, es war ein schwarzer Diamant in goldener Einfassung, man nannte ihn die „schwarze Schildkröte". – Wir vermuten, dass der Dieb mit seinem Schatz nach dem

Auslande gereist ist – – ha! ha! gerade für 50 Öre Messing und 2 Kronen geschliffenes Glas!"

Ich brach wieder in ein lärmendes Gelächter aus. Der alte Mann sank zusammen, versuchte sich zu erheben und schnappte nach Luft. Ich befürchtete, dass ihn der Schlag treffen würde, entfernte schnell sein Halstuch und läutete dem Diener.

Wir brachten ihn aber bald wieder in Ordnung. Es war ein zähes Stück altes Leder, das muss ich sagen.

Ich wusste jetzt, was ich wissen wollte: Der Prokurator hatte den Diamanten in einem seiner Verstecke. Die Schwierigkeit bestand darin, ihn zur Auslieferung desselben zu bewegen, ohne dass ich unangenehme Mittel anzuwenden brauchte ...

Ich nahm Abschied, sobald ich sah, dass er sein Übelbefinden besiegt hatte, er erklärte, mit keinem Wort sagen zu können, was die Ursache desselben gewesen war.

Der Diener begleitete mich hinaus in das Vorzimmer, um mir die Türe zu öffnen.

Draußen fragte ich schnell: „Sie wissen doch, wer ich bin?"

„Ja – Sie sind der Polizeikommissär Monk", antwortete der Mann verwundert und zögernd.

„Gut, lassen Sie mich hier im Vorzimmer bleiben, aber schließen Sie die Türe auf und zu, damit der Prokurator hören kann, dass ich gegangen bin."

Der Mann zögerte noch immer und sah mich zweifelnd an.

„Schnell! Was ich tue, das geschieht im Namen des Gesetzes. Aber ich habe jetzt keine Zeit zu langen Erklärungen."

Er tat, wie ich befohlen hatte, und ging wieder hinein zu seinem Herrn.

Alles ging, wie ich vorausgesehen hatte. Der Diener kam, vom Prokurator fortgesandt, wieder heraus und verschwand auf meinen Wink in seinem Zimmer.

Ich zog meine Schuhe aus und öffnete lautlos die Türe zu dem Zimmer des Prokurators. Wie ich erwartete, hatte er einen der Räume betreten, die seine Sammlungen enthielten.

Geräuschlos folgte ich ihm.

In dem inneren Zimmer stand der Alte neben der offenen Türe eines eisernen Schrankes. Seine zitternden Hände waren damit beschäftigt, eine altmodische Brille mit runden Gläsern auf die Nase zu setzen.

Ich ließ mir Zeit, bis er aus einem Fach einen Gegenstand hervorgeholt hatte, den er dicht vor die Augen hielt. Plötzlich lag meine Hand auf seiner Schulter und im nächsten Augenblick befand sich die schwarze Schildkröte gut verwahrt in meiner Tasche.

Ich führte den Alten vorsichtig zu einem Stuhl. Er hatte kein Wort gesprochen. Er blieb sitzen und schnappte nach Luft, während sich die Augen halb schlossen und die dürren Hände im Schoß auf und ab tanzten.

Ich ließ ihn ein Glas Wein trinken. Nach und nach kam ihm die Sprache wieder.

„Mit welchem Recht schleichen Sie sich hier ein und nehmen mir mein Eigentum? Der Diamant ist mein – ich habe ihn ehrlich gekauft." Dabei streckte er die Hand aus, wie um ihn wieder zurückzunehmen.

„Der Diamant ist gestohlenes Gut", sagte ich, „und wird von mir dem Gerichte übergeben. Es tut mir leid, dass ich Sie habe überlisten müssen, um ihn wieder zu erhalten. Aber ich sah, dass Sie ihn nicht gutwillig hergeben würden."

„Ich habe ihn gekauft und bezahlt, er ist nicht gestohlen. Was Sie getan haben, soll Sie teuer zu stehen kommen, Herr Monk, Sie – –"

„Belieben Sie keine weiteren Redensarten mehr zu machen", sagte ich entschieden. „Von wem haben Sie den Diamanten gekauft?"

„Den Diamanten habe ich von – – von Fräulein Frik gekauft, sie hat ihn von ihrem Onkel erhalten – –"

Weiter kam der Alte nicht, denn meine Hände umklammerten seinen Hals. Das dauerte aber nur einen Augenblick. Ich besann mich und ließ ihn los, während ich bebend vor Wut vor ihm stand.

„Was wagen Sie von der jungen Dame zu sagen, von Sigrid, von mei – ich meine von der Nichte des Herrn Frik? Frik hat den Diebstahl selbst angezeigt, und wenn Sie sagen, dass Fräulein Frik Ihnen den Diamanten verkauft habe, so behaupten Sie damit zugleich, dass sie ihn gestohlen hat. Danken Sie Gott, dass Sie ein alter Mann sind, sonst – –"

Der Alte streckte die Hand aus, wie um zu läuten, aber es war keine Glocke in der Nähe. Sein Blick irrte wild umher.

Ich sah ein, dass ich ihn fast zu Tode erschreckt hatte, ich wurde auf einmal ganz ruhig.

„Seien Sie vernünftig, Herr Prokurator, und betrachten Sie das Ding mit Ruhe. Es war unvorsichtig von Ihnen, den Diamanten zu kaufen, aber alle wissen ja, dass Sie es in gutem Glauben taten. Doch ist es notwendig, dass Sie eine wahrheitsgetreue Erklärung darüber abgeben, wie Sie denselben erhalten haben und – von wem. Wenn nicht, dann gibt es eine unangenehme Geschichte für Sie. Sie verstehen das wohl selber?"

„Ich verstehe nur, dass ich den Diamanten von einer jungen Dame um 5000 Kronen gekauft habe. Mehr verlangte sie nicht", sagte der Alte zitternd, während seine Augen lebhafter zu werden begannen. „Wenn Sie meinen, dass es nicht Fräulein Frik gewesen ist, so wird es wohl so sein. Aber dann war es wohl das andere Mädchen im Hause, ich glaube, sie nennen sie Eveline – nun, sie war es, wenn Sie es absolut wissen wollen."

„Ja, das ist auch wahrscheinlicher, Herr Prokurator", sagte ich ermunternd, denn ich schämte mich über mein unbesonnenes Benehmen gegen den alten Mann. „Sie müssen mich entschuldigen, wenn ich ein wenig hart gegen Sie gewesen bin."

Ich läutete selbst dem Diener und gab in dessen Gegenwart dem Prokurator eine Quittung für die Schildkröte, die ich mit mir nahm.

*

Der Polizeimeister war nicht wenig verwundert, als ich den Diamanten vor ihn auf den Tisch legte. Sobald ich meinen Rapport abgestattet hatte, beglückwünschte er mich zu dem Ergebnis und sprach seine Anerkennung aus über die Art und Weise, in der ich die Sache angegriffen hatte.

Ich fand es überflüssig, den elenden Entschuldigungsversuch des Prokurators zu erwähnen, dass es Fräulein Frik gewesen sei, die ihm den Diamanten verkauft habe.

Der Polizeimeister legte dem Anteil, den Prokurator Jürgens an der Sache hatte, auch wenig Bedeutung bei. Er meinte:

„Der Mann muss sogleich entmündigt und unter Aufsicht gestellt werden. Übrigens wird er natürlich vom

Gericht als unzurechnungsfähig erklärt werden, wenn der Staatsanwalt ihn unter Anklage stellt."

Darin war ich einig mit ihm. Dann erstattete ich dem Polizeimeister ausführlich Bericht über meinen Besuch bei Madame Reiersen, wie der Name des Schauspielers erwähnt worden war und von meinem flüchtigen Zusammentreffen mit demselben.

„Wenn ich Sie recht verstehe", sagte der Polizeimeister, „so hegen Sie den Verdacht, dass zwischen dem schönen Kammermädchen und dem bezaubernden Schauspieler ein Verhältnis besteht?"

„Jawohl."

„Und Sie gehen noch weiter. Sie suchen darin die Ursache, dass das unglückliche Mädchen den Diebstahl begangen hat, nicht wahr?"

„Ja, ich kann nicht leugnen, dass mir ein solcher Gedanke gekommen ist. Mir erscheint es nur seltsam, dass ein Mädchen wie Eveline, das Fräulein Frik als ein braves und ordentliches Mädchen bezeichnet und das nach allem, was ich habe in Erfahrung bringen können, auch Charakter und Wahrheitsliebe besitzen soll, sich in einen solchen Menschen verliebt hat oder in seine Gewalt gekommen ist!"

„Nein, wissen Sie was, mein lieber Monk", fiel der Polizeimeister mit einem Lächeln ein, das ihn demjenigen, der ihn nicht näher kannte, als herzlosen Zyniker erscheinen ließ, „nähren Sie nach so vieljährigem Polizeidienst noch immer Täuschungen hinsichtlich des schönen Geschlechtes? Sie glauben doch wohl nicht mehr an die schönen Bücher, die uns davon erzählen, wie „Die männliche Offenheit" des Helden, seine „Aufrichtigkeit" oder wie es heißen mag, das Weib bezaubern?"

„Nein, ich habe ja in den letzten Jahren vieles gesehen –"

„Ja, Sie haben vieles gesehen, das Ihnen beweist, dass die größten Don Juane auch die größten Lügner sind und dass ein Mann mit einem glatten Gesicht, der schmeicheln und lügen kann, eine größere Macht auf das schöne Geschlecht ausübt als jeder andere ehrliche Mann, nicht wahr?"

Ich war an die scherzhaften Übertreibungen meines Vorgesetzten gewohnt und konnte übrigens nicht leugnen, dass meine Erfahrungen als Polizeibeamter in bedenklichem Grade dieser Ansicht recht gaben. Ich konnte ihm in dieser Beziehung auch nicht gut widersprechen, da mein Verdacht hinsichtlich Evelinens Beweggründe zu diesem Diebstahl einem ähnlichen Schlusse entsprangen.

„Gut", fuhr der Polizeimeister fort, „wenn Sie ein Menschenalter hindurch im Dienst der Polizei gestanden haben, dann werden Sie sicher keinen großen Respekt mehr für die weiblichen Ideale übrig haben. Doch wir wollen von unserer Diamantengeschichte sprechen! Sie sollen sofort einen Verhaftsbefehl erhalten und es ist am besten, wenn Sie das junge Mädchen sobald als möglich verhaften. Je eher dieses geschieht, desto größere Aussicht ist vorhanden, das Geld wieder zu erlangen, das sie vom Prokurator dafür erhalten hat."

„Entschuldigen Sie, Herr Polizeimeister", antwortete ich, „Eveline ist gewiss in diesem Augenblick in Friks Hause und wird während der Nacht dort bleiben. Es würde für Frik sehr unangenehm sein, wenn die Verhaftung in seinem Hause vorgenommen würde. Haben Sie etwas dagegen, dass ich damit warte bis morgen? Eveline wird dann wahrscheinlich ihre Mutter besuchen. Man kann diese Gelegenheit benützen und zugleich eine

Hausdurchsuchung vornehmen. Wenn Madame Reiersen Mitwisserin ist, so könnte es vielleicht gelingen, sie zu überraschen und zur Herausgabe des Geldes zu bewegen. Ich habe gleichsam ein Vorgefühl davon, dass sie leichter zu überraschen sein wird als die Tochter."

„Aber befürchten Sie denn nicht, dass man unterdessen die Zeit benützen könnte, das Geld auf die Seite zu bringen? – Wenn dies nicht etwa bereits geschehen ist."

„Ich glaube im Gegenteil, dass es von Nutzen sein würde, Eveline heute Abend in Ruhe zu lassen. Ich werde sie vorläufig durch einige meiner besten Leute bewachen lassen."

„Und der Schauspieler?"

„Er ist bereits in guten Händen. Der Geheimpolizist Kolstad hat Befehl, ihm wie ein Schatten zu folgen und ihn zu verhaften, wenn er versuchen sollte, die Stadt zu verlassen."

„Nun, das ist gut. Machen Sie, wie Sie wollen, Herr Monk. Ich glaube, dass Sie von uns beiden der bessere Detektiv sind. Sollten Sie heute Abend den alten Frik treffen, so grüßen Sie ihn von mir und sagen Sie ihm, dass ich seinen Diamanten behalten werde, bis das Gericht die Angelegenheit behandelt hat, aber dass derselbe sich in guten Händen befinde."

Ich wanderte übrigens keineswegs mit leichtem Herzen an diesem Abend die Drammensstraße hinaus, nachdem ich meinen Beamten die nötigen Befehle gegeben hatte. Ich wusste, dass die Nachrichten, die ich zu bringen hatte, den alten Frik und Sigrid tief betrüben würden.

Nachdem ich eine Strecke weit gegangen war, fiel mir jedoch ein, dass ich an diesem Abend gar nichts auf der „Villa Ballarat" zu tun hatte. Es durfte im Hause nicht bekannt werden, dass man den Diamanten gefunden hatte, wenigstens nicht, solange Eveline dort war. Der alte Frik und Sigrid würden mich natürlich fragen, ob etwas zum Vorschein gekommen sei, und ich wollte nicht gerne lügen, um ihnen zu verhehlen, was geschehen war.

So groß mein Verlangen auch war, Sigrid zu sehen, so war ich doch vernünftig, kehrte um, und nachdem meine Abendmahlzeit in einem Café eingenommen hatte, ging ich geradenwegs nach meiner Wohnung.

Ich telefonierte an die Polizeikammer und fragte, ob Nachrichten von den drei Polizisten eingelaufen seien, welche die früher erwähnten drei Personen bewachen sollten.

Dies war nicht der Fall. Eveline befand sich ganz richtig in der Villa und das Haus wurde bewacht.

Ich begann über die Ereignisse dieses Tages nachzudenken. Alles war mir gelungen und doch fühlte ich mich wenig befriedigt. Es musste wohl der Gedanke an die arme Eveline daran schuld sein und welchen Anteil Friks an ihrem Schicksal nehmen würden. Oder – –?

Wenn Du an Vorahnungen glaubst oder daran, dass ein großes Unglück – ohne dass wir die Ursache nachweisen können – seinen Schatten vorauswirft, so magst Du es einer solchen Ursache zuschreiben. – Genug, ich fühlte mich unwohl und gedrückt, und als ich mich zu Bette gelegt hatte, dauerte es lange, bis der Schlaf kommen wollte.

Achtes Kapitel.
Die Verhaftung.

„Der Schauspieler ist fort, Herr Kommissär!" Diese Worte weckten mich am nächsten Morgen um 7 Uhr. Vor dem Bette stand mein vertrauter Beamter Kolstad mit einem Gesicht, das bedeutend länger war als gewöhnlich.

„Was sagen Sie? Haben Sie ihn entwischen lassen? Das wäre – –"

„Ja, aber wer hätte glauben sollen, dass – –"

„Gut, treten Sie vorläufig in das andere Zimmer und trinken Sie eine Tasse Kaffee. Ich werde mich schnell anziehen und dann sprechen wir über die Sache."

Das Leben eines Polizeibeamten gehört nicht zu den ruhigsten und meine Beamten hatten Befehl, mich ohne Bedenken in meiner Privatwohnung aufzusuchen und zwar zu jeder Tageszeit, wenn sie eine wichtige Meldung zu machen hätten. Es war also nicht das erste Mal, dass ich auf solche Weise im Bette überrascht wurde. Da sich aber nicht gut eine Meldung mit Würde im Bette empfangen lässt, wenn man selber daliegt und ein langer Polizist vor einem steht, so unterbrach ich auf diese Weise die Verhandlung, bis ich mit dem Ankleiden fertig war. Es dauerte aber nicht lange, bis unsere Verhandlung fortgesetzt werden konnte.

Meine Wirtin hatte zwar unterdessen versucht, den würdigen Polizisten mit Kaffee und anderen Zutaten zu einem kräftigen Frühstück zu versehen. Aber die Enttäuschung mochte ihm wohl den Appetit geraubt haben, wenigstens war es ihm unmöglich, nach meinem Eintreten die Mahlzeit fortzusetzen.

„Ich kann den Rapport gleich abgeben, Herr Kommissär, und erzählen, wie schändlich ich getäuscht worden bin – – Ja, dass ein solcher Mädchenjäger und Pomadenhengst mich sollte narren können, mich, der ich 27 Jahre im Dienste der Polizei gewesen bin –"

„Machen Sie sich nur keine Sorgen deshalb, mein lieber Kolstad", fiel ich beruhigend ein, denn der Mann war so bewegt, dass er augenscheinlich Mühe hatte, sich auszudrücken. „Wir werden seiner wohl habhaft werden, wenn es sein muss. Ich bin überzeugt davon, dass es nicht Ihre Schuld war, wenn er vorläufig verduftet ist. Nehmen Sie noch eine Tasse Kaffee und erzählen Sie weiter."

„Danke, ich begehre keinen Kaffee mehr. Aber nun meinen Rapport! Sie wissen, dass ich gestern Mittag den Befehl erhielt, den Schauspieler zu bewachen und ihn zu verhaften, wenn er versuchen sollte, die Stadt zu verlassen. – Nun, er war in den ersten Stunden nicht schwierig zu bewachen, denn er saß im Restaurant Tivoli in einem Zimmer im zweiten Stock mit acht bis zehn Schauspielern und einer Schauspielerin beisammen. Sie verzehrten das feinste Mittagessen, das sie erhalten konnten, und tranken so viel Champagner, dass es mir beinahe graute, wenn ich sah, wie viele leere Flaschen hinausgetragen wurden. Ich kenne den Oberkellner dort, sehen Sie, und habe mit ihm gesprochen, während sie drinnen speisten. Fredriksen bezahlte alles – –"

„Wissen Sie ganz sicher, dass er bezahlte?"

„Jawohl. Der Oberkellner zeigte mir die Rechnung. Sie betrug 142 Kronen. Daraus erkannte ich, dass Sie, Herr Kommissär, wie gewöhnlich, auf der rechten Spur waren. Wäre ich nur nicht so dumm gewesen – – ja, Sie müssen entschuldigen, Herr Kommissär, wenn ich ein wenig aufgeregt bin – es ist das erste Mal, dass mir so etwas geschehen ist – aber –"

„Halten Sie sich an die Sache, mein guter Kolstad", antwortete ich mit scheinbarer Strenge. Es war das beste Mittel, um ihn ins rechte Fahrwasser zu bringen. Es half auch, denn er richtete sich auf und versuchte von da an nicht mehr, den trockenen Stil der rapportmäßigen Erzählung zu verlassen.

„Jawohl, Herr Kommissär! Ich telefonierte nach der Station und erhielt einen von unseren neuen Angestellten als Beistand. Wir hielten abwechselnd Wache, während die Schauspieler aßen und tranken. Nach dem Mittagessen bestellten sie Kaffee und verschiedene Liköre und trieben es so weiter bis 6 Uhr nachmittags. Dann ging Fredriksen heim nach Nummer 44 in der Russelökgasse und blieb dort bis 9 Uhr. Er hatte wohl unterdessen geschlafen, denn er sah vollständig nüchtern aus, als er wieder auf die Straße trat, während er tüchtig betrunken war, als er von dem Gelage im Tivoli kam. Er hatte einen großen Handkoffer in der Hand, aber kein anderes Reisegepäck und trug die gleichen Kleider, die er den ganzen Nachmittag getragen hatte."

„War der Handkoffer neu?"

„Ja, er war funkelnagelneu. Aber hören Sie nur, wie schlau der Kerl war: Er ging hinauf nach dem Halteplatz an der Ecke der Drammensstraße. Dort nahm er eine Droschke. Ich und der jüngere Beamte bestiegen eine andere Droschke und fuhren ihm nach. Ob er bemerkte, dass ihm jemand folgte, oder nicht, das kann ich nicht sagen. Wir mussten ja eine gute Strecke hinter ihm zurückbleiben, um ihn nicht misstrauisch zu machen. Er fuhr gleich nach dem Hotel Viktoria. Dort sahen wir ihn zum Tore hineingehen. Der Kutscher fuhr mit der leeren Droschke weiter. Ich ging sofort zum Portier und fragte ihn nach dem Namen des Herrn, der soeben im Hotel abgestiegen wäre und welches Zimmer man ihm angewiesen habe. Der Portier, ein neuer Angestellter, der nicht zu meinen Bekannten gehörte, antwortete mir, dass der Diener für den Augenblick mit dem Fremdenbuch bei ihm sei und dass man dem Reisenden Nummer 47 angewiesen habe. Er habe nicht gesagt, wie lange er dableiben wolle und auch sonst nichts von Bedeutung bemerkt.

Jetzt war ich vorläufig des Vogels sicher. Indem ich den Portier über meine Person aufklärte, befahl ich ihm, mich telefonisch zu benachrichtigen, wenn der Fremde beabsichtigen sollte abzureisen. Dann stellte ich den jüngeren Beamten als Wache vor das Haus und ging nach Hause, um ein wenig zu ruhen.

Es war etwa halb elf Uhr, als der Portier klingelte und mir mitteilte, dass der Herr auf Nummer 47 soeben einen Wagen verlangt habe, da er mit dem Nachtzug nach Schweden reisen wolle. Wie Herr Kommissär weiß, geht der Zug um elf Uhr fünf Minuten, sodass ich kaum Zeit hatte, hinab auf die Station zu gehen. Aber ich war ja überzeugt davon, dass der jüngere Beamte dem Schauspieler nachfolgen würde, sodass wir beide ihn verhaften könnten. Ich erreichte sieben Minuten vor elf Uhr die Station. Allein weder Polizist noch Schauspieler waren dort zu treffen.

Eine Minute vor Abgang des Zuges durchschritt ich zum letzten Mal sämtliche Wagen und nahm einen Eisenbahnbeamten als Begleiter mit. Kein Schauspieler war da! In der ersten Klasse saß nur ein Reisender. Es sei der Minister D... aus Paris, sagte der Eisenbahnbeamte. Ich ging hinein und sah ihn an – ganz richtig, er war es."

„Kennen Sie den Minister D...?"

„Gewiss kenne ich ihn dem Aussehen nach, er sieht ja gerade aus wie Peer Gynt im Theater, ja, das heißt nicht im Anfang des Stückes, sondern erst im dritten und vierten Akt –"

Ich musste lachen. „Da sehen Sie, Kolstad! Es ist ein missliches Geschäft, wenn man mit Schauspielern zu tun hat. Indem der Schauspieler seine alte Rolle als Peer Gynt im vierten Akt spielte, täuschte er Sie."

„So ist es, aber zum Henker, wer hätte auch denken sollen – –"

„Ja, da haben Sie wohl recht. Doch wie kam es, dass Ihr Gehilfe ihm nicht vom Hotel weg gefolgt ist?"

„Ja, das ging so zu. Der Beamte sah, wie nach einem Wagen auf dem Halteplatz gewinkt wurde. Er trat zu dem winkenden Diener und fragte ihn, wer verreisen wolle. Der Minister D... antwortete der Diener und als der Beamte einen netten alten Herrn mit grauem Nackenbart in den Wagen steigen sah, ahnte er nichts, sondern blieb ruhig vor dem Haus auf Wache."

„Gut, aber ich begreife nicht, dass der Handkoffer des Mannes ihn nicht verriet. Sie und Ihr Gehilfe kannten denselben ja gut genug. Überdies hätte es den Portier Wunder nehmen sollen, einen jungen, glattrasierten Mann ins Hotel kommen und es als „netter alter Mann", wie Sie sagen, „mit grauem Backenbart" verlassen zu sehen."

„Ich habe Ihnen noch nicht alles erzählt, Herr Kommissär! Hören Sie nur, wie durchtrieben der Halunke war. In dem großen Handkoffer, den er mit sich brachte, hatte er eine neue Kleidung, falschen Bart und alle seine Apparate außer einer kleineren Reisetasche zum Tragen in der Hand. Erst im Wagen verwandelte er sich in den Minister – der Wagen war bedeckt, weil ein leichter Regen fiel. Der Portier des Hotels hatte ihn deshalb die ganze Zeit als älteren Mann gesehen, und wir, die wir ihn nur mit gegen uns gekehrtem Rücken aus der Droschke steigen sahen, und zwar in einer Entfernung von mehreren Ellen, hatten keine Ahnung davon, dass er sein Aussehen gewechselt hatte. Es fiel uns nicht ein, den Portier zu fragen, wie der Mann aussehe, dem wir die ganze Zeit gefolgt waren."

„Aber der große Handkoffer?"

„Ja, den ließ er im Wagen stehen und gab dem Kutscher Befehl, ihn in seine Wohnung zurückzubringen. Ich wurde endlich heute früh des Kutschers habhaft und vernahm, wie alles zugegangen war. Ihm erschien es wohl ein wenig sonderbar, dass der Mann sich während der Fahrt verkleidet hatte. Aber so viel ich verstehen konnte, war der Kutscher bei dieser Gelegenheit ein wenig benebelt, und weil er zwei Kronen Trinkgeld erhielt, so glaubte er sich nicht weiter um die Sache bekümmern zu müssen. Sie haben nun alles vernommen, Herr Kommissär, und sehen, wie kapital ich von dem Komödianten hintergangen worden bin. Wenn nur – –"

Ich ließ dem Manne keine Zeit, sich weiter über dieses Thema zu verbreiten, sondern sandte ihn weg. Ich hatte genug gehört.

Es wird genügen, wenn ich erkläre, dass der Schauspieler auf telegrafisches Gesuch von uns noch am gleichen Tage in Göteborg verhaftet wurde, wo er am Morgen angekommen war. Bei der Festnahme besaß er nur eine unbedeutende Summe Geldes. Er wurde nach Christiania geführt und es stellte sich heraus, dass er zwar mit Eveline verlobt gewesen oder noch war, ebenso dass er am Tage vor seiner Abreise Geld verschwendet hatte. Aber es war nicht möglich, ihm irgendwelche Beteiligung an dem Diebstahl nachzuweisen. Man ließ ihn also nach einigen Tagen wieder laufen, jedoch mit dem Vorbehalt, dass er sich nicht aus der Stadt entferne, da man ihn als Zeugen in dem Gerichtsverfahren gegen das Kammermädchen nötig hätte.

Ich muss nun auf das, was an diesem Tage weiter vorfiel, und auf den Bericht zurückkommen, der mit der traurigen Erscheinung des überlisteten Polizisten vor meinem Bette begonnen hatte.

Wie ich schon erwähnt habe, war es meine Absicht, Eveline an diesem Tage verhaften zu lassen. Längeres Warten war unnütz, nachdem der Schauspieler sich aus dem Staube gemacht hatte. Da ich überdies von einem meiner Leute die Meldung erhielt, dass sie Villa Ballarat verlassen habe, um ihre Mutter zu besuchen, so beschloss ich die Gelegenheit zu benutzen, nachdem ich sie nicht gerne in Friks Haus festnehmen lassen wollte.

Ich bin oder war nie ein Freund von derartiger Arbeit. Aber diesmal entschloss ich mich doch zur persönlichen Vornahme der Verhaftung und zwar aus mehreren Gründen. Mir erschien es außer Zweifel zu stehen, dass Evelinens Beweggrund zu dem Diebstahl in ihrem Verhältnis zu dem Schauspieler gesucht werden musste. Jedenfalls fühlte ich mich davon überzeugt, dass sie Mitleid verdiente. Deshalb wünschte ich, die Verhaftung selber vorzunehmen, um dies so schonend und rücksichtsvoll als möglich tun zu können. Ebenso erschien es mir wahrscheinlich, dass die Madame mitschuldig war an dem Verbrechen oder jedenfalls um dasselbe und den Verbleib des Geldes wusste. Beider habhaft zu werden, war nun meine Hauptaufgabe, durch eine Überraschung hoffte ich die Alte zum Selbstverrat zu bringen.

Es war erst neun Uhr morgens, als ich mit einem als Zivilist gekleideten Polizisten in einer Droschke hinaus nach der Wohnung der Madame Reiersen fuhr. Ich ließ die Droschke vor der Pforte halten, der Polizist nahm Stellung im Hofe und ich ging allein ins Haus. Ich blieb vor Madame Reiersens Türe stehen und horchte. Man hörte Stimmen drinnen, aber sehr undeutlich. Als ich die Türe öffnete, zeigte es sich auch, dass das vordere Zimmer leer war. Dagegen vernahm ich jetzt die Stimmen deutlicher aus dem inneren Zimmer, wenn auch die Türe geschlossen war.

„Du hättest tun sollen, wie Deine Mutter Dir sagte, Du unglückliches Kind, dann hätten wir es so gut haben können, wie es nur irgendjemand haben kann."

Es war die kreischende, zornige Stimme der Madame, die von einem unterdrückten Stöhnen und dann von einer jugendlichen Stimme unterbrochen wurde, die vor Leidenschaft und Kummer heiser war. Ich trat näher an die Türe heran und horchte, wenn auch mein Gefühl für den Augenblick eher dem Ekel vor meinem Berufe glich.

„Sprich nicht mehr zu mir, Mutter! Du weißt, dass ich das, was ich auf Dein Verlangen tun sollte, nie, um alles in der Welt nie getan haben würde, was ich früher auch getan haben mag, es kann doch nicht geändert werden. Jetzt bleibt mir nichts weiter übrig, als mir das Leben zu nehmen – – wenn ich nur die Kraft dazu hätte – –"

Hier wurde die Rede der Unglücklichen von einem lauten Schluchzen und einem zornigen Ausruf der Mutter unterbrochen.

Gleich nachher ging die Türe auf und auf der Schwelle sah ich die widerliche Erscheinung des alten Weibes, während die Tochter drinnen quer auf einem Bette lag. Den Kopf hatte sie in die Kissen vergraben.

Selten habe ich mich so unheimlich zu Mute gefühlt.

Die kreischenden Verwünschungen der Mutter über die Polizei im allgemeinen und auch im besonderen beachtete ich nicht. Ich sah nichts anderes als die entsetzliche Erscheinung des jungen Mädchens mit dem totenbleichen Gesicht, das sie gegen mich erhob, und den hoffnungslosen Ausdruck in ihren Augen. Aber es wohnte eine Kraft in ihr, wie sie wohl wenige besitzen. Sie erhob sich schnell, strich das Haar aus dem Gesicht und begann zuerst zu sprechen. Ihre Stimme war gedämpft, doch wunderbar ruhig, während alles Blut aus ihren Lippen gewichen zu sein schien.

„Sie sind gekommen, um mich zu verhaften, Herr Monk, weil ich Friks Diamanten gestohlen habe. Ja, ich habe Sie gestern und heute erwartet. Gestern würde ich vermutlich geleugnet haben, aber heute tue ich es nicht. Ich habe den Diamanten genommen! Lassen Sie mich sobald als möglich ins Gefängnis bringen und verurteilen – aber ja schnell!"

Das Gesicht der Mutter war purpurrot geworden bei den Worten der Tochter. Sie versuchte diese mehrmals zu unterbrechen. Aber es lag eine Würde des Unglücks in den Worten und der Haltung der Tochter, der sogar dieses Weib nicht widerstehen konnte.

„Verlieren Sie den Mut nicht, Eveline", sagte ich und ich hoffe, dass sich das Mitgefühl in meiner Stimme geltend machte. „Es sind wahrscheinlich mildernde Umstände vorhanden, die bewirken, dass Ihr Verbrechen kleiner ist, als es scheint. Wenn Sie nur offen sind und alles gestehen, so wird Ihre Strafe gemildert werden, ja, es kann sogar – –"

Das junge Mädchen unterbrach mich: „Ich danke Ihnen für Ihre Freundlichkeit, Herr Monk. Sie sind ein braver Mann, aber ich wünsche nicht, dass meine Strafe gemildert wird. Ich habe Ihnen gesagt, dass ich den Diamanten gestohlen habe. Nun, mehr werde ich auch nicht sagen und wenn Sie mich auf die Folterbank legten."

„Um Gottes willen, nehmen Sie es nicht so tragisch, Eveline! – –"

Jetzt aber konnte sich die Mutter nicht länger enthalten:

„Ah, was soll das heißen, Eveline, Du verd... Närrin!

Nein – dass man sein eigen Fleisch und Blut sich selbst zum Gericht lügen hören muss! Sie sehen doch, Kommissär, dass sie verrückt ist und nicht weiß, was sie selber sagt?"

„Sie sollten für sich selber sorgen, Madame Reiersen, und lieber mithelfen, dass ein vollständiges Geständnis abgelegt wird und das Geld zum Vorschein kommt. Der Diamant ist um 5000 Kronen verkauft worden und das Geld haben Sie vielleicht selber."

Ich will Dich nicht ermüden, lieber Freund, oder mich selber damit quälen, indem ich die Auftritte erzähle, die nachfolgten. Es genügt, wenn ich sage, dass Madame wie eine Furie tobte. Sie leugnete, irgendetwas von dem Diamanten oder dem Geld zu wissen. Das Mädchen sprach von da an bis zum Untersuchungsgefängnis kein Wort mehr. Ich ließ die Mutter in der Droschke mitfolgen, ohne dass sie viel dagegen einwandte. Vor dem Verhörrichter wiederholte sich so ziemlich der gleiche Auftritt. Das junge Mädchen gestand, dass sie an dem Diebstahl schuldig sei, weigerte sich aber entschieden, weitere Erklärungen abzugeben. Sie bat nur um möglichste Beschleunigung des Urteils. Die Mutter dagegen erklärte die Tochter für verrückt und leugnete, etwas von der Sache zu wissen.

Bei der Hausdurchsuchung bei Madame Reiersen fand sich keine Spur von Geld.

Durch einen Brief unterrichtete ich Friks von der Auffindung des Diamanten, sowie von Evelinens Verhaftung und ihrem Geständnis. Ich ersuchte Friks, die Sache Mr. Howell gegenüber, der gerade um diese Zeit zurückerwartet wurde, nicht zu erwähnen.

Prokurator Jürgens wurde von seinen Verwandten so schnell als möglich entmündigt, weshalb der Staatsanwalt davon abstand, ihn wegen Ankaufes gestohlenen Gutes unter Anklage zu stellen.

Man brachte in Erfahrung, dass die Summe für den Diamanten in Tausendkronenbanknoten bezahlt worden war. Am nächsten Tage hatte ein Mann fünf solche in einer der Banken der Stadt gewechselt. Der Kassierer hatte jedoch unterlassen, sich das Aussehen der Person zu merken. Er erklärte, dass es möglicherweise der Schauspieler Fredriksen gewesen sei, doch könne er dies nicht sicher behaupten.

Eine andere Spur war in dieser Hinsicht nicht zu entdecken.

Neuntes Kapitel.
Die Fotografie.

Am nächsten Tage saß ich auf meinem Schreibzimmer und schrieb gerade ein Billet an Mr. Howell – er wollte an diesem Tage zurückkehren – um ihn um eine Unterredung zu bitten, als der wachhabende Beamte mit einer Visitenkarte hereinkam. Ein Herr wünsche mich zu sprechen. Ich las:

Mr. Reginald Howell,
    „Villa Ballarat", Christiania.
  „The traveller Club", London.

„Führen Sie ihn herein."

Mr. Howell schüttelte meine Hand mit seiner englischen, nachlässigen Herzlichkeit.

„Freut mich, Sie zu sehen."

„Mich gleichermaßen. Willkommen!"

Er hatte sehr schnell Norwegisch gelernt und wir sprachen es immer zusammen.

„Ich schrieb soeben ein Billet an Sie, Mr. Howell, um Sie um eine Unterredung zu ersuchen. Sie sind mir zuvorgekommen, vielleicht gerade aus dem gleichen Anlass?"

„Ja, – nehme es an", antwortete der Engländer lächelnd. „Ich möchte Ihnen gerne im Vertrauen einige Worte bezüglich des Diamantendiebstahls bei Herrn Frik sagen."

Er sah sich um, wie um sich zu überzeugen, dass wir allein waren.

„Sie können frei heraus sprechen, wir sind allein. Ich wünschte hinsichtlich dieses Falles einige Fragen an Sie zu richten. Sie waren ja an jenem Tage bis um sieben Uhr im Hause?"

„Jawohl. Sagen Sie mir, Herr Monk, werde ich in dieser Sache als Zeuge vorgeladen werden?"

„Wenn die Sache vor Gericht kommt, werden Sie aller Wahrscheinlichkeit nach als Zeuge vorgeladen werden."

„Aber bin ich verpflichtet, zu erscheinen und zu antworten?"

„Ja, das sind Sie. Ich hoffe, dass Sie nichts dagegen haben?"

Es war etwas Eigentümliches in dem Wesen des Mannes, was bewirkte, dass ich seinen Worten und seinem Benehmen die größte Aufmerksamkeit schenkte.

„Aber kann das Gericht die Sache behandeln, bevor man des Diebes habhaft geworden ist?"

„Sobald man hinreichende Beweise gegen den einen oder anderen in Händen hat, wird er unter Anklage gestellt und vor Gericht geführt."

„Aber bevor dieses geschieht, brauche ich also in dieser Hinsicht keine Fragen zu beantworten?"

„Wenn die Polizei, die in diesem Falle die Untersuchung führt, Sie fragt, so müssen Sie unbedingt antworten. Die Antwort zu verweigern, würde sehr auffallend sein, ja, könnte Ihnen sogar Unannehmlichkeiten zuziehen."

„Ich danke Ihnen für Ihre Aufschlüsse", antwortete Mr. Howell. Er war aufgestanden und ging unruhig im Zimmer auf und ab. „Es ist nicht angenehm für einen Gentleman, zum Unglück eines armen Kerls beizutragen. Aber vielleicht ist es möglich, dies zu vermeiden."

Die Worte, die zwischen uns gewechselt worden waren, machten auf mich folgenden Eindruck: Der junge Engländer weiß nichts von Evelinens Verhaftung. – Wie Du Dich erinnern wirst, hatte ich auch den alten Frik und Sigrid ersucht, dieses Umstandes nicht zu erwähnen.

– Er hat aus meinen Antworten auf die an mich gerichteten Fragen nichts erfahren können, was er nicht bereits früher gewusst hat, so grün ist er doch nicht. Also hat er mich nur aus Scherz oder in einer anderen Absicht gefragt. Er weiß nichts, was bezüglich der Enthüllung über den Diamantendiebstahl von Wichtigkeit wäre, das kann jeder einsehen ...

Ich beschloss plötzlich, ihn von Evelinens Verhaftung zu unterrichten, aber nicht von ihrem Geständnis. Es hätte wunderlich sein müssen, wenn er nicht verraten hätte, ob das, was er wusste, damit in Beziehung stand oder nicht.

„Übrigens", sagte ich, „braucht Ihnen gewiss nicht davor zu bangen, dass Ihr Zeugnis von entscheidender Bedeutung sein könnte. Wir haben den Diamanten bereits zurückerhalten, die Schuldige ist verhaftet. Es ist das Kammermädchen Eveline. Die Schuldbeweise sind so stark, dass ein Geständnis unnötig ist."

„Well", sagte Mr. Howell ruhig, „da kann ich ja ebenso gut gleich erzählen, was ich weiß: Es war an jenem Nachmittag, als der Diamant abhandenkam und nachdem der alte Sonderling Jürgens in der „Villa Ballarat" zu Mittag gespeist hatte. Sobald wir im Museum den Kaffee getrunken hatten, ging ich auf mein Zimmer und richtete Patronen her, denn ich wollte eine Jagdfahrt nach Österdalen antreten, wissen Sie."

„Ja, ich weiß, was an jenem Nachmittag im Hause vorgegangen ist. Fahren Sie nur fort!"

„Well! Als ich mit den Patronen fertig war, ging ich hinab in den Garten, um eine Zigarre zu rauchen. Die übrigen Leute des Hauses waren wohl auf ihre Zimmer gegangen, denn ich bemerkte niemand. Als ich am Museum vorüberschritt, schien mir die Türe nicht ganz geschlossen zu sein, und als ich sie anfasste, ging sie ganz auf. Sie wissen, es ist eine schwere eiserne Türe, aber so gut eingerichtet und geschmiert, dass sie sich völlig unhörbar bewegt. Gut, ich werfe einen Blick in das Museum und sehe dort eine Dame vor dem Schranke an der Wand gegenüber stehen, indem sie mir den Rücken zukehrt. Mit der einen Hand hielt sie den eisernen Laden in die Höhe und in der anderen hatte sie einen Gegenstand, den sie gerade aus dem Schranke genommen zu haben schien, indem sie sich über denselben beugte. Ich glaubte nicht anders, als dass es Fräulein Frik sei. Ich meinte sie an der hellen Frühjahrsjacke mit den dunklen Schnüren zu erkennen."

Ich sah plötzlich auf und begegnete Howells Blick. Mir kam der Blick lauernd vor.

„Fahren Sie fort", sagte ich schnell und, wie ich glaube, etwas barsch.

„Well, Sie wissen, Herr Monk, dass ich sehr gerne fotografiere und meist einen kleinen Momentapparat bei mir trage. Sie kennen ihn ja – wir haben uns auf der Villa Ballarat oft das Vergnügen gemacht, die Leute zu fotografieren, wenn sie es am wenigsten ahnten."

Ich nickte.

„Nun, ich hatte den Apparat bei mir und so kam mir die Idee, Miss Frik zu fotografieren, wie sie dort stand und ohne dass sie es wusste. Ich trat schnell und lautlos durch die Türe ein, ließ den Apparat wirken und ging dann wieder hinaus, ohne dass sie mich sah. Sie stand und schien sich zu bedenken, was sie mit dem Ding machen sollte, das sie in der Hand hielt –"

Der Engländer machte eine Pause, wie um mir Zeit zu einer Äußerung zu lassen. Aber als ich nicht einmal aufsah, sondern Figuren auf das Papier vor mir zeichnete und zwar mit so gleichgültiger Miene als möglich, fuhr er fort:

„Am Abend nahm ich eine Droschke und fuhr nach der Station. Auf dem Wege lieferte ich mehrere Platten bei dem Fotografen ab, darunter auch das erwähnte Bild, das ich bei meiner Heimkehr gerne entwickelt sehen wollte. Nach meiner Rückkunft aus Österdalen vernehme ich, dass der Diamant verschwunden ist und erinnere mich dabei an die Fotografie. Ich erwähnte natürlich gegen Herrn Frik oder seine Nichte nichts davon, sondern holte die Fotografien ab. Wollen Sie die aus dem Museum sehen?"

Es war das zweite Mal, dass Sigrids Name mit dem Verschwinden des Diamanten in Verbindung gebracht wurde.

Dies erregte unangenehme Gefühle in mir. Aber da Howells Blick forschend auf mir ruhte, nahm ich mit vollständiger Ruhe den Gegenstand an, den er mir reichte.

Es war eine ganz kleine Fotografie auf dünnem, präpariertem Papier und zwischen zwei von einem Gummiring zusammengehaltenen Glasplatten untergebracht. Ich trat mit dem Bild ans Fenster, um es genauer zu prüfen. Es war, wie gesagt, ein kleines Bild, nur zwei bis drei Zoll hoch und ziemlich schmal, aber sehr deutlich. Ein junges Mädchen stand vor dem wohlbekannten Schrank im Museum des alten Frik. Ihre Stellung war genau so, wie Howell sie beschrieben hatte. Die eine Hand hielt die Türe offen, die andere einen Gegenstand, der von der Schulter verdeckt wurde. Kopf und Nacken waren bei der Betrachtung des Gegenstandes ein wenig gesenkt. Es war eine kräftige, schöne Figur in Spaziertracht mit heller Jacke, die mit dunklen Schnüren besetzt war. Übrigens war von dem Zimmer nicht viel zu sehen. Man unterschied nur ein Stück des Schrankes auf beiden Seiten, einen Stuhl, die Lehne eines zweiten Stuhles, sonst nichts. Um den Schrank, ungefähr in gleicher Höhe mit dem Kopf des Mädchens, zog sich ein Gesimse. Ein Stück desselben, auf dem verschiedene kleine Kunstgegenstände aufgestellt waren, war mit auf das Bild gekommen.

Ein Blick genügte, um mich davon zu überzeugen, wer das junge Mädchen war.

Ich wandte mich gegen Mr. Howell mit der Bemerkung:

„Es ist das Kammermädchen Eveline, wie ich vermutet habe."

„Ja, natürlich. Ich wundere mich nur darüber, dass ich sie für Fräulein Frik halten konnte, als ich sie zuerst sah. Die Spaziertracht muss mich getäuscht haben. Fräulein Frik hatte dieselbe den ganzen Frühling getragen."

„Ja, das weiß ich", antwortete ich trocken. Es war empörend, in dieser Sache immer wieder auf Sigrid zurückzukommen.

„Gut. Bei dieser Gelegenheit habe ich auch ein wenig den Detektiv gespielt, Herr Monk. Ich habe die übrigen Dienstleute vorsichtig ausgefragt und vernommen, dass Fräulein Frik am gleichen Nachmittag die Spaziertracht an Eveline verschenkt hatte. Sie sehen, es passt in dieser Hinsicht alles."

„Wollen Sie der Polizei die Fotografie überlassen, Mr. Howell, und können Sie allenfalls noch weitere Aufschlüsse abgeben?"

„Warten Sie ein wenig", war die Antwort. „Ich hoffe, dass Sie nun den Grund zu der Frage verstehen, die ich im Anfang unseres Gespräches an Sie gestellt habe."

„Ja, soviel ich verstehen konnte, wollen Sie ungern als Zeuge auftreten."

„Genau so. Wie Sie selber gesagt haben, ist ja die Betreffende bereits verhaftet und die Schuldbeweise sind im Übrigen so stark, dass mein Zeugnis weder nützen noch schaden kann. Wenn es wirklich so ist, wäre es denn nicht möglich, dass man mir das Auftreten vor Gericht ersparen könnte, und Sie das, was ich Ihnen mitgeteilt habe, als privat betrachten würden, sodass ich die Fotografie zurückerhalten und vernichten könnte? Ich müsste sonst wie ein Spion oder Häscher erscheinen, Herr Monk, und es ist mir zuwider, gegen ein unglückliches Weib zu zeugen!"

„Ihre Bemerkungen machen Ihnen alle Ehre, Mr. Howell. Aber ich kann leider nicht verhindern, dass Sie als Zeuge vorgeladen werden. Gegen Ihren Willen kann ich die Fotografie natürlich nicht behalten, muss sie aber in meinem Rapport erwähnen und Sie ernstlich ersuchen, sie aufzubewahren. Was Sie mir auf meinem Geschäftszimmer bezüglich dieser Angelegenheit, die ich als Polizeibeamter zu untersuchen habe, mitgeteilt haben, kann ich auch nicht als privat betrachten."

„Well, Herr Monk, ich sehe, dass sich die Sache nicht ändern lässt, und es wäre vielleicht besser gewesen, wenn ich jede Mitwisserschaft in dieser Geschichte in Abrede gestellt haben würde. Aber Sie werden wenigstens bezeugen, dass ich höchst ungern auftrete. Es wäre mir lieb, wenn das unglückliche Mädchen und die Familie Frik dies einsehen würden."

„Ich kann nur feststellen, was Sie selber sagen, Mr. Howell", antwortete ich kalt, denn ich sah immer deutlicher ein, dass der Mann vor mir Komödie spielte. „Sie lassen also die Fotografie in den Händen der Polizei zurück?", fuhr ich fort.

„Ja, ich werde es wohl tun müssen. Ich kann nicht einsehen, dass ich jemandem damit nütze, wenn ich mich weigere. Ihr Polizeimänner wisst die Leute auf eine eigentümliche Art zu behandeln – man spricht und tut gerade so, wie Ihr es haben wollt, und dies ohne dass Ihr uns bittet oder befehlt."

„Gestatten Sie mir eine Frage, Mr. Howell", – ich hatte wieder die Fotografie zur Hand genommen – „diese Fotografie ist sehr schmal, es hat den Anschein, als wäre sie auf den Seiten beschnitten. Ist dieselbe ursprünglich breiter gewesen und hat sie einen größeren Teil des Zimmers umfasst?"

„Ja, sie war ursprünglich breiter. Aber nur der mittlere Teil war klar und deutlich. Der rechts- und linksseitige Teil war aus dem einen oder anderen Grund ziemlich verschleiert. Ich schnitt ihn also ab, damit das Bild zwischen die Glasplatten passte. Ich hatte auch nur an dem vorliegenden Teil Interesse. Das junge Mädchen ist ja die Hauptperson", – er seufzte mitleidig.

„Wieviel Uhr mochte es sein, als Sie die Fotografie nahmen?"

„Ja, diese Frage kann ich nicht so genau beantworten. Ich dachte ja damals nicht daran, dass ich jemals darüber befragt werden könnte, doch – warten Sie – es kann nicht lange nach sechs Uhr gewesen sein, denn kurz darauf fuhr ich nach der Bahnstation. Es war um sieben Uhr."
– –

Im nächsten Augenblick saß ich allein an meinem Pult in tiefen Gedanken, der Engländer war verschwunden.

Sein Besuch hatte einen unangenehmen Eindruck auf mich gemacht und ich konnte nicht darüber ins klare kommen, was eigentlich seine Absicht war.

Dass der Mann Zeugnis abzulegen wünschte, dessen war ich sicher – alles andere war nur Verstellung. Aber zu welchem Zweck? Welche Beweggründe hatte er?

Damals zerbrach ich mir den Kopf darüber und tue es noch immer."

Während seiner ganzen, langen Erzählung hatte Monk seine Ruhe bewahrt. Er hatte schlicht und leidenschaftslos erzählt, als ob er einen dienstlichen Rapport abzugeben hätte. Aber nun änderten sich seine Miene und sein Aussehen. Er begann in der Stube auf und ab zu gehen, während der Schweiß auf seiner Stirne perlte: „Du siehst mich verwundert an, Fredrik! Nach dem, was Du gehört hast, scheint Dir die Sache klar und deutlich zu sein.

Sie wird Dir übrigens noch klarer erscheinen, wenn Du mir einige Minuten länger zugehört hast – und Du wirst nicht einzusehen vermögen, wie die Sache für mich noch ein Rätsel sein kann! Ja, ein Rätsel, für dessen Lösung ich mein halbes oder ganzes Leben hingeben würde!

Doch warte ein wenig! Wenn ich meine Erzählung eine halbe Stunde lang fortgesetzt habe, so wirst Du mit mir fragen: Wer hat den Diamanten des alten Frik gestohlen? Und Du wirst zugleich begreifen, dass seit jenem Tage mein Schicksal von dieser Frage abhängig war und es noch immer ist. Aber ich werde nicht mehr auf die gleiche Weise berichten, sondern so ruhig und unparteiisch fortfahren, als ich vermag. Gerade davon wird es vielleicht abhängen, inwiefern Du oder ein anderer mir helfen kann, – denn ich selbst kann es nicht, ich, der stolz war auf meinen scharfen Verstand und die Fähigkeit, Geheimnisse zu durchdringen, wo andere keinen Ausweg sahen! – Nein, unterbrich mich nicht. Wir sprechen darüber, wenn ich mit meiner Erzählung fertig bin."

Und Monk fuhr fort:

„Eveline war also verhaftet und Mr. Howell mit der Fotografie bei mir gewesen. Insoweit war alles in Ordnung. Die Verdächtige hatte gestanden und der gestohlene Gegenstand war wieder zur Stelle geschafft worden. Eveline weigerte sich entschieden, weitere Aufklärungen außer ihrem Geständnis zu geben, und da es auf keine andere Weise möglich war, Beweise gegen sie beizubringen, so wurden der Schauspieler und Madame Reiersen auf freien Fuß gesetzt. In dem Frikschen Hause stand es nicht gut. Sigrid litt schon seit mehreren Tagen vor dem Diebstahl an nervösem Kopfweh. Der alte Frik war wütend und fluchte tagelang über die Falschheit und Unzuverlässigkeit der Menschen. Ich glaube übrigens, dass Mitleid mit der armen Eveline die Ursache seines Zornes war. Die Verhaftung des jungen Mädchens hatte überhaupt eine trübe, düstere Stimmung in das ganze Haus gebracht. Einar Frik war noch immer in Geschäften abwesend und Mr. Howell beschloss, nach Spitzbergen zu reisen, sobald das gerichtliche Verfahren gegen Eveline beendet war. Es ärgerte mich, dass ich das Geld nicht ausfindig machen oder einen Beweis für die Gehilfenschaft des Schauspielers beschaffen konnte. Ich war überzeugt davon, dass es dem schlauen Kerl gelungen war, dasselbe in Göteborg vor seiner Verhaftung in Sicherheit zu bringen.

Allein trotzdem wir einen tüchtigen Beamten dort hatten und uns die schwedische Polizei alle mögliche

Hilfe leistete, gelang es doch nicht, Licht in die Angelegenheit zu bringen und solange Eveline nicht sprechen wollte, konnten wir nicht weiter kommen.

So standen die Dinge. Ich glaube, dass alle Mitspieler in dieser Tragödie so schnell als möglich den Abschluss derselben durch das Schwurgericht herbeisehnten.

Da erhalte ich eines Tages eine merkwürdige Nachricht: Eveline hatte verlangt, vor den Verhörrichter geführt zu werden. Vor demselben widerrief sie ihr früheres Geständnis ganz und gar und erklärte, dass sie zur Zeit desselben vollständig außer sich gewesen sei, dass sie in Wirklichkeit unschuldig wäre und nichts über den Diamantendiebstahl wisse. Mehr wollte sie nicht sagen, sie weigerte sich, jede andere Frage zu beantworten.

Wer die Sache kannte, schüttelte natürlich nur den Kopf über diesen unerwarteten Schritt, ja man begann an ihrem Verstand zu zweifeln. Die Ärzte, welche sie untersuchten, glaubten jedoch keine Spur von Geistesverwirrung zu entdecken.

Da die Beweise übrigens so stark gegen sie sprachen und dem Anschein nach nichts Neues zu Tage gefördert werden konnte, so sollte der Fall so bald als möglich vor dem Schwurgericht verhandelt werden.

Ich besuchte das junge Mädchen im Arrest und fand sie wortkarg, niedergeschlagen und bleich. Aber auch ich gewann den Eindruck, als wäre sie geistig ganz normal. Ich versuchte eindringend und freundlich, sie zur Rückkehr zu ihrem Geständnis zu bewegen und eine vollständige Erklärung abzugeben, aber sie lächelte nur traurig und bat mich, sie allein zu lassen.

Was konnte sie bewogen haben, ihr Geständnis zu widerrufen? Je mehr ich darüber nachgrübelte, desto mehr kam ich zu der Überzeugung, dass dieser Schritt die

Frucht eines Einflusses von außen her war und dass sie die eine oder andere Botschaft oder Mitteilung erhalten haben müsse. Sie hatte keine Besuche in ihrer Zelle empfangen wollen. Nur die Mutter hatte Erlaubnis erhalten, sie einmal zu besuchen und auch da hatte das nur ganz kurz dauernde Gespräch im Beisein eines Polizeibeamten stattgefunden.

Die Mutter hatte damals, bis sie von dem Beamten unterbrochen wurde, versucht, ihre Vorwürfe gegen die Tochter fortzusetzen, weil dieselbe „etwas gestanden, was sie nicht getan habe". Die Tochter aber hatte sich mit Verachtung von ihr abgewendet. Gleich darauf führte man die Mutter hinaus, ohne dass des Diebstahls weiter zwischen ihnen gedacht worden wäre.

Ich war davon überzeugt, dass die Vorwürfe der Mutter, gegen welche die Tochter Abscheu und Verachtung zu haben schien, keine Wirkung ausgeübt hatten und dass die Erklärung anderswo gesucht werden musste.

Endlich erzählte mir der Schließer nach einem scharfen Examen, dass er eines Tages das junge Mädchen mit einem Stück Papier in der Hand bemerkt zu haben glaubte, dass sie sich aber abgewendet und das Papier wahrscheinlich in den Mund gesteckt und verschluckt habe. Der Mann erklärte jedoch, es sei alles so schnell vor sich gegangen, dass er seiner Sache nicht ganz sicher wäre, und als ich Eveline befragte, da nahm sie wie gewöhnlich ihre Zuflucht zu einem hartnäckigen Schweigen.

Mein Verdacht, dass Eveline unter dem Einfluss anderer handle, bestärkte sich. Inwiefern dieser Umstand einigen Einfluss auf Deine Auffassung haben wird, wenn Du mich vollständig angehört hast, weiß ich nicht. Mir erscheint alles dunkel. Aber ich werde versuchen, so zu erzählen, dass Dir nichts von dem verborgen bleiben wird, was ich selber weiß.

Übrigens bin ich nun glücklicherweise in meiner Erzählung so weit gekommen, dass ich wenigstens auf kurze Zeit andere für mich sprechen lassen kann. Die nächste größere Begebenheit in meiner Geschichte ist nämlich die Schwurgerichtsverhandlung in der Sache Evelinens, welche drei Wochen nach ihrer Verhaftung stattfand. Diese Verhandlung findet sich in fast allen größeren Zeitungen jener Zeit so ausführlich beschrieben, dass Du einen vollständigeren Einblick erhalten wirst, wenn Du einen dieser Berichte liesest, als wenn ich eine mündliche Darstellung davon gebe."

Monk öffnete eine Schublade in seinem Schreibtisch. Er entnahm derselben eine Mappe mit Schloss und holte, nachdem er sie geöffnet hatte, ein großes, graues Paket hervor. Es enthielt mehrere ausgeschnittene Spalten des „Morgenbladet", die Monk vor mich hinlegte.

„Aber", warf ich schnell ein, „ich möchte viel lieber den Bericht aus Deinem eigenen Munde hören. Auf diese Weise, durch das Lesen nämlich, würde ich sonst Deine eigenen Beobachtungen vermissen, die für mich viel mehr Wert haben als die albernen Nebenbemerkungen eines Zeitungsreporters. Und selbst wenn nur die nackten Tatsachen berichtet werden, können sie unmöglich ebenso gut sein wie Deine eigene Erzählung."

„Es gibt Unterschiede zwischen den Zeitungsberichterstattern", war die trockene Antwort Monks. „Wie Du sehen wirst, hat der Vertreter des „Morgenbladet" nicht nur genau und mit Kritik berichtet, sondern seine Bemerkungen sind unparteiisch und zeugen von Verstand und Beobachtungsgabe."

„Das ist alles recht; aber ich habe doch mehr Vertrauen zu Deiner eigenen Beobachtungsgabe."

„In dieser Sache kannst Du das nicht haben. Wenn jemals ein Detektiv ein großes Fiasko erlebt hat, so ist es diesmal mit mir der Fall, das wirst Du selber erfahren. Verstehst Du denn nicht, dass ich befürchte, Du könntest die Sache gleichsam mit meinen eigenen Augen betrachten? Ich will Dich nicht in das Labyrinth hinein locken, in dem ich selber herumtappe und das ich mir wahrscheinlich auch selber aufgebaut habe."

Ich erkannte, dass Monks Beweisführungen richtig sein mussten und versuchte keine weiteren Einwendungen.

„Nur noch eine Frage", sagte ich. „Hast Du etwas dagegen, dass ich Klara Deine Geschichte erzähle?"

„Nein, im Gegenteil, ich wollte Dich bitten, ihr alles zu berichten, wenn wir fertig sind. Ich hoffe auf Beistand von ihrer Seite, denn einerseits ist sie eine ungewöhnlich intelligente Dame und andererseits haben die Frauen in vielen Dingen ein feineres Gefühl, Instinkt oder wie Du es nennen willst, als wir."

„Dann habe ich Dir einen Vorschlag zu machen: Wir fahren heute Abend nicht fort, sondern ich erzähle Klara alles, was Du mir berichtet hast. Darauf werden ich und Klara zusammen das Zeitungsreferat lesen und dann sprechen wir wieder mit Dir."

„Ich nehme Deinen Vorschlag mit Freuden an", sagte Monk ein wenig zögernd. „Dürfte ich Euch aber um einen Freundschaftsdienst bitten, so wäre es der, den Zeitungsbericht in meiner Gegenwart vorzulesen. Allerdings habe ich ihn selber gelesen, nicht nur einmal, sondern zehnmal, doch ohne Resultat. Aber nun habe ich mir in den Kopf gesetzt, dass mir vielleicht eine gute

Idee kommen würde, wenn ich einen anderen den genauen Bericht darüber vorlesen hören könnte, was vor dem Schwurgericht geschehen ist."

„Ja, mit Vergnügen!", rief ich. „Ich verspreche es Dir in unserer beider Namen, dass Dein Wunsch erfüllt werden soll. Du hast einmal Klaras Glück gerettet und ich weiß nicht, was größer ist, ob ihre Neugierde danach, Deine Geschichte zu hören – denn sie hat längst bemerkt, dass Du eine Geschichte hast – oder ihr Verlangen, Dich zu einem glücklichen Menschen zu machen!"

Monk lächelte, aber es war ein keineswegs hoffnungsvolles Lächeln.

Er drückte indessen warm meine Hand und fragte, ob ich und Klara ihn in den nächsten Tagen besuchen würden, sobald ich sie in alles eingeweiht habe.

„Wahrscheinlich möchtest Du lieber den Vorschlag machen, dass ich zu Euch, in Euer angenehmes Heim kommen sollte", fuhr Monk fort. „Aber ich halte dies für unnötig. Wir wollen es Geschäft nennen und uns damit auf meinem Arbeitszimmer beschäftigen."

„Dann hast Du uns morgen hier", antwortete ich rasch und damit trennten wir uns für diesen Abend oder eigentlich für diese Nacht, denn es war über halb zwei Uhr, als ich nach Hause kam.

Ich hatte an jenem Tage viel zu tun gehabt, und das gespannte Interesse, mit dem ich Monks Bericht angehört, hatte mich müde gemacht. Ich sehnte mich nur danach, sobald als möglich schlafen zu können. Aber es kam anders. Als ich daheim anlangte, saß Klara noch wach und wartete auf mich.

Ich teilte ihr leichthin mit, dass ich ihr am nächsten Tage eine seltsame Geschichte von Monk erzählen werde, eine Geschichte, deren Fortsetzung wir miteinander lesen wollten. Nun, wie es weiter zuging, das weiß ich nicht mehr, aber sicher ist, dass es bereits über vier Uhr war, ehe ich schlafen konnte, und da hatte Klara alles vernommen, was der Leser von Monks Geschichte weiß.

„Pah, es lässt sich unschwer erkennen, welch ein Ende die Geschichte nehmen wird! Der schändliche Engländer weiß es natürlich so einzurichten, dass Sigrid Frik in den Verdacht kommt, den Diamanten ihres Onkels gestohlen zu haben, und – –"

Das waren die letzten Worte, die ich aus dem Munde Klaras hörte, ehe der Gott des Schlafes mich in seine weichen Arme schloss. – „Ja, ein Schurke muss mit im Spiele sein. Klara hat recht damit, dass in diesem Falle der Engländer diese Rolle spielt", dachte ich mit der letzten Kraftanstrengung, ehe meine Sinne vollständig umnebelt waren.

Am nächsten Tage saßen wir alle drei beisammen in Monks Arbeitszimmer. Klara ließ ihren Blick gedankenvoll umherschweifen, bis er an dem blanken Magazinofen haften blieb. Ich wusste, was sie dachte – sie dachte an jenen Augenblick, als wir drei vor einem Jahre vor dem gleichen Ofen standen und die Aschenflocken eines Papierstückes betrachteten, das auf den glühenden Kohlen tanzte. Ich dachte an die Merkwürdigkeit, dass jenes unbedeutende Ereignis, dem wir damals beiwohnten, nämlich die Vernichtung des kleinen Papieres, das Schicksal mehrerer Menschen verändern konnte. Wer diese Geschichte zu Ende liest, wird sehen, dass die Begebenheiten jenes Abends sich in der Folge nicht mit der Begründung meines und Klaras Glückes begnügten, sondern dass die Freundschaft, die uns drei seit jener Zeit verband, schließlich auch das Schicksal Monks und damit auch dasjenige anderer Personen beeinflussen sollte. An diesem Abend standen wir nun alle drei auf der Schwelle zu einem neuen Abschnitt unseres Daseins. Inwiefern dies damals jemand von uns ahnte, kann ich nicht sagen.

„Aber wir dürfen keine Zeit verlieren", sagte Klara, indem sie flink den Tee und die schmackhaften kleinen Kuchen beiseiteräumte, mit denen uns die freundliche Wirtin Monks aufgewartet hatte. – „Vergessen Sie nicht, Monk, dass die Rollen diesmal verändert sind. Jetzt brauchen Sie Rat und Hilfe, während Fredrik und ich die Detektivfirma vertreten. – Gut! Die Sache sollte also vor dem Schwurgericht verhandelt werden, mein Mann hat mir alles erzählt. Hier nun ist der Zeitungsbericht darüber, den Fredrik nach Ihrem Willen laut vorlesen soll – oder nicht? – Also, beginne damit, Fredrik!"

Zehntes Kapitel.
Das Schwurgericht.

Das „Morgenbladet" schrieb in der Nummer vom 2. Juni 188... unter der Überschrift: „Die schwarze Schildkröte vor dem Schwurgericht" Folgendes:

Dass der Gerichtssaal heute gedrängt voll war und viele gehen mussten, weil sie keinen Platz mehr fanden, ist eine Tatsache, die jeder erwarten konnte.

Der Diamantendiebstahl bei dem „alten Frik" – unser verehrter Mitbürger entschuldigt wohl, dass wir uns dieses familiären Titels bedienen – ist ja in den letzten Wochen von der Presse ausführlich besprochen worden.

Zwar schien die Sache nicht besonders schwierig oder verwickelt zu sein, wenn man auch wusste, dass die Angeklagte ihr Geständnis widerrufen hatte – dazu erschienen die Indizien zu stark und zu klar – aber der gestohlene Gegenstand war ja von einer so ungewöhnlichen Art und einem solchen Wert und die Personen, die in dieser Angelegenheit auftreten sollten, so gut bekannt und auf einer solchen Gesellschaftsstufe stehend, dass sich voraussehen ließ, die gerichtlichen Verhandlungen würden so viele Zuhörer herbeilocken, als das Lokal fassen könne.

Hätte aber das Publikum ahnen können, welch unerwartete Wendung die Sache während der Verhandlungen nehmen würde, eine Wendung, deren Tragweite man hinsichtlich mehrerer Personen noch nicht ermessen kann und der sicher ein Nachspiel folgen wird, das in Bezug auf sensationelles Interesse vielleicht das Stück selber übertreffen wird, so würde es gestern in Christiania wohl wenige Menschen gegeben haben, die nicht den Verhandlungen des Geschworenengerichtes Oslo beizuwohnen gewünscht hätten.

Doch wir überlassen nun unserem Referenten selbst das Wort:

„Kein Wunder, dass das Gerichtslokal in der Straße Christians IV. gestern überfüllt war. Konnte man sich etwas Traurigeres, Interessanteres denken als das schöne, totenbleiche junge Mädchen auf der Anklagebank und daneben ihren Verteidiger, den spitzbärtigen, jungen Advokaten mit den lebhaften braunen Augen und der gewandten Zunge, jung an Jahren, aber in unserem kleinen Kreise schon als tüchtiger Verteidiger bekannt. Sehen Sie die ernsten Gesichter der Geschworenen? Die meisten derselben blicken sich gleichsam verlegen um, der richterlichen Rolle ungewohnt, wie diese braven Bürger sind! Wie gerne lässt man nicht den Blick auf den nachdenklichen Gesichtern der Richter, besonders aber auf der würdigen Gestalt des Vorsitzenden ruhen. Ja, kann die Person und das Auftreten des Präsidenten etwas dazu beitragen, dass der Gerechtigkeit Genüge geschieht, so musste man sich unter dem Vorsitz von Sten sicher fühlen, dafür bürgte die kräftige Bestimmtheit, die jedes seiner Worte und jede seiner Bewegungen charakterisierte, das kräftige, kluge Gesicht und der schnelle, scharfe Blick.

Und endlich unter den Zeugen die wohlbekannte Figur unseres Nabobs, des alten Frik, und neben ihm die reizende Gestalt seiner Nichte!

Dort haben wir den jungen Polizeimann Monk, gegenwärtig Chef der Detektivpolizei, eine bereits wohlbekannte, populäre Gestalt in unserer Stadt, ebenso sehr geschätzt wegen seines Scharfsinnes und seiner Kühnheit im Handeln wie wegen seines taktvollen Auftretens in den schwierigen Lagen eines Polizeibeamten.

Der dunkle, vornehm aussehende Mann an Fräulein Friks Seite muss der Engländer Mr. Howell sein, der, wie wir alle wissen, durch die wunderliche Fügung des Schicksals genötigt worden ist, gegen die Angeklagte eines der merkwürdigsten Zeugnisse abzugeben, die je vor Gericht vorgekommen sind. Der Engländer scheint über sein Amt als Zeuge nicht besonders erbaut zu sein. Wie man behauptet, soll er auch versucht haben, sich seiner Zeugenpflicht zu entziehen, obschon ohne Erfolg. Es ist auch kein angenehmes Geschäft, derjenige sein zu müssen, der für die junge Frauensperson auf der Anklagebank zum Verhängnis wird ... Doch, ich will nicht mit den Lesern plaudern, sondern „referieren".

Also!

Die Sache ist gerichtlich angekündigt, der Staatsanwalt und der Verteidiger haben die von ihnen gewünschten Geschworenen ausgelost, das Gericht ist gebildet und hat Sitz genommen. Der Vorsitzende verliest die Anklageakte und legt der Angeklagten die gewöhnlichen Fragen nach Namen, Alter usw. vor. Sie blickt nicht auf, antwortet aber mit leidlich hörbarer Stimme. Darauf folgt die Frage, ob sie sich des Diebstahls schuldig erkenne.

Man wartet mit Spannung auf die Antwort.

Ihre Stimme ist diesmal so leise, dass der Vorsitzende sich gegen sie neigt und sie ersucht, deutlicher zu sprechen.

Es ist so stille, dass die Antwort, obschon sie nicht viel mehr als geflüstert wird, im ganzen Saale hörbar ist! –

„Nein."

Hatte das Publikum etwas anderes erwartet? Vielleicht – vielleicht nicht ...

Nun wendet sich der Vorsitzende mit der ernsten Mahnung an die Geschworenen, jede Verbindung mit der Außenwelt zu unterbrechen, bis die Sache verhandelt ist und fordert sie zum Eid auf: „Gelobet und schwöret Ihr, usw."

Der Eid ist abgelegt, die Geschworenen haben ihren Obmann gewählt und der Staatsanwalt ergreift das Wort:

Das Verbrechen, das er bei dieser Gelegenheit von Amtes wegen unter Anklage zu stellen habe, sei von keiner besonders verwickelten Natur hinsichtlich der Frage, wie oder von wem es begangen worden sei. Etwas anderes sei es bezüglich der Motive und begleitenden Umstände und er müsse zugeben, dass in dieser Hinsicht einiges, wenn auch nicht absolutes Dunkel in der Sache herrsche. Ein ungewöhnlicher Gegenstand, ein Gegenstand von großem Wert, der jetzt auf dem Tisch des Präsidenten liege, sei am 10. Mai Herrn Bartholomäus Frik, der sich als Zeuge im Saale befinde, gestohlen worden. Die Polizei sei sogleich von dem Diebstahl benachrichtigt worden, und es sei nicht allein gelungen, den gestohlenen Gegenstand zurückzuerhalten, sondern auch solche Aufschlüsse zu erlangen, dass die Anklagebehörde instandgesetzt worden sei, dem Gericht vollständige Beweise dafür zu liefern, wie der Diebstahl ausgeführt worden, von wem und wie der Dieb mit dem gestohlenen Gegenstand verfahren sei.

Er wolle ferner beweisen, zu welcher Zeit der Diebstahl stattgefunden habe, dass die Angeklagte sich zu dieser Zeit wenigstens eine halbe Stunde im Hause aufgehalten und Zutritt zu dem Raum erhalten habe, wo der Diamant aufbewahrt worden wäre, ohne dass er unter Verschluss gehalten worden sei. Er könne beweisen, und zwar durch ein Mittel, das dem Staatsanwalt sonst selten zur Verfügung stehe, dass die Angeklagte zu jener Zeit, in welcher der Diebstahl ausgeführt worden sein müsse, in diesem Raum gewesen sei und den Behälter geöffnet habe, in welchem der Diamant sich befunden hatte. Ferner könne er beweisen, dass die Angeklagte bei einem früheren Zeitpunkt des gleichen Tages Gelegenheit gehabt habe, die Versicherung eines reichen Mannes anzuhören, dass er, um in den Besitz des Diamanten zu kommen, gern bereit sei, eine große Summe zu bezahlen. Sie habe also zum Voraus gewusst, dass sie den gestohlenen Gegenstand ohne Schwierigkeit verwerten könne. Endlich habe er Beweise dafür, dass der Diamant wirklich noch am gleichen Tage gerade an den erwähnten Mann verkauft worden sei.

Soweit sei die Beweisführung so vollständig als nur möglich, und um die Schuld der Angeklagten festzustellen, habe es keine Bedeutung, dass sie ihr früher abgelegtes Geständnis widerrufen und sich bisher geweigert habe, irgendwelche Erklärung abzugeben. Jeder erfahrene Richter wisse, dass nichts sicherer sei als ein guter Schuldbeweis, der ebensogut, ja, noch sicherer wäre als ein Geständnis.

Unaufgeklärt sei nur noch, wohin die Geldsumme gekommen sei, welche die Angeklagte für den Diamanten erhalten habe, und die näheren Motive zu der Tat der Verbrecherin.

Vielleicht würden die Zeugenverhöre darüber Aufschluss verschaffen, wenn nicht, so würde die Anklagebehörde die strengste gesetzliche Strafe beantragen müssen. Er ersuche deshalb zum Schluss den Präsidenten, die Angeklagte inständig zu einer Erklärung aufzufordern. Wenn sie fernerhin sich weigern würde, nähere Aufschlüsse zu geben, so würde sie damit nur sich selber und – vielleicht der Gerechtigkeit schaden.

Es war so still im Saale, als der Staatsanwalt sich setzte, dass man eine Nadel hätte fallen hören können, wie man zu sagen pflegt.

Der Präsident erhebt sich und wendet sich an das junge Mädchen. In ruhigen, rücksichtsvollen Worten macht er sie darauf aufmerksam, dass sie jedenfalls das Recht habe, zu tun, wie ihr beliebe, das heißt zu sprechen oder zu schweigen, und dass niemand sie zwingen werde, zu gestehen. Indessen hielt er es wenigstens für seine Pflicht, ihr zu sagen, dass sie wohl nicht in ihrem eigenen Interesse handle, wenn sie noch ferner schweige. Sei sie unschuldig, was er noch immer zu hoffen berechtigt wäre, so müssten ihre eigenen Erklärungen dazu beitragen, dieses zu beweisen, und wenn sie schuldig sei, so würden dieselben dem Gericht Gelegenheit geben, ihr gegenüber Milderungsgründe obwalten zu lassen.

Es gab kein Auge im ganzen Saal, das nicht auf das arme Mädchen gerichtet war, aber ihr Gesicht erschien fortwährend wie dasjenige einer Bildsäule: die Lippen warm zusammenpresst und die Augen niedergeschlagen.

Der Verteidiger beugt sich über sie und flüstert ihr etwas ins Ohr. Sie erhebt den Blick nicht. Ein schwaches Senken des Kopfes ist die einzige Antwort.

„Ich muss bitten", nimmt der junge Advokat das Wort, „dass sie nicht mehr mit Aufforderungen zum Sprechen belästigt wird. Sie hat den Entschluss gefasst, nichts sagen zu wollen, und ich weiß, dass derselbe unverrückbar ist. Inwiefern dieser Entschluss klug ist oder nicht und ob er mit oder gegen meinen Rat gefasst worden, ist ein Ding, das ich für den Augenblick nicht untersuchen will. Es genügt, zu sagen, dass weitere Aufforderungen an sie, sich über den Diebstahl auszusprechen, wie gutgemeint sie auch sein mögen, die Sache nur verzögern können."

Kaum sind die Worte des Advokaten erstorben, als ein Gemurmel durch die Reihen der Zuschauer geht. Es ist ungefähr der Ausdruck für alle die Gefühle, welche die Herzen der Menschen bewegen. Befürchtung, dass die Angeklagte sich selber schaden könnte, Bewunderung über ihre Sündhaftigkeit, Tadel, Erstaunen über ihre Frechheit, Verwunderung, Beifall, Überraschung.

Nun kommt die Beweisführung. Ich will die Leser nicht mit allen Zeugenerklärungen ermüden.

Die Zeitungen sind nämlich bereits imstande gewesen, genaue Berichte darüber zu bringen, was sich auf der Villa Ballarat an jenem Tage zutrug, als der Diebstahl stattfand.

Es genügt deshalb, wenn wir sagen, dass die Erklärungen sämtlicher Zeugen übereinstimmten und nur bestätigten, was das Publikum dank der Unermüdlichkeit der Zeitungsberichterstatter bereits weiß.

Es hatte auch den Anschein, als ob der Verteidiger das Hoffnungslose einsähe, diesen Teil der Beweiskette zu zerreißen. Wohl suchte er die Möglichkeit wahrscheinlich zu machen, dass eine fremde Person zwischen 5 und 7½ Uhr nachmittags sich in den Garten der Villa eingeschlichen haben könnte, aber auch dieser Versuch scheiterte an der bestimmten Versicherung des Gärtners, dass die Pforte die ganze Zeit verschlossen gewesen sei und an dem Zeugnis des Detektivchefs über die Untersuchung, die er an dem Gartenzaun und dem umgebenden Erdreich vorgenommen hatte.

Glücklicher war der Verteidiger in seinen Versuchen, gute Zeugnisse über den Charakter und Wandel der Angeklagten beizubringen. Besonders waren Herr Frik und seine Nichte des Lobes voll über das junge Mädchen.

Große Bewegung erregte es, als Fräulein Frik auf die Frage des Verteidigers berichtete:

„Eveline hat mehrere Jahre alle meine Schmucksachen und wertvollen Gegenstände in ihrer Verwahrung gehabt – dank der Güte meines Onkels besitze ich mehr derartige Dinge, als ich bedarf – und es würde ihr ein Leichtes gewesen sein, sich irgend einen Gegenstand davon anzueignen, ohne sich einer Entdeckung auszusetzen. Ihre bloße Versicherung, dass das Ding abhandengekommen sei, würde genügt haben. ... Nein! Sie ist die Ehrlichkeit selber! Sie hat den Diamanten meines Onkels nicht gestohlen, davon bin ich überzeugt, wie sehr auch der Schein gegen sie spricht! ...“

Große Bewegung herrschte, als Mr. Howell als Zeuge aufgerufen wurde. Jeder wusste, durch welch sonderbaren Zufall dieser Mann in die Sache verwickelt worden war.

Er richtete zuerst die Frage an den Präsidenten, ob man ihm sein Zeugnis nicht erlassen wolle. Der Präsident ersuchte ihn, die Gründe seines Wunsches zu nennen. Mr. Howell erwiderte nun, dass er sich für einen Gentleman halte, wie man es in seiner Heimat nenne, und nicht für einen Polizeispion. Durch einen Zufall sei er dazu gekommen, eine Rolle in dieser Angelegenheit zu spielen, eine Rolle, die ihm nicht behage. Er habe seine Erklärungen der Polizei bereits abgegeben und hoffe, dass dies genüge.

Der Präsident gab ihm zur Antwort, dass ihn das Gericht aus diesen Gründen nicht seiner Verpflichtung als Zeuge entheben könne. Man achte seine Gefühle, aber da kein gesetzlicher Grund vorliege, so habe man das Recht, sein mündliches Zeugnis von ihm zu fordern.

Mr. Howell, der sich geläufig der norwegischen Sprache bedient, gab nun, indem er sich der Notwendigkeit fügte, einen klaren, kurzen Bericht darüber ab, wie er dazu gekommen war, die Angeklagte sozusagen in flagranti abzufotografieren.

Auch diese Episode haben die Zeitungen schon früher ausposaunt, sodass ich sein Zeugnis hier nicht ausführlich wiederholen will. Ich teile von dem Verhör nur das Folgende mit:

Staatsanwalt: „Was machten Sie mit der Platte, nachdem Sie die Fotografie genommen hatten?"

Zeuge: „Ich ging sogleich hinaus auf mein Zimmer, nahm die Platten aus dem Apparat und brachte sie sämtlich zum Fotografen, um sie präparieren zu lassen. Ich besuchte denselben auf dem Weg zum Bahnhof."

Staatsanwalt: „Sie behaupten also, dass Sie die Angeklagte hier fotografiert haben – freilich ohne ihr Vorwissen. Wissen Sie sicher, dass es die Angeklagte ist?"

Zeuge: „Jeder, der die Angeklagte einige Male gesehen hat, wird bemerken, dass sie die Person auf der Fotografie ist."

Staatsanwalt (nimmt einen Gegenstand vom Tisch des Präsidenten): „Ist dies die erwähnte Fotografie, die von Ihnen der Polizei übergeben wurde?"

Zeuge (nimmt die Fotografie in die Hand und betrachtet sie genau): „Jawohl, sie ist es!"

Der Staatsanwalt erklärt sich befriedigt und der Verteidiger beginnt: „Sie sind also jetzt davon überzeugt, dass Sie bei dieser Gelegenheit die Angeklagte fotografierten. Damals aber, als Sie die Fotografie nahmen, hielten Sie sie für eine andere, nämlich für Fräulein Frik? Ist es nicht so?"

Zeuge: „Ja, ich glaube mich darüber schon hinreichend deutlich erklärt zu haben."

Verteidiger: „Aber ich begreife nicht, wie Sie jetzt so fest davon überzeugt sein können, dass das Bild meine Klientin vorstellt, während Sie etwas anderes glaubten, als Sie die Person selber vor sich hatten. Was ist der Grund davon?"

Zeuge: „Wie ich schon früher bemerkt habe, hatte ich damals Eile. Ich musste mich schnell entfernen, ehe sie sich umwandte, denn wie gesagt, es war ein Spaß von meiner Seite. Überdies glaubte ich Fräulein Friks Jacke wiederzuerkennen, sie pflegte nämlich eine solche mit Schnüren besetzte Jacke zu tragen. Später vernahm ich indessen, dass das Fräulein die Jacke bereits am gleichen Tage ihrem Kammermädchen geschenkt hatte, und als ich die Fotografie betrachtete, war ich meiner Sache gewiss."

Verteidiger: „Gut! Sind Sie auch sicher, dass das Ihnen hier gezeigte Bild das gleiche ist, welches Sie bei jener Gelegenheit aufnahmen? Die Platte ist ja mehrere Tage in anderen Händen gewesen?"

Der junge Engländer schien bei diesem Verhör etwas ungeduldig zu werden: „Wenn die Platte beim Fotografen nicht gefälscht worden ist", ruft er rasch aus, „so ist dies das gleiche Bild, das ich an jenem Tage im Museum aufgenommen habe. Und ob es nun gefälscht ist oder nicht, so sehe ich hier die gleiche Person in der gleichen Stellung und im gleichen Zimmer vor mir – nun mögen andere entscheiden, wo die Wahrscheinlichkeit liegt."

Er nimmt das Bild noch einmal, untersucht es genau und gibt es dem Staatsanwalt zurück.

„Ich habe nur zeigen wollen", sagte der Verteidiger ruhig, „dass selbst Sie einmal an der Identität der Person gezweifelt haben, die vor dem Schrank des Herrn Frik gezeichnet worden ist. Ich habe nur noch ein paar andere

Fragen an Sie zu richten: Wie spät war es, als Sie die Fotografie aufnahmen?"

Zeuge: „Ungefähr 6 Uhr."

Verteidiger: „Können Sie es nicht genauer angeben? Kann es nicht ebenso gut 6½ Uhr gewesen sein?"

Zeuge: „Ganz genau kann ich die Zeit nicht angeben. Ich gab damals nicht so genau acht darauf. Als ich mit dem Fotografieren fertig war, ging ich auf mein Zimmer und beschäftigte mich dort kurze Zeit, bevor ich abreiste. Als dies geschah, war es ungefähr 7 Uhr, sodass ich daraus schließe, dass die Fotografie um 6 Uhr aufgenommen wurde."

Verteidiger: „Kann es nicht ein wenig mehr als ½7 Uhr gewesen sein?"

Zeuge: „Nein! Ich kann ziemlich genau sagen, dass es nicht mehr als ½7 Uhr war."

Verteidiger: „Konnten Sie sehen, dass die Person den Diamanten in der Hand hielt? Auf dem Bild ist der betreffende Gegenstand von der Schulter verdeckt."

Zeuge: „Als ich die Betreffende zuerst erblickte, hielt sie den Diamanten – ich bin überzeugt davon, dass er es war – etwas höher, sodass ich ihn sehen konnte, später senkte sie den Ann ein wenig und in dieser Stellung wurde sie fotografiert."

Der Verteidiger ist befriedigt.

Nun wird als Zeuge Fotograf Rodin aufgerufen.

Er verneigt sich vor dem Präsidenten und dem Gericht und es werden die gewöhnlichen Formalitäten beobachtet, darauf beantwortet er die Fragen, die ihm der Staatsanwalt vorlegt, schnell und sicher.

Staatsanwalt: „Erkennen Sie diese Fotografie wieder? Und ist dieselbe früher in Ihren Händen gewesen?"

Zeuge: „Ja, die Platte wurde mir nebst anderen zur Reproduzierung von Mr. Howell am Abend des 10. Mai zwischen sieben und halb acht Uhr übergeben."

Staatsanwalt: „Und sind Sie überzeugt davon, dass diese Fotografie eine genaue Wiedergabe von dem ist, was die Platte früher aufgenommen hat?"

Zeuge (lächelnd): „Die Fotografie kann nicht lügen, Herr Staatsanwalt. Selbst wenn ich es gewünscht hätte, so würde ich nichts anderes haben hervorbringen können, als was sich im Moment der Aufnahme vor dem Apparat befand."

Der Staatsanwalt ist fertig und der Verteidiger folgt mit seinen Fragen.

Verteidiger: „Sind Sie sicher, dass diese Fotografie die gleiche ist wie diejenige, die Sie vor mehreren Wochen für Mr. Howell herstellten? Sie ist ja in der Zwischenzeit nicht in Ihrem Besitz gewesen."

Zeuge: „Ja, ganz sicher, Herr Advokat. Wie Sie selber sehen können, stehen die Anfangsbuchstaben meines Namens auf der Rückseite, sehen Sie hier: O. R. 10./5. H. 10. Also erstens die Anfangsbuchstaben meines Namens, dann das Datum des Empfanges, nun der Anfangsbuchstabe von Mr. Howells Namen und endlich die Nummer der Serie. Die Rolle, die er mir an jenem Tage übergab, enthielt 10 Platten. Hier die Nummer 10, also die letzte Fotografie, die er aufgenommen hatte."

Verteidiger: „Sie können doch nicht als absolut sicher behaupten, dass dies das gleiche Bild ist, das Mr. Howell Ihnen gebracht hat. Während der Arbeit kann ja einer von Ihren Leuten Mr. Howells Bilder mit den Platten anderer Leute verwechselt haben. Nicht wahr, das ist möglich?"

Zeuge: „Nein, Herr Advokat. Ich besorgte eigenhändig die Darstellung der sämtlichen Bilder Mr. Howells. Er stellt strenge Ansprüche, ist aber auch sehr liberal, was die Bezahlung anbetrifft. Wie Sie sehen werden, ist dieses Bild sehr klar und deutlich und ich schmeichle mir damit, dass dies mit sämtlichen Bildern der Fall ist, die durch meine Hände gegangen sind, wohlgemerkt, wenn ein so gewandter Momentfotograf wie Mr. Howell sie angenommen hat."

Verteidiger: „Ist es möglich, Herr Fotograf, zuerst ein Zimmer aufzunehmen, dann eine Person und darauf die letztere auf das erste Bild zu übertragen, sodass das Bild eine Person im Zimmer zeigt?"

Es hatte große, ja sehr große Stille während der Verhandlungen im Saale geherrscht. Bei dieser Frage wurde die Stille noch tiefer und erwartungsvoller. Jedermann begriff, was der Verteidiger bezweckte, verstand, dass jede seiner Fragen einem Griff nach einem Strohhalm für seine Klientin glich. Aber alle sahen auch ein, dass die Strohhalme einer nach dem anderen seiner Hand entglitten. So auch diesmal.

Zeuge (ohne Bedenken antwortend): „Es ist möglich, Herr Advokat, aber jeder erfahrene Fotograf wird Ihnen gleich sagen können, dass das in diesem Fall nicht geschehen ist."

Der junge Advokat sieht enttäuscht aus, er macht eine Bewegung, als wasche er seine Hände und lässt den Zeugen abtreten.

Die Fotografie macht die Runde unter den Gerichtspersonen und den Geschworenen, während der nächste Zeuge aufgerufen wird. Es ist der junge Chef der Detektive, der Polizeikommissär Karl Monk. Er wird von dem Publikum mit einem beifälligen Gemurmel empfangen, was ebenso sehr seinem gewinnenden Äußeren, wie dem

Rufe zuzuschreiben ist, den er sich als Polizeibeamter bereits zu erwerben gewusst hat. Sein Zeugnis ist ruhig, klar und genau, wie es für einen Polizeimann passt, aber nichtsdestoweniger lauschen alle mit atemloser Aufmerksamkeit seiner Erzählung, wie er selbst in der Rolle des Detektivs gearbeitet und nicht eher geruht hat, als bis der Diamant des alten Frik sich in den Händen der Polizei befand. Als Herr Monk in seinem Bericht seines Besuches bei Prokurator Jürgens und der List erwähnt, deren er sich bediente, um den Alten aufs Glatteis zu führen, beginnen die Zuhörer in die Hände zu klatschen und Bravo zu rufen. Es gehört die ganze Autorität des Präsidenten dazu, um sofortige Stille zu gebieten.

So ist das Publikum, oder besser besagt, so sind wir, trotzdem sich kaum ein Mensch im Saale befindet, der nicht die Freisprechung des jungen Mädchens auf der Anklagebank wünscht, so klatschen doch die gleichen Leute lebhaft bei dem Bericht über die Schnelligkeit, mit der das Netz um sie und ihr Verbrechen zusammengezogen wurde.

Übrigens scheint mit der Erklärung des Detektivchefs die letzte Hoffnung für die Angeklagte zu verschwinden.

Der Verteidiger hat auch nicht viele Fragen zu stellen. Wohl versucht auch er glaubhaft zu machen, dass sie bei der Verhaftung und Monks erstem Besuche im Hause ihrer Mutter sich in einem Zustand von Unzurechnungsfähigkeit befunden habe, und in dieser Absicht verhört er auch ihre Mutter und ihren Verlobten, den Schauspieler Fredriksen.

Diese beiden Personen erklärten trotz ihres Verhältnisses zu der Angeklagten, das ihr Zeugnis zu einer freiwilligen Sache machte, dass sie nichts dagegen hätten, sich über alles auszusprechen, was ihnen bekannt sei.

Ihre Aussagen bringen aber nichts Neues zum Vorschein. Beide versichern eifrig die Unschuld des jungen Mädchens und bitten, dass man ihr nicht glaube, selbst wenn sie wieder gestehen sollte. Sie habe immer ein nervöses Temperament gehabt und sich wunderlich benommen.

Keiner dieser Zeugen, weder die geschwätzige Frau mit der allzu roten Gesichtsfarbe noch der pomadisierte Weiberheld, der in unserer Stadt infolge verschiedener, wenig angenehmer Geschichten bekannt genug geworden ist, machte einen sonderlich guten Eindruck und der Verteidiger unterbricht auch ziemlich schnell das Verhör. Man empfängt die Überzeugung, dass er früher mit seiner Verteidigung den Beweis für die Unzurechnungsfähigkeit seiner Klientin zu erbringen gedachte, dies nun aber während der Gerichtsverhandlungen wieder aufgegeben hat.

Wie man sieht, habe ich nur einzelne Episoden aus dem weitläufigen Zeugenverhör angeführt und die Ursache davon ist fürs erste die, dass, wie ich schon bemerkt habe, das zeitungslesende Publikum Christianias die näheren Umstände des Diebstahls in der „Villa Ballarat" bereits kennt. Zweitens hauptsächlich die, dass, wie alle wissen, die wir gestern Abend die Rufe der Zeitungsverkäufer auf der Straße hörten – einzelne unserer Kollegen bezeigten ihren Eifer durch die Ausgabe von Extrablättern – die Sache einen Abschluss erhielt, den niemand geahnt hat, einen Abschluss, der bewirkt, dass man unwillkürlich alles übrige übersieht, wie ein langweiliges Vorspiel, um zu dem eigentlichen Schauspiel zu kommen."

Bis hierher war ich mit meiner Vorlesung gelangt, als ich innehielt und meine Zuhörer ansah: Klara lauschte, ich mache kein Hehl daraus, mit offenem Mund und schien keine Unterbrechung gestatten zu wollen. Monk hatte sich in der dunkelsten Ecke des Zimmers in einen Lehnstuhl gesetzt und man hörte keinen Laut von ihm.

„Soll ich fortfahren?", fragte ich. „Oder gestattest Du eine Frage?"

„Es wäre mir lieber, wenn Du das Zeitungsreferat zuerst zu Ende lesen würdest", war Monks Antwort und ich hörte an seinem Ton, dass er sich in einer ungewöhnlichen Gemütsbewegung befand.

„Ja, lies weiter und lass uns hören, wie es geht", fiel Klara ein und machte Miene, über meine Schulter hinweg das Referat zu lesen. Ich fuhr fort:

„Die Beweisführung ist zu Ende und der Staatsanwalt ergreift das Wort. Seine Rede ist kurz und bündig: Er glaube, dass alle darin einig seien, seine Behauptungen wären durch das Zeugenverhör vollständig bewiesen worden. Was die Zurechnungsfähigkeit der Angeklagten anbelange, so glaube er auch, dass dieselbe über allen Zweifel erhaben sei, die Aussagen der Ärzte seien bestimmt und die Zeugnisse, womit man sie abzuschwächen gesucht habe, könnten nur wenig Wert beanspruchen. Er glaube nicht einmal, dass der Verteidiger im Ernst die Zurechnungsfähigkeit der Angeklagten in Zweifel zu ziehen suchen werde. Dass das Bewusstsein, ein großes Verbrechen begangen zu haben und dafür verantwortlich sein zu müssen, das Benehmen der Angeklagten seltsam und bis zu einem gewissen Grad sich selbst widersprechend mache, sei natürlich. Dass die Angeklagte ihr erstes Geständnis widerrufen und sich nachher vor Gericht geweigert habe, eine Erklärung darüber abzugeben, das sei ein Umstand, der vielleicht einzelne verwundern, aber auf keine Weise die klaren und deutlichen Beweise für ihre Schuld abschwächen

könne. Man müsse bedauern, dass es der Polizei nicht gelungen sei, den Verbleib des Geldes für den gestohlenen
Gegenstand nachzuweisen, indem diese Tatsache verhin-
dere, dass etwaige Mitschuldige – ebenso schuldig wie die
Angeklagte – zur Verantwortung gezogen werden könnten. Ebenso bedauerlich sei es, dass man die Motive zu
der Tat nicht deutlich auffinden könne, daran aber trage
die Angeklagte durch ihr hartnäckiges Schweigen selbst
die größte Schuld. Jedenfalls dürfe keiner dieser Umstände irgendeinen Einfluss auf die Antwort der
Geschworenen hinsichtlich der Frage, ob schuldig oder
nichtschuldig, ausüben.

Nun erhält der Verteidiger das Wort. Er scheint zuerst mit sich selber nicht recht im Klaren zu sein, fasst
dann aber einen Entschluss. Er mache keinen Hehl daraus, sagt er, dass er sich in einer sehr schwierigen Lage
befinde, und wer seine Lage am meisten erschwere, das
sei seine Klientin. Alle wüssten, dass das junge Mädchen
hier, das angeklagt sei, den auf dem Gerichtstisch liegen-
den Diamanten gestohlen zu haben, zuerst gestanden,
dann aber ihr Geständnis widerrufen und sich im Übrigen geweigert habe, irgendwelche Auskunft über die
Sache zu geben. Aber was vermutlich nicht allen bekannt
wäre, das sei der Umstand, dass sie auch gegenüber ihm,
ihrem Verteidiger und Berater, das gleiche Schweigen beobachtet habe. Es sei ihm nicht gelungen, ihr ein Wort
zu entlocken, außer der Versicherung, dass sie nichts sagen, keine Frage beantworten und keine Auskunft geben
werde. Ich habe es passend gefunden", fährt der junge
Advokat fort, „dies öffentlich zu erwähnen, damit nicht
mein Mangel an Fähigkeit, Erklärungen abzugeben, die
zu Gunsten meiner Klientin sprechen würden, missdeu-
tet werden könnte. Man glaube nur nicht, dass ich zwar
Erklärungen von ihr erhalten, es aber für ihre Sache

nicht vorteilhaft befunden habe, dieselben vorzubringen. Für mich steht es fest, und ich hoffe, Sie, meine Herren Richter, werden darin mit mir einig gehen, dass das unglückliche Mädchen, gelähmt von dem furchtbaren Schlag des Verdachtes, der sie getroffen, und in dem Gefühl der fürchterlichen Hoffnungslosigkeit gegenüber dem von allen Seiten so stark gegen sie sprechenden Schein, den Ausweg betreten hat, sich in sich selbst und ihr Schweigen zurückzuziehen, gleichwie sich das gejagte Wild in seine Höhle zurückzieht, selbst wenn es dort vom Tode erwartet wird. Niemand hat das Recht, das Schweigen meiner Klientin als eine Art Geständnis oder als Ausfluss ihres Schuldbewusstsein aufzufassen.

Ich gebe zu, dass der Schein gegen sie spricht, mehr nicht. Es ist ein weiter Sprung von hier bis dorthin, und wie mein geehrter Kollege, der Staatsanwalt, getan hat, zu behaupten, dass ihre Schuld bewiesen sei.

Der Diamant wurde in der Zeit zwischen fünf und siebeneinhalb Uhr nachmittags gestohlen. Von diesen zweieinhalb Stunden verbrachte meine Klientin nur eine halbe Stunde innerhalb der Mauern der Villa Ballarat, während mehrere Personen sich die ganze Zeit dort aushielten. Es sei bewiesen, sagt der Staatsanwalt, dass kein Fremder in dieser Zeit Zutritt gehabt haben könne, aber ist dies auch sicher? Ein gewandter Mann kann über den Zaun klettern, das wird niemand leugnen. Aber die Polizei habe den Boden ringsum untersucht und keine Spur gefunden, wird man einwenden. Indessen weiß man, dass gewandte Verbrecher oft sehr geschickt ihre Spuren zu verwischen verstehen. Es wird wohl niemand behaupten, die Polizei sei so unfehlbar, dass ihr keine Spur entgehen könne.

Es gehört kein großer Scharfsinn dazu, um in diesem Augenblick die Gedanken meiner Herren Richter zu erraten: „Was hilft das alles? Die Hauptbeweise gegen die Angeklagte bleiben bestehen!" Aber, – aber, wir wollen uns diese Beweise etwas näher ansehen, die nach der Behauptung meines geehrten Gegners, des Staatsanwaltes, so stark sein sollen, dass sie sogar zuverlässiger sind als ein Geständnis. – Der alte Mann, der den Diamanten kaufte, habe selbst gesagt, dass er denselben von dem jungen Mädchen erworben, das ich die Ehre habe zu verteidigen. – Ja, dass er dies gesagt hat, das bezweifle ich gar nicht, obschon der Mann nicht als Zeuge vor Gericht erschienen ist. Dafür besitzen wir das Zeugnis des Detektivchefs und dies genügt vorläufig. Indessen gibt es auch hier ein „Aber", wie bei allen sogenannten unfehlbaren Indizien gegen die Angeklagte: Ist denn das Wort eines geistesschwachen Mannes vollständig zuverlässig, eines Mannes, der bald nachher unmündig erklärt wird und der von seiner Manie so erfüllt ist, dass er, dessen Ehrlichkeit nach einem in unbefleckter Rechtschaffenheit verbrachten Leben sonst über allen Zweifel erhaben ist, einen Diamanten kauft, von dem er weiß, dass er gestohlen ist? Soll das Zeugnis eines solchen Mannes das Lebensschicksal eines Menschen entscheiden können? Und überdies – ist das Zeugnis dieses Mannes unparteiisch?

Wir haben aus der Erzählung des Detektivchefs vernommen, dass der Alte den Erwerb des Diamanten zu verhehlen suchte. Trotz seiner Geistesschwäche weiß er doch, dass er Unrecht getan hat, und ist bis zu einem gewissen Grad listig und auf seiner Hut. Was ist nun wahrscheinlicher, als dass er, als er sich entdeckt sieht, doch schlau genug ist, eine Erklärung zu geben, die es einigermaßen wahrscheinlich macht, er habe den Diamanten in gutem Glauben erworben? Wer darf behaupten, dass der arme Alte bei dieser Gelegenheit die Wahrheit sprach? Es ist doch ebenso viel, ja, vielleicht größere Wahrscheinlichkeit dafür vorhanden, dass er seine Zuflucht zu der ersten besten Unwahrheit nahm.

Und wo sind die fünftausend Kronen hingekommen, die er nach seiner Aussage für den Diamanten bezahlt hat? Es ist nicht gelungen, darüber Klarheit zu erlangen, wie mein Widerpart behauptet, aber er nimmt übrigens diesen Umstand sehr leicht. Mir kommt es vor, als ob der Umstand, dass nicht die geringste Spur von dem Geld entdeckt worden ist, von großer Bedeutung wäre. Wir wissen, dass die tüchtigsten Polizeibeamten nach demselben gesucht haben. Der Verlobte meiner Klientin wurde infolgedessen sogar in Kopenhagen verhaftet. Sie selbst und ihre Mutter wurden mit Argusaugen bewacht und trotzdem keine Spur! Sind das bedeutungslose Umstände? Ist es nicht vielmehr ein Beweis dafür, dass die Polizei auf falscher Fährte gewesen ist, dass man den Dieb nicht in der Verhafteten zu suchen hat und dass man nach einer Seite hin nachgeforscht hat, wo nichts zu finden war?

Aber, so wird man mir einwerfen, der Hauptbeweis steht noch aufrecht: Die Angeklagte ist ja durch einen wunderbaren Zufall während der Ausführung des Diebstahls fotografiert worden, das kann doch nicht geleugnet oder hinweggekünstelt werden.

Doch! Ich wage zu behaupten, dass man auch darin keinen Beweis für die Schuld der Angeklagten hat. Ich gebe zu, dass es wahrscheinlich das junge Mädchen ist, das auf dieser Platte fotografiert erscheint. Den Hut und die Jacke, die sie trägt, hat ihr Fräulein Frik am gleichen

Nachmittag ungefähr um sechs Uhr geschenkt, das wissen wir von Zeugen, ebenso, dass sie die gleichen Kleidungsstücke trug, als sie zwischen sechseinhalb und sieben Uhr bei ihrer Mutter erschien. Ich will einräumen, eine an Gewissheit grenzende Wahrscheinlichkeit spricht dafür, dass es meine Klientin ist, welche hier auf dem Bild in dem sogenannten Museum vor Herrn Friks Schrank steht. Auch kann jeder sehen, dass sie einen Gegenstand in der Hand hält. Ja, ich gehe so weit, zuzugeben, dass es wahrscheinlich auch der schwarze Diamant ist, den sie betrachtet – aber von nun an stimmen meine Schlüsse nicht mehr mit denjenigen des Staatsanwaltes überein.

Wieso sollte man daraus folgern können, dass sie sich mit dem Diamanten auch entfernt habe? Wie, wenn meine Klientin durch den Garten ginge, die Türe zum Museum offen sähe, aus Neugierde hineinträte, den schwarzen Diamanten betrachtete, von dem unter der Herrschaft so viel die Rede war, als sie nach dem Mittagessen den Kaffee auftrug, ihn wieder an seinen Platz legte und durch den Garten weiter und heim zu ihrer Mutter ginge? Wie, wenn sie später von dem Diebstahl vernähme, wenn sie verstünde, dass sie sich unvorsichtig benommen hat, und dann noch etwas Unvorsichtigeres täte, indem sie ihren Besuch im Museum verhehlt und schließlich von Scham und Furcht fast vernichtet bei der Verhaftung handelt, wie sie später getan hat?

Ich frage jeden Menschen mit Herz und Verstand, gibt es etwas Unwahrscheinlicheres, als dass dieses junge Mädchen, das bisher immer die musterhafteste Ehrlichkeit bewiesen hat, den frechsten Diebstahl ohne besonderen Grund sollte begehen können, dieses junge Mädchen, das keine Not kennt, das bei seiner Herrschaft ein Heim gefunden hat, fast wie ein Kind im Hause, dieses junge Mädchen, welches weiß, dass, wenn es zu einem besonderen Zweck ihre junge Herrin um Geld bäte, ohne Zögern eine bedeutende Summe erhalten würde!

Gibt es etwas Wahrscheinlicheres, als dass ihre Anwesenheit im Museum einem unbedeutenden Zufall zuzuschreiben und dass der Diebstahl später von einem anderen ausgeführt worden ist?" –

Hier wird der Advokat auf eine für ihn sehr schmeichelhafte Weise unterbrochen: Vom Zuhörerplatze her ertönt mehr als ein herzliches „Bravo!", während eine heisere Stimme mit der tiefsten Überzeugung ausruft: „Bei Gott, er hat recht!"

Aber bald ist die Stille wieder hergestellt und der Verteidiger schließt seine Rede folgendermaßen: „Es ist eine alte Erfahrung aus den Gerichtssälen, dass diejenige Beweiskette, die am stärksten erscheint und deren Glieder sich am schönsten aneinanderfügen und am besten zusammenpassen, oft in Wirklichkeit die schwächste ist. Ich bitte die Geschworenen, dieses nicht zu vergessen. Und ich glaube Ihnen wenigstens gezeigt zu haben, dass sich in der Beweiskette des Staatsanwaltes, die so schön erscheint, nicht ein einziges Glied findet, das fehlerfrei genannt werden kann."

Der Verteidiger setzt sich und die Zuhörer machen einen Versuch, in die Hände zu klatschen, aber der Präsident gebietet sofort Stille. Nun ergreift der Staatsanwalt das Wort:

Er habe, sagt er, mit Interesse und Beifall den Vortrag des Verteidigers angehört, einen Beifall übrigens, der dem gleichen Gefühl entspringe, welches wohl auch den Applaus der Zuhörer diktiert habe, nämlich Bewunderung über die Fähigkeit des Advokaten, aus nichts oder einer unbequemen Materie etwas zu machen. Hier nickt er in aller Gemütlichkeit dem Verteidiger zu, der seinerseits wieder lächelt. Er fand überhaupt die Kette seiner Beweise so wenig geschwächt von demjenigen, was sein Widerpart bemerkt hatte, dass er es nicht für nötig hielt, dieselbe aufs Neue zu prüfen.

Zum letzten Mal ergreift der Verteidiger das Wort: Der Staatsanwalt habe selbst einräumen müssen, es seien Möglichkeiten vorhanden, dass die Sache nicht so vor sich gegangen sei, wie die Anklagebehörde behauptet habe. Wie wahrscheinlich oder unwahrscheinlich diese Möglichkeiten wären, dies zu entscheiden sei Sache der Geschworenen. Er wolle nur hinzufügen: Wenn man nebst diesen Möglichkeiten auch den unbefleckten Wandel seiner Klientin und die von allen Seiten stammenden guten Zeugnisse über sie und ferner den Umstand in Betracht ziehen wolle, dass niemand einen besonderen Grund für die plötzliche Umwandlung des Mädchens in eine Verbrecherin habe nachweisen können, und endlich, dass es selbst trotz eifriger Anstrengungen der tüchtigsten Polizeibeamten nicht möglich gewesen sei, den Beweis zu erbringen, dass seine Klientin jene Geldsumme besessen oder verwendet habe, welche die Frucht des Verbrechens sein sollte, dessen sie angeklagt wäre – so zweifle er nicht daran, dass das Gewissen der Geschworenen sie verhindern werde, auf die Frage, ob die Angeklagte schuldig sei, das verhängnisvolle „Ja" auszusprechen.

Der Verteidiger setzt sich, aber man hört diesmal keine Beifallsrufe von den versammelten Zuhörern, dafür sind diese zu sehr von dem Gedanken ergriffen, dass alle Anstrengungen von Seite des Verteidigers umsonst gewesen sind. Der Augenblick kommt, in dem die Geschworenen sich zurückzuziehen haben. Alle wissen, dass ihre Beratung nicht lange dauern und ein einstimmiges „Ja" zur Folge haben wird.

Was helfen einem Advokaten sein Rednertalent oder seine listigen Ausflüchte gegenüber so klaren Beweisen und Tatsachen, wie der Staatsanwalt sie vorgebracht hat – –?

Der Präsident fragt die Angeklagte, ob sie noch etwas zu bemerken habe. Ihr Verteidiger beugt sich über sie, er scheint sie dringend zu etwas aufzufordern. Aber sie schüttelt nur den Kopf wie früher und der junge Mann setzt sich resigniert.

Elftes Kapitel.
„Die Fotografie kann nicht lügen."

Der Staatsanwalt hat mit dem Verlesen der an die Geschworenen zu richtenden Fragen begonnen, als er von einem eigentümlichen Geräusch im Saale unterbrochen wird.

Es sind die Zuhörer, welche murmeln und aufstehen, um besser sehen zu können.

Was ist geschehen?

Ein Gerichtsbote hat sich an den Verteidiger herangedrängt und ihm einen Brief überreicht mit den nur für die Nächststehenden vernehmbaren Worten: „Der Advokat soll den Brief sogleich lesen, er betrifft die heutige Gerichtsverhandlung."

Der Verteidiger reißt den Briefumschlag auf, liest, fährt mit der Hand über die Stirne und liest nochmals.

Er ballt das Papier in der Hand zusammen, geht schnell einige Schritte vorwärts, und als der Staatsanwalt innehält, wendet er sich an den Präsidenten: „Ich muss ersuchen, meiner Klientin eine Stunde Aufschub zu gewähren, bis dahin hoffe ich Ihnen, meine Herren, Zeugnisse vorlegen zu können, die neues Licht in diese Sache bringen werden."

Eine Stunde ist verstrichen, vielleicht etwas mehr. Das Gericht hat die Sitzung wieder begonnen. Der Saal ist wenn möglich noch voller von Menschen. Niemand hat seinen Platz aufgeben wollen und neue Zuhörer haben sich eingestellt. Das allgemeine Schweigen zeugt von der Spannung, die alle beherrscht.

Der Verteidiger ersucht, den Detektivchef nochmals zu verhören.

Der junge Polizeibeamte tritt mit seinen gewöhnlichen ruhigen und elastischen Schritten vor, wenn auch Verwunderung aus seinem Gesichte zu lesen ist.

Verteidiger: „Sie haben früher erklärt, Prokurator Jürgens habe, als Sie Ihren Besuch bei ihm abstatteten und ihn auf so gewandte Weise zur Herausgabe des Diamanten bewogen, die Auskunft erteilt, dass er diesen von der Angeklagten – Eveline Reiersen – gekauft habe. Nicht wahr?"

„Ja."

Verteidiger: „Befand er sich nicht in Ungewissheit darüber, von wem er den Diamanten gekauft hatte?"

Der Polizeibeamte errötet sichtlich bei dieser Frage, aber seine Antwort ist noch immer gleich ungezwungen und ruhig:

„Nein, er machte den Eindruck, als sei er davon überzeugt, dass es die Angeklagte war."

Verteidiger: „Nannte er keine andere Person als diejenige, die ihm vielleicht den Diamanten verkauft hatte?"

Monk: „Er schwatzte im Anfang verwirrtes Zeug, um sich zu entschuldigen, aber ohne Bedeutung für die Sache."

Verteidiger: „Ich wünsche doch, dass Sie dies erwähnen oder die Namen nennen, die der Prokurator mit dem Diamanten in Verbindung brachte."

Man konnte dem Polizeibeamten seine Aufregung über dieses zudringliche Verhör anmerken und er musste sich Gewalt antun, um ruhig antworten zu können:

„Prokurator Jürgens schien im Anfang sehr erschrocken über die Folgen seiner Handlung, und um sich zu entschuldigen, schwatzte er zuerst etwas davon, dass er den Diamanten von – von einer Person gekauft habe, die

Herrn Frik sehr nahestehe und von demselben den Diamanten geschenkt erhalten haben sollte."

Verteidiger: „Was taten Sie dann, um ihn zu bewegen,
die Wahrheit zu sprechen?"

Der Polizeibeamte zögerte einen Augenblick, die
Röte seines Gesichtes wurde stärker. Endlich antwortete
er fest und deutlich:

„Er nannte zuerst Fräulein Frik als diejenige, die ihm
den Diamanten verkauft und gesagt habe, dass sie denselben als Geschenk von ihrem Onkel erhalten. Dies war
ebenso viel, als wenn er die junge Dame, für welche ich
die größte Hochachtung hege – für eine Diebin und Lüg-
nerin erklärt hätte, nachdem ja der Diebstahl von ihrem
Onkel selbst angezeigt worden war. Ich vergaß mich deshalb einen Augenblick, sodass ich den alten Mann ergriff
– aber auch nur einen Augenblick!"

Verteidiger: „Erst als sie ihn losgelassen hatten,
nannte er Eveline Reiersen?"

Monk: „Ja, aber wie Sie begreifen werden, kann –"

Verteidiger (unterbrechend): „Ich habe Sie vorläufig
nichts mehr zu fragen."

„Na, da soll denn doch –", hört man plötzlich eine
gewaltige Stimme. Es ist der alte Frik, der sich erhebt, rot
wie ein Truthahn. Der Präsident muss selbst einschreiten, um ihn zu beruhigen.

Der Detektivchef bleibt noch immer stehen mit zu-
sammengebissenen Zähnen. Fräulein Frik betrachtet ihn
mit verwunderten Blicken, – sie ahnt noch nichts. Aber
bald zieht ein neuer vom Verteidiger vorgeführter Zeuge
die allgemeine Aufmerksamkeit auf sich. Es ist ein großer, schwerer Mann mit schwarzem Haar und Bart,
breiten, runden Schultern und in eine blanke, abgetra-
gene, schwarze Tracht gekleidet.

Das Verhör wird vom Präsidenten eröffnet. Der Zeuge scheint sich nur widerwillig ausfragen zu lassen.

„Ihr Name?"

„Abraham Abrahamsen."

„Wie alt sind Sie?"

„Dreiundfünfzig Jahre."

„Ihr Beruf?"

„Pfandleiher und Kommissionär."

„Ihre Wohnung?"

„Bispegaden Nr. 14."

„Wissen Sie etwas in der Sache, die heute hier vor dem Schwurgericht behandelt wird?"

„Ich habe davon in den Zeitungen gelesen."

„Sind Sie mit einer der betreffenden Personen in Berührung gekommen oder haben Sie auf andere Weise Kenntnis von den Dingen erlangt, die für diese Sache von Bedeutung sind?"

„Ich kenne mehrere der Personen hier dem Gesichte nach", der Zeuge lässt seine scharfen, dunklen Augen unter den mächtigen Brauen im Saale umherschweifen – „aber ich glaubte nicht, dass ich eine Auskunft geben könnte, die dem Gericht dienlich wäre, bis vor einer halben Stunde nach mir gesandt wurde."

Der Präsident zieht sich zurück und überlässt das Verhör dem Verteidiger.

Verteidiger: „Kennen Sie Eveline Reiersen, das junge Mädchen hier?"

Zeuge: „Sie ist ein paar Male in Geschäften bei mir gewesen."

Verteidiger: „In welcher Art von Geschäften?"

Zeuge (unwillig): „Verpfändung von Kleinigkeiten."

Verteidiger: „Welche Kleinigkeiten?"

Zeuge: „Soviel ich mich erinnere, waren es einige Ringe und Ohrgehänge."

Plötzlich lässt sich Fräulein Friks Stimme hören, nicht stark, aber klar und deutlich:

„Die Ringe und die Ohrgehänge hat sie von mir erhalten. Es waren Geschenke und sie konnte damit machen, was sie wollte."

Der Präsident verbietet dem Fräulein freundlich, aber bestimmt, zu sprechen, ohne dass sie gefragt werde, und die junge Dame setzt sich errötend.

Verteidiger: „Hatten Sie Besuch von der Angeklagten hier am 10. Mai?"

Zeuge: „Ja, vielleicht."

Verteidiger: „Vielleicht? Belieben Sie sich etwas deutlicher zu erklären, oder soll das heißen, dass Sie sich der Begebenheiten jenes Tages nicht deutlich erinnern?"

Zeuge: „Nun ja, ich kann wohl erklären, was ich meine, ich habe nichts zu verhehlen, Gesetz und Polizei habe ich immer geachtet und respektiert –" Eine ironische Stimme aus dem Publikum:

„Ein wahres Wort, Abrahamsen!" Ein schallendes Gelächter folgt.

Zeuge, nachdem er einen höhnischen Blick nach jener Seite hin geworfen hat, von woher die Unterbrechung gekommen ist, fährt fort: „Nein, ich habe wohl nichts zu verhehlen. Am 10. Mai kam eine Dame zu mir und fragte, ob ich ihr Geld auf einige Schmucksachen leihen würde. Es waren eine Menge Ringe, Broschen und Armbänder von Gold mit Edelsteinen. Sie hatte einen Schleier vor dem Gesicht, aber ich glaubte das junge Mädchen zu erkennen, das Sie Eveline Reiersen nennen."

Verteidiger: „War es denn nicht das junge Mädchen, welches hier sitzt?"

Zeuge: „Das weiß ich nicht."

Verteidiger: „Nicht wissen?"

Zeuge: „Sie müssen mir Zeit lassen, dann sollen Sie hören. Ich sagte gleich, dass ich mich mit so kostbaren Sachen nicht abgeben könne, es sei denn, sie teile mir ihren Namen mit. Darauf antwortete sie, wenn wir einig würden, so werde sie ihren Namen nennen und beweisen, dass sie die Eigentümerin der Schmucksachen sei. Ich sah mir nun die Sachen an und sagte, wenn alles in Ordnung sei, so würde ich ihr 2000 Kronen darauf leihen. Sie wisse, dass die Sachen 5000 Kronen wert seien, erwiderte sie, und wenn ich 4000 geben wolle, so gedenke sie einen Kauf mit mir abzuschließen. Ich meinte aber, dass sie mir Zeit lassen müsse, um dieselben zu untersuchen. Das wollte sie nun nicht, sie schien dem Weinen nahe zu sein und bat mich um Gottes willen, ihr sogleich 4000 zu geben, sie würde mir später noch mehr Schmucksachen überlassen oder etwas zurückbezahlen. Nun aber erschien mir die Sache doch verdächtig, ich wollte nichts mehr damit zu tun haben und darauf ging sie."

Verteidiger: „Machten Sie keinen Versuch, zu entdecken, ob das junge Mädchen Eveline Reiersen war oder nicht?"

Zeuge (nachdem er eine Weile mit der Antwort gezögert hat): „Doch, das habe ich getan, denn ich bin ein gesetzeskundiger Mann, der gerne der Polizei eine Handreichung leiste –"

Verteidiger: „Ja, das wissen wir. Aber was taten Sie denn?"

Zeuge: „Ich sandte einen Jungen, den ich im Geschäftszimmer habe, hinter ihr her. Er setzte sich hinten auf den Wagen, denn sie war in einer Droschke gekommen, die draußen wartete, und er sah sie in ein Haus in der Drammensstraße gehen."

Verteidiger: „War es das Haus des alten Frik?"

Zeuge: „Ja, so sagte der Junge."

Verteidiger: „Aber das hätte Ihnen doch als Beweis dienen können, dass es Eveline Reiersen war."

Zeuge: „Ja, aber ich bin doch nicht ganz davon überzeugt, ob sie es gewesen ist oder nicht, denn sie hatte einen Schleier vor dem Gesicht und dann kenne ich Eveline Reiersen auch nicht ganz genau."

Verteidiger: „Wie war die Dame gekleidet?"

Zeuge: „Sie trug einen grünen Hut mit einer Feder darauf und eine Jacke mit vielen Schnüren vorn und hinten."

Verteidiger: „Wissen Sie das ganz sicher?"

Zeuge: „Ja, ich verstehe meine Augen zu gebrauchen und ich dachte zugleich, dass es am besten wäre, wenn ich mir ihre Kleidung merken würde, falls die Polizei mich später befragen sollte."

Verteidiger: „Wie spät war es, als die Dame Sie besuchte?"

Zeuge: „Es muss zehn Minuten auf halb sechs Uhr gewesen sein, denn sie weilte eine Viertelstunde bei mir, und als sie ging, war es fünf Minuten über halb sechs Uhr."

Verteidiger: „Geschah es auch aus Rücksicht auf etwaige Fragen von Seiten der Polizei, dass Sie sich die Zeit merkten, als die Dame Sie verließ?"

Zeuge: „Ja."

Verteidiger: „Die Zeit wissen Sie also ganz genau?"

Zeuge: „Jawohl, ich besprach mich mit meinem Schreiber."

So weit war man gekommen, als eine heftige Bewegung im Saale das Verhör unterbricht. Es ist wohl überflüssig zu bemerken, dass die Anhörung der beiden letzten Zeugen einen tiefen Eindruck auf alle gemacht hatte, die dieser merkwürdigen Verhandlung beiwohnten, und die Bewegung unter den Zuhörern stieg, je weiter das Verhör vorrückte.

Die letzten Worte des Pfandleihers wurden zwar unter lautlosem Schweigen angehört, aber nur um von Gemurmel und Lärm unterbrochen zu werden. Die Unruhe stieg sogar bis zur Verwirrung, als man plötzlich einen Ausruf hörte: „Sie wird ohnmächtig!" Eine dichte Gruppe hat sich um Fräulein Frik gebildet. Man sieht den alten Frik mitten in der Gruppe, eifrig gestikulierend, während sich die junge Dame auf der Bank rückwärts lehnt, mit dem Taschentuch vor dem Gesicht.

Man sieht, wie der Detektivchef, Herr Monk, sich zu ihr vorwärts drängt, worauf er mit Zustimmung des Präsidenten sie aus dem Saale führt.

Die nächste Handlung des Präsidenten besteht darin, Ruhe zu gebieten. Dies beansprucht keine lange Zeit. Die Drohung, den Saal räumen lassen zu wollen, wirkt augenblicklich. Niemand hat Lust, des letzten Teiles des Schauspiels verlustig zu gehen.

Der Verteidiger wünscht, den Pfandleiher nicht weiter zu verhören. Der Staatsanwalt hat indessen nichts zu bemerken, und das Wort wird wieder dem jungen Advokaten erteilt.

Er dankt zuerst dem Gericht dafür, dass es ihm den gewünschten Aufschub bewilligt hat, der es ihm ermöglichte, nicht allein wertvolle Zeugnisse zu erhalten, sondern auch andere positive Mittel in die Hände zu bekommen, um die Unschuld seiner Klientin zu beweisen. Er fährt fort:

„Wenn man etwa glaubt, dass ich die Absicht gehabt habe, durch die Vernehmung des Zeugen Abrahamsen und die neuen an den Detektivchef gerichteten Fragen die Schuld an dem Diebstahl auf andere zu wälzen, so irrt man sich. Wohl ist es unvermeidlich, dass sich gleichzeitig, indem die Unschuld meiner Klientin an den Tag kommt, die Aufmerksamkeit nach einer anderen Seite richtet, und die Diener der Gerechtigkeit haben vielleicht schon in ihrem Suchen nach dem Schuldigen ein neues Ziel gefunden. Das ist aber etwas, was mich in meiner Aufgabe nicht berührt. Diese bezweckt nur, zu zeigen, dass das junge Mädchen, dessen Verteidigung mir übertragen worden ist, schuldlos ist, dass die Indizien, die sie so schwer belasten, im Gegenteil die entgegengesetzte Sprache reden, wenn sie im rechten Licht betrachtet werden.

Mit der Vernehmung des Polizeibeamten und des Zeugen Abrahamsen verband ich nur die Absicht, zu zeigen, dass man sich irren kann, und in diesem Fall hat man sich in der Person der Angeklagten geirrt. Der Prokurator Jürgens behauptet zuerst, dass ihm eine andere den Diamanten verkauft habe, und erst nachdem der Detektivchef auf so – gelind gesagt – unbesonnene Weise gegenüber dem alten Manne aufgetreten ist, nennt er den Namen der Angeklagten. Der Zeuge Abrahamsen glaubt am gleichen Tag, an dem der Diebstahl stattgefunden, den Besuch der Angeklagten erhalten zu haben. Es zeigt sich indessen, dass die Dame, die er für meine Klientin gehalten hat, Kleidungsstücke trägt, in deren Besitz sie erst zu einer späteren Zeit des Tages gekommen ist. Wir haben das beeidigte Zeugnis Fräulein Friks, dass sie selbst die mit Schnüren besetzte Jacke in der Zeit zwischen fünf und sechs Uhr getragen und dieselbe der Angeklagten erst um sechs Uhr geschenkt hat.

Es liegt mir wie gesagt ferne, andere zu beschuldigen und ich will auch auf die Untersuchung verzichten, ob es Fräulein Frik selber gewesen ist, die an jenem Tage den

Pfandleiher besucht hat. Ich will nur dartun, dass, wenn Prokurator Jürgens irrtümlich eine andere Dame für meine Klientin Eveline Reiersen gehalten hat, dies jedenfalls nicht das erste Mal gewesen ist, dass sie der Gegenstand einer unheilvollen Verwechslung wurde.

Schon das, was ich nun angeführt habe, sollte genügen, um die Ansicht der Geschworenen zu ändern, falls sie bisher meine Klientin als schuldig betrachtet haben. Aber ich bin noch überdies in der glücklichen Lage, beweisen zu können, dass das wichtigste Indicium gegen meine Klientin im Gegenteil der klarste Beweis ihrer Unschuld ist. Ich spiele damit auf die Tatsache an, dass der Zeuge Mr. Howell erklärt hat, er habe zu jener Zeit, als der Diebstahl stattgefunden haben muss, die Angeklagte vor dem Aufbewahrungsort des Diamanten gesehen und sie in dieser Stellung sogar fotografiert. Das Bild, welches alle als dasjenige meiner Klientin erkennen wollten, befindet sich hier vor Gericht. Wenn ich behaupte, dass dieser Schuldbeweis falsch ist, so meine ich, dass auch hier eine Verwechslung vorliegt und dass ich beweisen kann: Die hier fotografierte Person (er nimmt die Fotografie zur Hand) ist nicht die Angeklagte und kann es nicht sein.

Der Beweis ist einfach, wenn ich auch gestehen muss, dass nur ein Zufall es mir ermöglicht hat, ihn zu erbringen – –."

Der junge Advokat zieht ein großes Vergrößerungsglas aus der Tasche und übergibt es samt der Fotografie dem Vorsitzenden. „Wollen Sie, meine Herren Mitglieder des Gerichts und Herren Geschworenen – und ich richte die gleiche Bitte auch an meinen Kollegen, den Staatsanwalt – durch das Vergrößerungsglas das Bild betrachten? Sie werden dann sehen, meine Herren, dass die fotografierte Person am Ringfinger der linken Hand einen Ring trägt. Wollen Sie, meine Herren, dann die Hand der Angeklagten untersuchen. Sie hat als kleines Mädchen bei einem Sturz den Ringfinger der linken Hand gebrochen. Der Knochen ist verkehrt zusammengewachsen, sodass nun eine Verdickung vorhanden ist, die es ihr unmöglich macht, einen Ring an diesem Finger zu tragen." – Der Advokat hebt die Hand des jungen Mädchens in die Höhe, sodass alle sie sehen können, was die Angeklagte ruhig geschehen lässt, doch ohne den zu Boden gesenkten Blick zu erheben und ohne mit einer Miene in dem wachsbleichen Gesicht zu zucken. – „Jeder wird sich selbst davon überzeugen können, dass es so ist, wie ich sage, es bedarf hierzu wohl keiner ärztlichen Erklärung. Und nun, meine Herren, wird das Vergrößerungsglas ferner Folgendes zeigen: Sie werden links dicht neben dem Kopf der Dame, auf dem oberhalb befindlichen Gesimse einen Gegenstand sehen. Es ist ein kleiner Elefant aus Elfenbein mit einer Uhr, der früher in den Zeugenerklärungen erwähnt worden ist. Das Vergrößerungsglas wird Ihnen nicht bloß die Uhr in der Stirne des Elefanten zeigen, sondern auch klar und deutlich die Stellung der Zeiger. Was zeigt die Uhr? Zehn Minuten über halb sechs Uhr. Wo befand sich meine Klientin zu dieser Zeit? Darüber haben die Zeugenerklärungen ebenfalls Ausschluss gegeben. Sie war noch nicht nach Hause gekommen, sie trat erst fünf Minuten vor sechs Uhr durch die Gartenpforte ein. Und jedenfalls kann sie nicht zehn Minuten nach fünfeinhalb Uhr die Jacke getragen haben, die sie von Fräulein Frik erst um sechs Uhr oder nicht lange nachher geschenkt erhalten hat!

Meine Herren, wenn Sie sich selbst von der Richtigkeit dessen überzeugt haben, was ich hier gesagt, so

ersuche ich sie ferner, zu bedenken, was der ausgezeichnete Fotograf Rodin hier vor Gericht ausgesprochen hat:

„Die Fotografie kann nicht lügen!"

Ich erlaube mir nun mit meinen weiteren Ansichten
so lange zu warten, bis man sich davon überzeugt hat,
dass alles so ist, wie ich gesagt habe."

In der nächsten halben Minute helfen weder die
Stimme noch die Glocke des Vorsitzenden. Der Saal wie-
derhallt von den lauten Bravo- und Beifallsrufen für den
jungen Advokaten, der sich verneigt und wie ein Schauspieler lächelt, den man hervorgerufen hat. – –

Doch – die Spalten einer Zeitung sind nicht unend-
lich, und ich muss meinen Bericht so schnell als möglich
abschließen.

Die Untersuchung der Fotografie nimmt einige Zeit
in Anspruch, weil sämtliche Mitglieder des Gerichtes
und die Geschworenen sich persönlich davon überzeugen mussten, was die Fotografie erzählte. Aber die
Wahrscheinlichkeit spricht dafür, dass alle sich von dem
befriedigt fanden, was sie unter dem Vergrößerungsglas
sehen konnten.

Sowohl der „ausgezeichnete Fotograf" als ein anderer
ebenso ausgezeichneter Künstler, die als Sachkundige
vorgeladen werden, sprechen sich mit der größten Bestimmtheit darüber aus, dass man sich auf das Zeugnis
der Fotografie verlassen könne wie auf die Wirklichkeit
selber, und als noch ein herbeigeholter Arzt erklärt, dass
kein Ring von gewöhnlichem Umfang am Finger der
Angeklagten Platz finde, ist die Sache entschieden.

Die Geschworenen verschwinden, um sogleich wieder zurückzukehren. Die Stimme des Obmannes
antwortet auf die Frage: „Schuldig?" mit einem lauten

„Nein", nachdem der Staatsanwalt noch überdies von seinen Behauptungen Abstand genommen hat."

*

Soweit reicht der Bericht unseres Reporters über das, was er treffend das Schauspiel einer modernen Gerichtsverhandlung nennt. Doch zweifelt niemand daran, es werde noch ein Nachspiel folgen, das sich wahrscheinlich der Tragödie nähert. Vorläufig nur die Nachricht, dass gestern Abend gleich nach Beendigung der Schwurgerichtsverhandlungen Fräulein Sigrid Frik verhaftet wurde, da sie im Verdacht steht, den Diamanten ihres Onkels entwendet zu haben.

Schon in diesem Stadium könnte die Sache Anlass geben zu allerhand Bemerkungen über das Rechtssystem, mit dem wir gesegnet sind, indessen wollen wir warten, bis auch das Schauspiel vorüber ist. Die Redaktion des „Morgenbladet".

Zwölftes Kapitel.
Im Dunkel.

Ich legte den Zeitungsausschnitt auf den Tisch und sah meine Zuhörer an. Klara saß da, das Kinn auf die gefalteten Hände und die Ellbogen auf den Tisch stützend, und blickte unbeweglich vor sich hin. Monk, der sich wieder in die dunkelste Ecke des Zimmers zurückgezogen hatte, trat nun hervor. Er war sehr bleich, aber seine Stimme war ruhig, als er sagte:

„Nun will ich fortfahren: Ihr werdet entschuldigen, wenn der Rest meiner Geschichte trocken und geschäftsmäßig wird. Aber es ist die einzige Art, in der ich es über mich bringen kann, von diesen Begebenheiten zu sprechen. Viel ist übrigens nicht mehr zu erzählen.“

„Ja, aber sagen Sie mir doch, Monk, war Sigrid – Fräulein Frik, wollte ich sagen – –“

Es war Klara, die schnell aufstand und auf Monk zutrat.

„Nein, entschuldigen Sie, lassen Sie mich ruhig fortfahren, jedenfalls für kurze Zeit, sonst komme ich vielleicht nie mehr dazu, von diesen Dingen zu sprechen, über die ich sechs Jahre lang gegen jeden Menschen geschwiegen habe.

Ihr habt mir ja versprochen, mich anzuhören, um mir wenn möglich zu raten und zu helfen. Also müsst Ihr auch mit meinen Eigenheiten Geduld haben und mich nicht schon jetzt unterbrechen. Später, ich verspreche es, werde ich Eure Fragen beantworten.

Gut –, es sind im Gerichtssaal verschiedene Dinge vorgefallen, die jedoch der Berichterstatter nicht erwähnt hat. Doch glaube ich nicht, dass sein Referat in

Verbindung mit demjenigen, was ich selbst früher erzählt habe, Euch etwas hat übersehen lassen, was zur Aufhellung des Geheimnisses dienen könnte.

Trotzdem will ich eines Umstandes erwähnen, den der Referent des „Morgenbladet" vergessen hat: Als der Vorsitzende seine Rechtsbelehrung abgab, ergriff er die Gelegenheit, um das Verfahren der Polizei in dieser Angelegenheit zu tadeln – er denke dabei, sagte er, an das Benehmen des Detektivchefs gegen den Prokurator Jürgens. Wohl sei er davon überzeugt, dass er nicht die Absicht gehabt habe, einen Druck auf den alten Mann auszuüben, aber er habe doch in der Aufregung Hand an ihn gelegt, ein Umstand, der durch die Wendung, welche die Sache genommen habe, in einem sehr schiefen Licht erscheine. Ferner habe der Detektivchef einen anderen Fehler dadurch begangen, dass er diesen Auftritt nicht erwähnt habe, als er vor Gericht Zeugnis ablegte. Er sei, so sagte der Vorsitzende, zu der Bemerkung genötigt, dass ein solches Verfahren zur Verurteilung einer Unschuldigen hätte führen können.

Es kann jedermann begreifen, in welch peinlicher Lage ich mich befand, die umso schlimmer war, als ich selbst zugeben musste, dass der Vorsitzende recht, leider sehr recht hatte. Dazu kam noch der Gedanke, dass meine Handlungsweise in hohem Grade mit dazu beitrug, einen furchtbaren Verdacht auf diejenige zu lenken, die mir von allem auf der Welt am liebsten war. In dieser Hinsicht konnte ich übrigens die Folgen der Wendung, welche die Sache genommen hatte, noch nicht absehen. Es kam ja auch so überraschend, dass man fast nicht Zeit hatte, daran zu denken, bis das Urteil gefällt war.

Ich begab mich sogleich in meine Wohnung, wo ich versuchte, über meine Lage nachzudenken. Aber schon damals sah ich um mich her nur Dunkel. Ich fasste jedoch Mut und ging hinab in das Geschäftszimmer des Polizeimeisters. Er saß noch dort, trotzdem es schon spät am Abend war. Er war sehr ernst.

„Ich bin bereits von den gerichtlichen Vorgängen unterrichtet", sagte er, „und es tut mir sehr leid, zu hören, was geschehen ist. Ich bezwecke mit diesen Worten, Ihnen den Bericht darüber zu ersparen. Warten Sie, etwas möchte ich Ihnen sagen, ehe Sie antworten, etwas, das Sie sofort wissen müssen. Ich habe Befehl erteilt, Fräulein Frik zu verhaften."

Ich hatte geahnt, dass Derartiges kommen werde. Es gelang mir, eine Ruhe zur Schau zu tragen, die ich gar nicht besaß.

„Ich wusste, dass dies geschehen müsste, Herr Polizeimeister", antwortete ich, „und ich bin auch über mein Verhalten durchaus nicht im Ungewissen: Ich bin nämlich gekommen, um Sie um meine Entlassung aus dem Polizeidienst zu bitten. Mein schriftliches Gesuch habe ich zwar noch nicht eingereicht, aber es wird morgen schon vorliegen, und ich bitte Sie, es als bereits übergeben zu betrachten."

Der Polizeimeister sah mich freundlich an, drückte meine Hand und sagte:

„Es tut mir leid, viel mehr leid, als Sie vielleicht ahnen. Aber Sie bitten, das Gesuch zurückzuziehen, das kann und will ich nicht. Was Sie soeben gesagt haben, gerade das erwartete ich von Ihnen."

„Weiß der Herr Polizeimeister alles, was heute vor Gericht vorging?", fragte ich.

„Ja, ich habe einen genauen Bericht vom Polizeiadjutanten erhalten, der die ganze Zeit zugegen war."

„Und was ist Ihre Ansicht?"

„Meine Ansicht? – Ich verstehe, Sie sprechen nicht mehr von sich selbst. Sie denken an die junge Dame, die ich verhaften lassen musste. Nun, was soll ich Ihnen sagen? Wenn ich sage, dass niemand sonst den Diamanten genommen haben kann, als Fräulein Frik, so werden Sie zornig auf mich. Und sage ich das Gegenteil, so werden Sie sogleich begreifen, dass ich gegen meine Überzeugung spreche – nicht wahr?"

Er hatte recht und ich schwieg.

Als ich gehen wollte, ergriff der Polizeimeister abermals meine Hand:

„Es ist Ihnen ein großes Unglück widerfahren, Monk! Eine kleine Unvorsichtigkeit Ihrerseits, eine Bagatelle, die in neunundneunzig von hundert Fällen ohne Folgen geblieben sein würde, hat infolge der Macht der Verhältnisse Sie aus Ihrer Tätigkeit verdrängt, der Sie sich mit so großer Kraft und Geschicklichkeit gewidmet hatten. Und wenn ich nicht irre, so ist einer Person, die sich Ihre Liebe erworben hat, ein noch größeres Unglück widerfahren. Wenigstens scheint dies der Fall werden zu sollen. Was das erstere anbetrifft, so sind Sie ein kräftiger Mann und ich habe nicht nötig, Sie aufzufordern, den Mut nicht zu verlieren. Sie haben nichts Böses getan und die Welt ist groß und gibt lohnende Arbeit. Was das andere betrifft, so findet sich mit der Zeit auch dafür Rat. In Ihrem Gesicht lese ich es deutlich, was Sie nun zu tun beabsichtigen – Sie wollen Ihre ganze Kraft und Energie an den Versuch setzen, die Unschuld jener Dame zu beweisen, gegen die nun alles zu sprechen scheint, und es liegt mir ferne, Sie davon abhalten zu wolle – vielleicht wird es Ihnen gelingen. Soviel Erfahrung besitze ich, um zu wissen, dass nichts unmöglich ist. Sollte es aber nicht gelingen, so zerstören Sie nicht Ihr Leben eines Weibes wegen, wie es so viele tun, machen Sie der Sache ein

Ende, je eher, desto besser, bevor es zu spät ist – und versuchen Sie nicht, Unmögliches aus einem Ding zu machen. – Kann ich Ihnen früher oder später helfen, so kommen Sie nur zu mir."

Dies waren die freundlichen und väterlichen Worte meines Vorgesetzten.– In den letzten Jahren habe ich nur ein einziges Mal mit ihm über diese Sache gesprochen.

*

Ich war damals erst siebenundzwanzig Jahre alt, und als der nächste Tag anbrach, waren mir mein Mut und meine Willenskraft zurückgekehrt.

Der Polizeimeister hatte recht, wenn er auf meinem Gesicht den Entschluss gelesen zu haben glaubte, dass ich alles daran wagen würde, um die Unschuld meiner Verlobten zu beweisen – denn damals war sie noch meine Verlobte. Aber es bedurfte nur weniger Schritte, bis ich entdeckte, dass nicht nur meine damalige Stellung – ich stand nicht mehr an der Spitze des großen Detektivwesens der Polizei – meine ganze Arbeit erschwerte und undankbar machte, sondern es war auch, als ob ein unerbittliches Schicksal beschlossen hätte, dass das Stück zu Ende gespielt werden müsste, wie es begonnen hatte, und dass keine menschliche Macht hier helfen könnte.

„Haben Sie nicht sogleich mit Sigrid gesprochen?", fragte Klara plötzlich.

„Nein, es war mir unmöglich. Doch hören Sie nun, wie meine Lage war. Schon am folgenden Tage begannen fast alle städtischen Zeitungen das „Auftreten der Polizei", wie man es nannte, zu kritisieren. Einzelne verlangten sogar, dass ich unter Anklage gestellt werden sollte, weil mein Verschweigen der Wahrheit beinahe die

Verurteilung einer Unschuldigen bewirkt hätte. Nun, das ging verhältnismäßig schnell vorüber, da ich auf mein Gesuch augenblicklich den Abschied erhielt. Aber die Folge war, dass ich vielerorts mit Misstrauen betrachtet wurde und der Polizeimeister, mit welchem ich darüber korrespondierte, mir unter keinen Umständen den Zutritt zu der jungen Dame gestatten wollte, die in Untersuchungshaft saß.

Ich habe hier einige Tagebuchaufzeichnungen aus jener Zeit. Ich möchte Euch dieselben gerne vorlesen. Es gehört eigentlich nicht zu meinen Gewohnheiten, Tagebücher zu schreiben, denn ein derartiges Sichvertiefen in persönliche Seelenzustände ist mir immer zuwider gewesen. Aber damals tat ich es aus rein beruflichen Rücksichten, um mich bei der Arbeit auf meine Aufzeichnungen stützen zu können."

Monk zog ein kleines, dickes Notizbuch hervor und begann darin zu blättern.

„Nein!", unterbrach ihn Klara beim Anblick des Buches. „Legen Sie das Buch weg und erzählen Sie lieber!"

Monk konnte ein Lächeln nicht unterdrücken.

„Ich werde das Buch nicht lange gebrauchen, verehrte Frau. Aber ich glaube, es ist am besten, der Geschichte möglichst rasch ein Ende zu machen, und es wird uns viel Zeit ersparen, wenn ich nur einige Zeilen vorlesen darf."

Klara erteilte ihre Zustimmung und Monk las:

„23. Juni. Nicht möglich, zu Sigrid Zutritt zu erhalten! Versuchte deshalb mit dem alten Frik zu sprechen. Krank! Konnte nicht mit mir reden – ich glaube nicht an diese Krankheit.

Heute Nachmittag war ich wieder droben bei dem Advokaten, dem Verteidiger Evelinens vor Gericht, und fragte ihn aus über den Brief, der ihm damals während der Sitzung übergeben wurde und ihn veranlasste, Aufschub zu verlangen. Er weigerte sich, mir irgendwelche Aufklärung über den Brief und seinen Inhalt zu erteilen. Er sei dazu verpflichtet, sagte er. Ich glaube, dass von diesem Brief sehr viel abhängt, irgendeine Person hat dem Advokaten Waffen in die Hände geliefert, nicht allein zur Verteidigung Evelinens, sondern auch gegen Sigrid. Wer ist es? Was ist die Ursache, welche Absicht steckt dahinter? Ich wandte mich an den Gerichtsdiener. Er hatte den Brief von einem Dienstmann erhalten mit dem Ersuchen, ihn ohne Zögern dem Verteidiger zu übergeben. Ich werde den Dienstmann wohl finden, aber bis dahin werden gewiss einige Tage vergehen, und unterdessen verstreicht die Zeit.

25 Juni. Nun habe ich zwei Tage damit verbracht, dem Dienstmann nachzuspüren. Ich begann mit Nr. 1, und erst als ich zu Nr. 87 kam, traf ich den rechten Mann. Soviel er sich erinnerte, hatte er den Brief von einem kleinen Zeitungsjungen im „Grand Café" erhalten. Endlich wurde ich auch des Zeitungsjungen habhaft. Er hatte den Brief von einem „Herrn" empfangen, aber ob der Herr alt oder jung, blond- oder dunkelhaarig war, dessen konnte er sich nicht mehr erinnern, er wusste überhaupt nichts. Da stand ich nun!

Ich suchte wieder um eine Unterredung bei dem alten Frik nach. Er ließ sich verleugnen, sandte mir aber nachmittags folgenden Brief:

Geehrter Herr Monk!

Ich will Ihnen geradewegs heraus sagen, dass wir beide wohl keine Freude mehr an unserer gegenseitigen Gesellschaft finden werden. Weder Einar noch Sigrid Frik werden ihren Fuß mehr in dieses Haus setzen, und ihr Name darf hier nicht mehr genannt werden.

Ihre Rolle, Herr Monk, die Sie während der letzten Begebenheiten gespielt haben, kenne ich nicht so genau und will auch nicht weiter danach forschen. Es genügt mir, zu wissen, dass Sie mithelfen wollten, das verbrecherische Treiben meiner Bruderskinder zu bemänteln. Dass es für Sie entschuldigende Umstände geben kann, das weiß ich wohl. Aber ich vermag nicht einzusehen, weshalb wir uns treffen oder darüber sprechen sollten.

Bartholomäus Frik."

Monk blickte von seinen Notizen auf: „Seit jener Zeit habe ich mit dem alten Frik nicht mehr gesprochen."

„Aber Du hast doch wohl versucht, eine Erklärung von ihm zu erlangen?"

„Versucht, ja, allein das war leichter gesagt als getan. Seit jenen Vorfällen hat er überhaupt kaum mehr mit einem Menschen gesprochen, am wenigsten mit mir. Er ist hartnäckig wie ein alter Ochse. Doch lasst mich weiter berichten. Je eher ich mit diesen traurigen Aufzeichnungen fertig werde, desto besser ist es.

28. Juni. Ich verbringe die Zeit damit, den Schauspieler, Eveline und ihre Mutter zu beobachten – eine schwierige Sache, da ich meine tüchtigen Polizisten entbehre und ausschließlich auf mich selbst oder mangelhafte, gedungene Werkzeuge angewiesen bin. Eveline geht nie aus, sie soll krank sein. Madame Reiersen ist oft betrunken, spielt ihre Rolle als Märtyrerin an Stelle der Tochter und soll eine ansehnliche Geldsumme von dem alten Frik erhalten haben. Der Schauspieler setzt sein flottes Leben fort, er scheint einiges Kleingeld zu haben, doch nicht im Überfluss.

Ich habe mit Mr. Howell gesprochen. Er benahm sich und sprach wie ein Gentleman – aber ich glaube ihm nicht. Er drückte sein größtes Bedauern darüber aus, in die Geschichte verwickelt worden zu sein. Er lasse es sich nicht einreden, sagte er, dass es nicht Eveline gewesen sei, die er mit dem Diamanten in der Hand vor dem Schranke fotografiert habe. (Ja, was half das jetzt, wenn die angegebene Zeit und die Kleidung dagegen sprachen!!) Er wolle in einigen Tagen nach England reisen, was auch die Polizei dagegen sagen möge. Er wolle nicht noch einmal vor dem Schwurgericht erscheinen. Man besitze ja bereits sein Zeugnis aus der früheren Gerichtsverhandlung.

Ich fragte, was der alte Frik gegen seinen Bruderssohn Einar habe. Mr. Howell konnte es nicht verstehen. Er habe umsonst versucht, dem Alten Vernunft einzureden, sagte er. – Mr. Howell plaudert anscheinend so offen, aber ich habe nichts Neues aus ihm herausgebracht. Weiß er nichts? Oder verhehlt er etwas?

5. Juli. Eine ganze Woche ist verstrichen, ohne dass ich etwas ausgerichtet habe, die Zeit nähert sich, in welcher die Angelegenheit wieder vom Schwurgericht verhandelt werden soll und alle sind überzeugt davon – o, es ist entsetzlich dies zu schreiben –, dass Sigrid verurteilt werden wird!

Ich habe an Einar Frik in Hamburg geschrieben, sogar zweimal, aber keine Antwort erhalten, obschon ich auf Telegramme an das Hotel durch dieses vernommen habe, dass er sich dort aufhält und meine Briefe bekommen hat.

Es ist, als wenn ich überall mit dem Kopf gegen eine Mauer stoße, oder besser gesagt, gegen ein hartes, unüberwindliches Hindernis. Ist es des Schicksals Wille, dass die Tragödie zu Ende gespielt werden soll?

Ich bin bei dem Pfandleiher Abrahamsen gewesen. Zuerst traf ich nur einen buckligen Schreiber an, der mich mit einem spöttischen Lächeln betrachtete. Darauf kam Abrahamsen selbst. Er sagte, dass er vor Gericht alles mitgeteilt, was er gewusst habe, und dass er keine Zeit hätte, mit mir zu sprechen. – Er ist nicht mehr wie damals, als ich noch Detektivchef war!

Vorgestern geschah etwas Wichtiges: Schauspieler Fredriksen reiste mit dem Nachtzug nach Kopenhagen. Ich konnte ihn nicht aufhalten und die Polizei wollte ihm keine Hindernisse in den Weg legen. Und doch ahne ich, dass mit ihm eine der Möglichkeiten verschwunden ist, die uns Aufklärung über den Diamantendiebstahl hätte verschaffen können.

6. Juli. Alle Morgenblätter teilen heute in Fettdruck mit, dass Eveline Reiersen Selbstmord begangen habe. Sie hat sich in ihrem Zimmer in der Wohnung der Mutter erhängt. Allgemein ist man darin einig, dass sie den Selbstmord im Irrsinn verübt habe. Nachdem sie verhaftet und beinahe unschuldig verurteilt worden wäre, soll sie mehrmals Zeichen von Geistesstörung gezeigt haben, die schließlich in der traurigen Tat gipfelten – so lauten die Berichte. Alle Zeitungen sprechen in bedauernden Worten von dem Vorfall und „Die Wahrheitsfackel" und mehrere andere Blätter werden nicht müde, sich über die Verantwortlichkeit zu verbreiten, welche „der wirklich Schuldige und die Polizei" für diesen Vorfall übernehmen müssten ...

Ich begreife kaum, wie ich dies auf die Länge soll aushalten können, dass ich so ohnmächtig zu jeder Handlung bin.

7. Juli. Heute war ich bei Madame Reiersen, um wenn möglich darüber ins Klare zu kommen, ob die Verstorbene nicht eine Mitteilung oder ein Geständnis hinterlassen habe. Wie ich freilich erwartet hatte, wurde ich

von der würdigen Frau mit einem Hagel von Verwünschungen und Scheltworten empfangen. Es war unmöglich, bei ihr etwas auszurichten.

Der alte Frik soll vollständig von der Schuld seiner Nichte überzeugt sein und will ihren Namen gar nicht mehr hören. Indessen hat er den geschicktesten Advokaten Christianias zu ihrem Verteidiger bestellt. Ob es etwas helfen wird?

9. Juli. Nur drei Tage bis zur Sitzung des Schwurgerichtes und noch nichts ausgerichtet! Doch, ich habe etwas getan. Ich habe mit dem Advokaten, Sigrids Verteidiger, gesprochen. Er teilte mir mit, Fräulein Frik habe ihm gesagt, dass sie wirklich an jenem Nachmittag den Pfandleiher besucht habe, um Geld auf ihre Schmucksachen zu borgen, dass sie die Absicht habe, dies vor Gericht frei zu bekennen, aber keinen Aufschluss darüber geben werde, wozu sie das Geld habe gebrauchen wollen. Der Advokat hatte ihr eindringend vorgestellt, dass sie sich auch in dieser Hinsicht erklären müsse, wenn sie nicht den Verdacht gegen sich bestärken wolle. Das junge Mädchen hatte sich aber in diesem Punkte unbeugsam gezeigt.

Was soll das bedeuten?

Was wollte Sigrid mit den 4000 Kronen und weshalb verweigerte sie eine diesbezügliche Erklärung? Dies hat mir sehr viel zu denken gegeben.

Indessen fragte ich den Advokaten, ob er bemerkt habe, dass die Zeitangaben des Pfandleihers es beinahe unmöglich erscheinen ließen, dass Fräulein Frik zu jener Zeit, welche die Fotografie zeigte, in die „Villa Ballarat" zurückgekehrt sein konnte. Nach des Pfandleihers Behauptung fuhr sie fünf Minuten nach halb sechs Uhr von ihm fort. Die Uhr auf der Fotografie aber zeigte zehn

Minuten über halb sechs Uhr. Der Weg von der Bispe-gade nach der Villa kann nicht in fünf Minuten zurück-gelegt werden.

Der Advokat versprach seine Aufmerksamkeit die-sem Punkte zuwenden zu wollen. Nun entsteht die Frage: Was wollte Sigrid mit den 4000 Kronen? Was hat sie zu verhehlen?

Monk schloss das Notizbuch mit den Worten:

„Ja, so weit reichen vorläufig meine Aufzeichnungen, der Rest ist bald erzählt.

Drei Tage später kam die Sache vor das Schwurge-richt. Ich war selbst als Zeuge geladen. Aber meine Erinnerungen von jenem Tage sind nicht zahlreich. Mir war, als ginge ich im Schlafe, wie in einem wüsten Traume umher. Wäre ich selbst angeklagt gewesen, so würde ich ruhig und besonnen gewesen sein, das weiß ich. Jetzt, da ich nicht angeklagt war, war ich schuldig, schuldig daran, dass das junge Mädchen, welches ich mehr liebte als mein eigenes Leben, unter der Anklage eines gemeinen Diebstahls an seinem Wohltäter stand. Erst später erlangte ich durch das Lesen der Zeitungen einen einigermaßen klaren Überblick über das, was an jenem Tage vor dem Schwurgericht vorgegangen war.

Auch diesmal waren fast alle die gleichen Zeugen wie in der Verhandlung gegen Eveline vorgeladen. Neues kam nicht zum Vorschein, sodass ich nicht weiter als durchaus notwendig auf die Ereignisse jenes fürchterli-chen Tages einzugehen brauche.

Als ich meine Erklärungen über meinen Besuch bei Prokurator Jürgens abgab, versuchten die Zuhörer, mir Hohn- und Schimpfworte zuzurufen. Wohl stellte der Präsident die Ruhe bald wieder her, aber ich musste doch die beleidigendsten Blicke aushalten, als ich die Ge-schichte von meiner eigenen Dummheit erzählte.

Sigrid machte keinen Hehl aus ihrem Besuch bei dem Pfandleiher, weigerte sich aber Aufschluss darüber zu geben, wozu sie das Geld hatte gebrauchen wollen. Dagegen stellte sie entschieden in Abrede, zwischen fünf und siebeneinhalb Uhr das Museum betreten zu haben.

Der Vortrag des Staatsanwaltes gipfelte hauptsächlich in Folgendem:

Die Angeklagte habe selbst eingeräumt, dass sie am Tage des Diebstahles ziemlich ungewöhnliche Schritte unternommen habe, um in den Besitz einer größeren Geldsumme zu kommen, dass ihr dies aber bei dem Pfandleiher nicht gelungen sei, obschon jedermann einsehe, dass es für sie an jenem Tage von höchster Notwendigkeit gewesen sein müsse, in den Besitz von wenigstens 4000 Kronen zu gelangen, und dass ihr jeder andere Ausweg verschlossen gewesen zu sein scheine. Sie gehöre zu den wenigen Personen, die, ohne Aufsehen zu erregen, im Museum hätten aus- und eingehen können, wo der Diamant aufbewahrt wurde.

Dann habe Mr. Howell eine Fotografie von ihr genommen, während sie mit dem Diamanten in der Hand zehn Minuten über fünfeinhalb Uhr nachmittags dort gestanden habe. Dass die Fotografie Fräulein Frik zeige, trotzdem sie selber in Abrede stelle, das Museum zu jener Zeit besucht zu haben, darüber könne nach der Untersuchung mit dem Vergrößerungsglas kein Zweifel mehr bestehen.

Endlich besitze man das Zeugnis des damaligen Detektivchefs, dass Prokurator Jürgens gleich anfangs bemerkt habe, er habe den Diamanten von der Angeklagten gekauft. Erst später habe der alte Mann, durch das grobe Benehmen des Detektivchefs eingeschüchtert, seine Aussage geändert.

Das war in Kürze die Darstellung des Staatsanwaltes. Ich habe kaum nötig, beizufügen, dass sich nach dem Zeugenverhör und seinem Vortrag schwerlich ein Mensch im Saale fand, der an der Schuld Fräulein Friks zweifelte.

Der Verteidiger konnte sich nur an den in meinen Tagebuchnotizen erwähnten Punkt halten, was von ihm aber auch über Erwartung ausgenützt wurde. Es zeigte sich, dass der Zeitpunkt, zu dem Fräulein Frik das Haus des Pfandleihers verlassen hatte, bis auf die Minute durch den Zufall festgestellt werden konnte, indem der Pfandleiher bei dieser Gelegenheit seine Uhr herausgezogen und den Schreiber gefragt hatte, ob es nicht fünf Minuten über fünfeinhalb Uhr sei, worauf der letztere sich zum Fenster hinausgelehnt, nach der Uhr am Kirchturme gesehen und bejahend geantwortet hatte.

Dann hatte der Verteidiger den Fiaker verhören lassen, welcher Fräulein Frik gefahren hatte – ich habe vergessen zu erzählen, dass es mir in der Zwischenzeit gelungen war, diese Person aufzufinden. Der Mann konnte sich mit Sicherheit erinnern, dass er bei dieser Gelegenheit ganz im gewöhnlichen Tempo gefahren sei, weder schneller noch langsamer.

Der Verteidiger hatte darauf mehrere Versuche mit dem gleichen Pferd und Wagen vornehmen lassen, und da zeigte es sich, dass die Fahrt unter gewöhnlichen Umständen nicht weniger als fünfzehn Minuten und selbst bei sehr schneller Gangart des Pferdes nicht weniger als zehn Minuten dauerte.

Er habe damit bewiesen, meinte er, dass Fräulein Frik, wenn sie die Dame sei, welche den Pfandleiher fünf Minuten über fünfeinhalb Uhr verlassen habe – und dies müsse ja als Tatsache festgehalten werden – nicht auch die Person sein könne, die zehn Minuten über fünfeinhalb Uhr mit dem Diamanten in der Hand fotografiert worden sei! Dass die kleine Uhr im Kopf des Elefanten richtig gehe, sei ja durch das Zeugnis des alten Frik bewiesen.

Dagegen wandte der Staatsanwalt ein, es sei eine allgemein bekannte Tatsache, dass die Uhren in der Stadt oft Zeitunterschiede von mehreren Minuten zeigten.

Der Verteidiger seinerseits behauptete, dass ein so großer Unterschied von etwa zehn Minuten kaum denkbar sei. Überhaupt nützte er diesen Umstand bis zum äußersten aus und wirkte derart auf die Geschworenen ein, dass, als diese sich in das Beratungszimmer zurückzogen, völlige Ungewissheit über das Resultat herrschte. Er hatte seine Rede folgendermaßen beendet:" – Monk öffnete sein Notizbuch, entnahm demselben einen Zeitungsausschnitt und las: „Meine Herren Richter und Geschworenen! Es wäre töricht von mir, wollte ich behaupten, dass ich die Unschuld meiner Klientin bewiesen habe. Aber ich habe das Recht zu fragen: Glaubt jemand, dass die Anklagebehörde ihre Schuld bewiesen hat? Soviel habe ich indes doch gezeigt, dass, wenn die Behauptung des Anklägers in allen Punkten aufrechterhalten werden soll, die junge Dame, die ich die Ehre habe zu verteidigen, sich an zwei Orten zugleich aufgehalten haben muss. Ist sie zu jener Zeit bei dem Pfandleiher gewesen, wie es von allen Zeugen bestätigt wird, so kann sie nicht diejenige Person gewesen sein, die von Mr. Howell mit dem gestohlenen Diamanten in der Hand fotografiert worden ist.

Ich gebe zu, dass gewichtige Verdachtsgründe gegen die junge Dame sprechen. Aber habe ich nicht gezeigt, dass denselben wieder andere wichtige Indizien gegenüberstehen? Dass diese Angelegenheit keine gewöhnliche ist, werden alle begreifen. Dieser Diebstahl, der nun durch zwei Geschworenengerichte gegen zwei verschiedene Personen behandelt worden ist, wird ein Geheimnis bleiben, mag auch das Urteil ausfallen wie nur immer. Ich darf behaupten, dass, wie Ihr Urteil heute auch lauten mag, morgen von zehn Menschen, die den Verhandlungen beigewohnt haben, fünf sagen werden: Das Schwurgericht urteilte richtig! Die übrigen fünf aber werden sagen: Nein, es urteilte falsch!

Die Sache ist und bleibt rätselhaft, bis die Zeit möglicherweise das Rätsel löst. Ich wiederhole, der Fall ist ein ungewöhnlicher, denn jedem Umstand, der klar erscheint, stehen zwei unklare gegenüber.

Wer der ersten Gerichtsverhandlung beigewohnt hat, wird sich erinnern, dass es vor dem Zusammentritt der Geschworenen zur Beratung kaum jemand unter den Richtern, den Geschworenen und den Zuhörern gab, der nicht von der vollständigen Klarheit des Falles überzeugt gewesen war, sodass es keiner Anstrengung bedurfte, um den Geist der Richter zu verwirren und sie zu veranlassen, ihr „Schuldig" auszusprechen. Ein oder zwei Stunden später aber würden sie ebenso leichten Herzens ihr „Nichtschuldig" ausgesprochen haben. Ob nicht dies auch heute der Fall sein könnte?

Wohl bin ich nicht so glücklich, wie mein Kollege, der Verteidiger Eveline Reiersens. Wenigstens ist es mir bisher nicht gelungen, Umstände zu entdecken, die den Ankläger zur Zurücknahme seiner Klage zwingen können. Aber doch ist mir der Beweis gelungen, dass meine Klientin ein übernatürliches Wesen sein müsste, wenn sich alles so verhalten würde, wie der Staatsanwalt behauptet!

Ich habe damit nur zeigen und Ihnen, meine Herren Richter und Geschworenen, dartun wollen, dass in dieser Sache noch vollständiges Dunkel herrscht. Gehen Sie hin und beantworten Sie die Frage: „Schuldig?" mit „Ja", so werden Sie sich selbst gleich darauf sagen können: „Wir hätten ebenso gut mit „Nein" antworten dürfen." Oder antworten Sie mit „Nein", so werden Sie sich sagen: „Weshalb konnten wir nicht ebenso gut bejahend antworten?"

Derjenige von Ihnen, meine Herren Geschworenen, der die Frage: „Schuldig?" mit „Nein" beantwortet, wird vielleicht einmal, wenn der Fall aufgehellt ist, sich selbst gestehen müssen: „Ich habe also mitgeholfen, eine Schuldige freizusprechen und sie dem Arme des Gesetzes zu entziehen." Wer aber die Frage mit „Ja" beantwortet, was wird er vielleicht einmal sich selbst vorhalten müssen? Es kann sein, dass er sich sagen muss: „Ich habe eine Unschuldige verurteilt, ich habe ein Menschenleben zerstört! In blindem Vertrauen auf meinen eigenen Scharfsinn trug ich kein Bedenken, das Schwert zu gebrauchen, das in meine Hand gelegt war. Ich schlug zu und – fällte einen Mitmenschen!"

Es gibt Fälle, meine Herren Richter und Geschworene, wo die Menschen weder urteilen dürfen noch sollen, und mir kommt es vor, dass, wenn es jemals einen solchen Fall gegeben hat, in welchem die Richter sich selber sagen: „Wir dürfen und können keine Entscheidung treffen", es der heutige ist. Es lässt sich also eine Entscheidung auf keine andere Weise herbeiführen, als durch den Ausspruch eines: „Nichtschuldig"!

„Die Geschworenen berieten sich drei Stunden lang", fuhr Monk fort. „Als sie endlich in den Gerichtssaal zurückkehrten, da lautete ihre Antwort auf die Schuldfrage: „Nein!""

Bei dem Seufzer, der Klara und mir gleichzeitig entschlüpfte, blickte Monk mit einem seltsam traurigen Lächeln auf.

„Ja, ich verstehe", sagte er. „Das gleiche Gefühl kam auch über mich, als das Urteil fiel. Der erste Eindruck war eine unendliche Freude und Erleichterung. Aber das sollte nicht lange dauern. Das Urteil wurde von den Zuhörern mit tiefem Schweigen aufgenommen, und als Sigrid in Freiheit gesetzt war und das Gerichtslokal verlassen wollte, da wurde sie mit Johlen und Pfeifen von der Menschenmenge empfangen, die sich in unglaublich kurzer Zeit draußen angesammelt hatte. Man warf Steine in ihren Wagen und nur mit Mühe konnte die Polizei sie fortbringen."

„Entsetzlich!", stöhnte Klara. „Wie konnten es doch die Leute übers Herz bringen, das arme Mädchen noch mehr zu quälen? Glaubte man denn, dass sie schuldig war?"

„Schuldig!" Monk lächelte wieder trübe. „Ich glaube, dass sich am nächsten Tage kaum zehn Menschen in Christiania fanden, die nicht davon überzeugt waren, dass Sigrid Frik den Diamanten ihres Onkels gestohlen, dass ihr Leben dunkle Geheimnisse haben müsse, die sie Geld zu schaffen zwangen, und dass sie überdies den Selbstmord Eveline Reiersens verschuldet habe.

Alle Zeitungen der Stadt brachten Artikel über die Vorfälle im Gerichtssaal vom vorhergehenden Tage. „Morgenbladet" und andere Zeitungen, die der Gerichtsordnung zu Leibe rücken wollten, sprachen ohne allen

Rückhalt aus, dass man hier ein Urteil gefällt habe, welches in den Augen des Volkes hinreichend sei, um ein Strafgesetz zu entwerten, das kaum erst ins Leben getreten. Die gestrigen Vorgänge bewiesen, dass ein gewandter Advokat durch Locken und Drohen – letzteres speziell gegenüber den Geschworenen durch die Vorstellung ihrer Verantwortlichkeit – die Freisprechung einer Verbrecherin veranlassen könne.

Selbst die liberalen Blätter verteidigten das Urteil nicht. Sie begnügten sich mit der Bemerkung, dass die Bürger des Landes sich als Geschworene noch nicht daran gewöhnt hätten, die richterliche Verantwortlichkeit zu tragen, und dass solche Dinge hoffentlich sich nicht wiederholen würden, wenn das Gesetz erst älter geworden sei.

Niemand schien an der Schuld der Freigesprochenen zu zweifeln. Besonders war es der Selbstmord Evelinens, welcher die Gemüter aufregte. Man war nämlich davon überzeugt, dass diese Tat nur eine Folge der ungerechten Anklage gegen Eveline war.

„Die Wahrheitsfackel", dieses „unpolitische Organ für die Kleinen in der Gesellschaft", das dann später wegen Abonnentenmangels einging, brachte einen förmlichen Hetzartikel mit der Überschrift: „Ist das Gesetz gleich für Reich und Arm?" Das Blatt faselte mehrere Spalten lang von dem armen jungen Mädchen, das bei der reichen Dame gedient habe, wie die reiche Dame den Diamanten stahl, um das Geld zu verjubeln, und wie hierauf das junge Mädchen von der Polizei verhaftet, bis zum Wahnsinn gequält und zum Selbstmord getrieben worden sei. Wie die Polizei, die mit der reichen Dame wohl auf vertrautem Fuße stehe, das Verbrechen zu bemänteln gesucht habe usw., und wie es dem Reichtum endlich sogar gelungen sei, die reiche Verbrecherin freisprechen zu lassen.

Die Wirkung dieses Artikels war, dass ein großer Pöbelhaufen am nächsten Tage hinaus nach Friks Landhaus zog, wo man nämlich Sigrid vermutete, dort ein Pfeifkonzert veranstaltete und mit Steinen alle Fenster einwarf.

Der alte Frik geriet natürlich in helle Wut. Mit seinem Revolver und Reiterpallasch bewaffnet machte er allein einen Ausfall gegen den Haufen, der das Haus umringte. Er glaubte wohl, dass er an der Spitze einer Abteilung stünde, die aus dem Kutscher und Gärtner zusammengesetzt war. Aber diese vorsichtigen Krieger folgten ihm nicht weiter als bis zur Gitterpforte. Der Alte warf sich allein dem ganzen Schwarme entgegen. Zum Glücke hatte er vergessen, den Revolver mit Patronen zu laden, sodass er kein großes Unglück anrichten konnte. Er wurde sogleich umringt und gegen seinen Gartenzaun gedrückt. Indes gebrauchte er seinen Pallasch, wenn auch nicht mit Fertigkeit, so doch mit einer solchen Wut, dass es lange dauerte, bis ihm jemand nahen konnte. Es gelang ihm sogar, mehreren halb und ganz betrunkenen Lümmeln tüchtig Blut abzuzapfen, als sie auf ihn eindringen wollten. Schließlich wurde er aber doch entwaffnet. Man schlug ihn mit leeren Flaschen auf den Kopf und warf ihn zu Boden. Endlich erschien eine kleine Abteilung reitender Polizei. Sie sprengte in die Menge hinein und befreite den Alten, worauf die Volksmasse ziemlich ruhig nach Hause ging.

Der alte Frik hatte indessen infolge der Misshandlung eine Gehirnerschütterung erlitten. Mehrere Tage schwebte er zwischen Leben und Tod. Später konnte er wegen Lähmung seiner Beine seinen Stuhl nicht mehr ohne Hilfe verlassen."

Dreizehntes Kapitel.
Monk wird verhört.

„Ich habe nun nicht mehr viel zu erzählen", fuhr Monk fort. „Wenige Tage nachher reiste Sigrid zu ihrem Bruder nach Hamburg und von dort fuhren beide nach Amerika. Ich habe seither keinen von ihnen wieder gesehen. Was mein Dasein in diesen Jahren anbetrifft, so kennst Du, Fredrik, es ebenso gut als ich selbst. Wenn ich das Land nicht verließ, so geschah es deshalb, weil ein unwiderstehlicher Trieb mich zwang, stets um den Ort zu kreisen, wo mein Glück und meine Hoffnungen zusammenstürzten, und immer wieder den Versuch zu machen, das Geheimnis aufzuklären, welches das Glück so vieler Menschen vernichtet hat.

Meine Tätigkeit als Privatdetektiv hat mir in finanzieller und anderer Hinsicht die Mittel verschafft, meine Versuche fortzusetzen. Versuche, die leider bisher absolut kein Resultat zur Folge hatten.

Ich hatte anfangs mit vielen Schwierigkeiten zu kämpfen, ehe ich die Stellung erlangen konnte, die ich nun einnehme. Meine Rolle in der Diamantengeschichte setzte mich dem Unwillen des Publikums aus, sodass mir alle meine Freunde rieten, das Land zu verlassen.

Doch die Menschen denken morgen nicht so wie heute. Die Aufregung legte sich nach und nach. Ich glaube, es dämmerte in den Leuten allmählich eine Ahnung, dass ich und andere in dieser Sache von einem schweren, unverschuldeten Schicksal getroffen worden waren. Ich hatte zudem das Glück, ein paar dunkle Geschichten aufzuhellen, kurz, ich kann nicht mehr über Mangel an Sympathie von Seiten des Publikums klagen, ja, man hat mir sogar in den letzten Jahren eine Anstellung im Staatsdienste angeboten.

Ich habe nichts mehr beizufügen, als dass ich es noch immer als die Aufgabe meines Lebens betrachte, Licht in das Dunkel zu bringen. Ich habe das Gegenteil von dem getan, was mir der gute Polizeimeister geraten hat, und werde, wenn es notwendig ist, so fortfahren bis ans Ende meiner Tage.

Alle jene Personen, die in den erzählten Begebenheiten eine Rolle gespielt haben, beobachte ich persönlich oder lasse sie durch meine Agenten beobachten. Zuweilen kommt es mir freilich vor, als ob ich Grund zur Verzweiflung hätte, denn wie bereits bemerkt, habe ich bisher keine Erfolge erzielt. Dann aber sagen mir zwar nicht meine Ahnungen, wohl aber mein Verstand und meine Erfahrungen, dass die Lösung noch einmal und vielleicht eher kommen wird, als ich es ahne. Denn kein Geheimnis kann als solches in Ewigkeit bestehen."

„Aber weshalb willst Du so plötzlich nach Amerika reisen?", fragte ich jetzt.

„Vor wenigen Tagen", lautete die Antwort, „erhielt ich die Nachricht vom Tode Einar Friks. Ich will nun noch einmal mit Sigrid sprechen. Ich habe verschiedene Fragen an sie zu stellen. Vielleicht wird sie mir antworten."

Es wurde still im Zimmer. Monk trat an das Bücherregal und begann einige Bücher zu ordnen, die unordentlich standen.

Klara erhob sich und ging auf ihn zu. Aber er wandte sich nicht um, trotzdem er ihren Schritt gehört haben musste, auch dann nicht, als sie ihm die Hand auf die Schulter legte:

„Aber Sie haben uns noch nicht alles erzählt."

„Ja doch, alles was für andere von Interesse sein kann."

„Nein, Sie irren, Monk", sagte meine Frau freundlich und zog ihre Hand von seiner Schulter zurück. „Haben Sie uns nicht bitten wollen, Ihnen zu helfen?"

„Ja doch."

„Nun, wie seltsam es auch klingen mag, so glaube ich doch, dass eine von uns beiden kleinen Mäusen diesmal dem Löwen helfen kann. Aber dann müssen Sie uns auch alles sagen. Als Fräulein Frik fortreiste, weshalb gingen Sie nicht auch mit? Oder glaubten Sie damals etwa auch, dass sie den Diamanten gestohlen hatte?"

„Nein, das glaubte ich nicht – nun, wie soll ich mich erklären, Sie werden mich doch nicht verstehen können. – – Ich glaube an sie und doch gibt es Augenblicke, in denen – –"

„Ihr Männer seid doch erbärmliche Geschöpfe, wenn es sich darum handelt, zu vertrauen", sagte Klara mit Salbung. „Sie, Monk, können dastehen und versichern – nun. Du, Fredrik, wärest ebenfalls imstande, dies zu tun – dass Sie ein Weib über alles in der Welt achten und lieben. Sobald aber nur eine elende Fotografie zum Vorschein kommt oder verschiedene zufällige Umstände zusammentreffen, so haltet Ihr das gleiche Weib für fähig, das niedrigste und gemeinste Verbrechen zu begehen – ja, ich spreche weniger von dem Diebstahl, als davon, dass Fräulein Frik, wenn sie schuldig gewesen wäre, eine andere an ihrer Stelle hätte leiden lassen! Ich will Ihnen sagen, was zwischen Sigrid und Ihnen vorgegangen ist, sagen Sie mir dann, ob ich nicht recht habe."

Monk nickte bloß mit halb abgewandtem Gesicht. Meine gestrenge Ehehälfte fuhr fort:

„Sie gingen zu Sigrid und versicherten ihr, dass Sie trotz alledem an ihre Schuldlosigkeit glaubten, dann machten Sie ihr den Vorschlag, Euch zu verheiraten und aus dem Lande zu ziehen. Nicht?"

Monk nickte wieder.

„Aber sie antwortete Ihnen, dass sie den Zweifel auf dem Grunde Ihrer Seele läse und dass es am besten wäre, wenn Eure Wege sich trennen würden, ist es nicht so?"

„Ja", antwortete Monk und wandte uns sein Gesicht zu. Es war furchtbar bleich.

„Ich drang in sie", sprach er, „mir zu sagen, weshalb sie sich an jenem Tage bei dem Pfandleiher habe Geld verschaffen wollen. Sie gab mir zur Antwort: „Wenn es das Ganze aufklären und meine Schuldlosigkeit beweisen könnte, so würde ich es sagen, aber so wie die Sachen stehen, kann es nichts nützen und nur Schande über einen anderen bringen."

„Es geschah, um Deinen Bruder auf die eine oder andere Weise zu retten", rief ich.

„Es hilft nichts mehr, davon zu sprechen", sagte sie. „Es wird den Zweifel nicht aus Deiner Seele reißen. Selbst wenn Du ihn verschwunden glaubst, wird er wiederkommen. Und meinst Du, dass wir der Bosheit und dem Klatsch der Leute entgehen können? Nein, dazu ist die Welt zu klein! Und wenn wir uns verheirateten, würden wir denn davor sicher sein können, dass unsere Kinder nie etwas über die Vergangenheit der Mutter vernähmen? Ich habe auch eine Pflicht zu erfüllen gegen meinen Bruder. Du könntest dieselbe nicht mit mir teilen. Er würde Dir immer als derjenige erscheinen, der unser Dasein vergiftet hat." –

So ungefähr lauteten ihre Worte. Ich fühlte, dass ich nur leere, fade Einwendungen dagegen erheben könnte und so trennten wir uns."

„Ja, habe ich es nicht gesagt", rief Klara aus, „Ihr eigener Zweifel ist es, der Sie in Ihrer Arbeit schwach gemacht hat. Dies ist auch der Grund, weshalb Sie das Dunkel nicht lüften konnten."

„Ich glaube doch, dass Sie sich darin irren", antwortete Monk gelassen. „Aber die Arbeit hat meine Kräfte überstiegen – ich glaube, dies würde bei jedem anderen auch der Fall sein! Schlagen Sie mir vor, was Sie wollen, dass ich es tun soll, und ich glaube Ihnen antworten zu können, dass ich es schon versucht habe."

„Erregen Sie sich nicht", waren Klaras nächste Worte, die diesmal ebenso gelassen klangen wie diejenigen Monks. „Ich weiß, dass Sie ebenso viel Gefühl als Verstand haben und vielleicht mehr Gefühl als die meisten Menschen. Aber bei Euch Männern siegt schließlich früher oder später immer der Verstand. Sie können ja ihre Natur nicht ändern. – Nun, Fredrik, wir müssen Monk zu helfen suchen, wenn er sich nicht selber helfen kann, nicht wahr?"

„Ja", antwortete ich so munter, als es mir möglich war, „es müsste wunderlich sein, wenn nicht wir drei nach tüchtigem Nachdenken den ganzen Knäuel sollten entwirren können! Hier, Freund Monk, hast Du, was Dir bisher gefehlt hat: die durch mich vertretene Sachkenntnis auf vielen Gebieten und ferner weibliche List und Instinkt, vertreten durch Klara. Aber vorher muss Monk selber verhört werden. Wenn Du ihn zuerst fragen willst, Klara, so kannst Du es tun. Ich komme nachher."

„Ja, ich werde beginnen", antwortete Klara und sah Monk freundlich an, wie um ihn wieder zu begütigen, falls sie ihn durch ihre Auslassungen gekränkt haben sollte. „Sagen Sie mir doch, war nicht der Engländer, er hieß ja wohl Howell, in Sigrid verliebt? Hat er ihr nicht den Hof gemacht und ist er abgewiesen worden?"

Monk musste lächeln: „Ich glaube, er versuchte es im Anfang. Als er aber sah, dass ich vorgezogen wurde, da räumte er das Feld, indem er gute Miene zum bösen Spiel machte. Hätte er wirkliche Annäherungen versucht, so würde es Sigrid mir gesagt haben, wie ich glaube."

„Wissen Sie das denn so sicher?", antwortete Klara sehr überlegen. „Man ist doch wohl nicht das Beichtkind seines Verlobten, oder? Aber können Sie mir vielleicht einen anderen Grund mitteilen, weshalb er Euch beide gehasst haben sollte?"

„Ist es sicher, dass er uns gehasst hat?"

„Ja, davon bin ich jedenfalls überzeugt. Er hat das ganze Unglück hervorgerufen. Die Fotografie war natürlich bloßer Humbug."

Monk lächelte: „Die Fotografie war leider allzu echt."

„Aber dann war es der schändliche Schauspieler", fuhr Klara fort. „Er verreiste ja kurz vorher, ehe sich Eveline das Leben nahm. Haben Sie später mehr von ihm gehört? Das arme Mädchen hat sich natürlich seinetwegen getötet. Ich glaube, dass er sie zuerst dazu verführt hat, den Diamanten zu stehlen, und sie dann verlassen hat. Dies war der Grund."

„Daran habe ich auch gedacht", antwortete Monk. „Ich habe den Menschen beobachten lassen, als er Christiania verließ. Er reiste zuerst nach Göteborg und später nach Kopenhagen. Aber es ist sehr wenig wahrscheinlich, dass sich das Geld, welches Jürgens für den Diamanten bezahlte, jemals in seinen Händen befunden hat. Er lebte die ganze Zeit von der Hand in den Mund, meist im größten Elend, als heruntergekommener Säufer, der er war."

„Bist Du dessen ganz sicher?", fiel ich ein. „Der Umstand, dass der Schauspieler das Geld nicht gehabt haben sollte, wirft alle meine Theorien über den Haufen."

„Ja, nicht wahr?" Monk lächelte wieder in der vorigen resignierten Weise. „Und die gleiche Erfahrung würdest Du nicht nur auf einem, sondern auf zehn Punkten gemacht haben, wenn Du die Sache in Deinem Kopfe nach allen Seiten hin so lange überdacht hättest, wie ich es getan habe."

„Aber eine Theorie muss doch richtig sein", warf ich ein. „Eines von den beiden Mädchen muss ja den Diamanten gestohlen haben!"

„Ja, das ist eben das Fürchterliche", stöhnte Monk, „dass es nur eine Theorie gibt, die zu allen Begebenheiten vollständig stimmt, und die ist", – hier dämpfte er die Stimme beinahe zu einem Geflüster, „und die ist, dass – – dass Sigrid den Diamanten genommen hat, um ihrem Bruder zu helfen, dass sie von Howell fotografiert wurde und dass sie den Diamanten an Prokurator Jürgens verkaufte – – Nein! sagen Sie nicht, was Sie nun sagen wollen, Frau Viller, bedenken Sie nur, dass ich fest entschlossen bin, in einigen Tagen nach Amerika zu reisen und Sigrid meine Hand anzubieten. Kann ich ihr besser mein Vertrauen zeigen?"

Klara antwortete nicht.

„Wo ist der Schauspieler jetzt?", fragte ich.

„Er ist in einem Spital in Dänemark am Delirium gestorben. Ich hatte lange Zeit einen Agenten dort unten, der Auskunft von ihm zu erlangen suchte, aber umsonst. Der Agent gewann den Eindruck, dass der Schauspieler nichts von dem Diamantendiebstahl wusste, wenigstens nichts von Bedeutung für uns."

„Und Madame Reiersen, hast Du es mit ihr versucht?", fragte ich.

„Mit allen möglichen Mitteln durch dritte Personen. Mich will sie nicht sehen. Wenn sie mich sieht, tobt sie und beschuldigt mich, den Tod ihrer Tochter verschuldet zu haben. Der alte Frik bezahlt ihr eine jährliche Pension. Aber da sie sich vollständig dem Trunk ergeben hat, so reicht diese natürlich nicht hin. Von einer Quartalzahlung bis zur anderen lebt die trunksüchtige Person stets im größten Elend."

„Und Mr. Howell?"

„Mr. Howell habe ich nicht aus den Augen verloren, obschon es oft schwer genug hält, ihn zu beobachten. Er führt ein Leben, wie so viele vermögende Engländer, verbringt die Saison in London, die Herbstmonate auf dem einen oder anderen Gutshofe und die übrige Zeit des Jahres auf Reisen. Er ist Besitzer einer Jacht und hat mehrmals im Sommer Norwegen besucht. Er ist übrigens in allen diesen Jahren nur drei- oder viermal in Christiania gewesen und nur auf kurze Zeit. Er hat dann in der „Villa Ballarat" bei dem alten Frik gewohnt. Mein Agent in England hat mir mitgeteilt, dass er als Spieler bekannt sei und mehr Geld ausgebe, als ihm zur Verfügung stehe. Er hat während vieler Jahre häufige Besuche auf einem Herrenhof in Yorkshire – Ashton Hall – bei einem reichen Landedelmann, Mr. Ashton, abgestattet. Man glaubt, dass er sich am Ende mit der einzigen Tochter desselben, einer schon etwas bejahrten Dame, verheiraten wird. Aus welchem Grund seine Kurmacherei so lange dauert, das weiß niemand. Man vermutet, dass er nicht in den sauren Apfel beißen will, bis er dazu genötigt ist. Die Leute hier in der Stadt meinen, dass er der voraussichtliche Erbe des alten Frik sein werde. Möglicherweise ist dies der Grund, weshalb er seine Werbung so in die Länge zieht. Vielleicht auch könnte der Tod des alten Frik seinen Geldverhältnissen wieder aufhelfen und ihn vor einer Verheiratung mit der Dame aus Yorkshire bewahren."

„Du scheinst keine Vorliebe für den Engländer mehr zu haben?"

„Ich habe nie eine besondere Vorliebe für ihn gehabt, und wie ich schon früher erzählt habe, erschien mir sein Benehmen sogar verdächtig. Ja, ich kann mir die Ursache nicht recht erklären, aber ich traue ihm nicht. Ich fühle, dass er in diesem Drama eine Rolle gespielt hat, die ich nicht kenne. Ich glaube, dass der Instinkt Deiner Frau ihr dasselbe sagt."

„Instinkt!", wiederholte Klara. „Immer müssen wir Frauen, wenn wir auf die eine oder andere Weise zu einem richtigen Schluss gekommen sind, hören, dass unser Instinkt uns dazu geführt habe. Hören Sie, Monk, ich behaupte, dass Mr. Howell die Fotografie gefälscht hat, um Sigrid ins Unglück zu stürzen. Zu diesem Schluss komme ich auf folgende Weise:

Wenn mit dieser Fotografie alles richtig wäre, so müsste ja Sigrid an jenem Tage den Diamanten in Händen gehabt haben. Aber eben das stellt sie entschieden in Abrede – –

Nein, versuchen Sie mir nicht auszuweichen, Monk! Sie scheuen sich davor, mir zu sagen, dass ich unlogisch sei wie alle Frauen – oder ist es nicht so? Und nun wollen Sie mich nicht einmal ansehen. Aber ich bin noch nicht fertig! Angenommen, dass Sigrid lügen könnte und wollte, was wäre ihr leichter gewesen, als der Wahrheit zuwider zuzugeben, dass sie an jenem Tage zufällig im Museum gewesen sei, den Diamanten betrachtet und ihn wieder an seinen Platz gelegt habe. Niemand hätte ein

Wort gegen diese Erklärung, wie die Fotografie entstanden war, einwenden können. Nein! Sigrid war nicht einfältig und Sie werden mir doch zugeben, dass sie nicht auf die dümmste Weise von der Welt lügen würde, wenn sie wirklich lügen wollte. Gestehen Sie, Monk, dass ich recht habe! Alle Wahrscheinlichkeit spricht dafür, dass sie die Wahrheit gesagt hat. Sie hat Friks Museum an jenem Tage zwischen 5 und 7½ Uhr gar nicht betreten und die Fotografie war gefälscht!"

Monk musste lächeln, aber es war das gleiche hoffnungslose Lächeln, mit dem der Riese, der vergeblich versucht hat, eine Last zu heben, zusieht, wie der Zwerg sie hebt.

Er trat zu einem kleinen eisernen Schrank in der Ecke des Zimmers und kam gleich darauf mit einem Gegenstand zurück, den er vor uns auf den Tisch legte. Es war eine kleine Fotografie zwischen Glasplatten, die von zwei Gummibändern zusammengehalten wurden.

„Ist dies die Fotografie?"

Klara und ich streckten gleichzeitig die Hand nach ihr aus, indem Monk sie nebst einem ovalen Vergrößerungsglas von ungewöhnlicher Größe zwischen uns auf den Tisch legte.

„Da werdet Ihr selbst sehen können. Was für das bloße Auge nicht sichtbar ist, wird durch das Vergrößerungsglas deutlich erscheinen."

Klara und ich benutzten das Glas abwechselnd.

„Ich danke es meinem alten Wohltäter, dem Polizeimeister, dass ich in den Besitz der Fotografie gekommen bin", fuhr Monk fort. „Auf meine inständige Bitte überließ er sie mir, aber erst zwei Jahre nach der letzten Schwurgerichtsverhandlung, von der ich erzählt habe. Ich musste ihm übrigens versprechen, die Fotografie in einem feuerfesten Raume aufzubewahren und sie mit der größten Sorgfalt zu hüten. Nun, dieser Aufforderung hätte es gewiss nicht bedurft."

Die Fotografie entsprach der kurzen Beschreibung, die Monk früher von ihr geliefert hatte. Sie war drei bis vier Zoll hoch, aber sehr schmal, sodass wenig mehr sichtbar war als die weibliche Figur vor dem offenen Schrank mit den Regalen. Diese Regale waren mit allerlei Raritäten bedeckt, die auf der Platte mit bewunderungswürdiger Deutlichkeit hervortraten. Überhaupt war die Fotografie ungewöhnlich klar und gut gelungen.

„Betrachten Sie die linke Hand der weiblichen Figur", sagte Monk.

Ich hielt das Vergrößerungsglas über die Fotografie.

„Ja, ich sehe sie. Sie hat einen Ring am Ringfinger."

„Ja, und der Finger ist ganz normal, nicht verunstaltet?"

„Nein, vollständig gut geformt."

„Du siehst den Elefanten auf dem Gesimse über dem Schrank und die Uhr an seiner Stirne? Was zeigt sie?"

„Lass mich sehen, ich werde es Dir auf die Minute sagen: 9 Minuten über 5½ Uhr. Die Zahlen sind nicht gut zu unterscheiden, aber die Stellung der Zeiger ist deutlich genug."

„Ja, ganz richtig, und dies obschon der Elefant in Wirklichkeit kaum drei Zoll groß ist. Er ist nebst den anderen Nippsachen auf dem Gesimse das Meisterwerk eines Elfenbeinschnitzers in Neapel. Du siehst zum Beispiel daneben eine kleine Kopie der Venus von Milo?"

„Ja, ich sehe sie. Aber sage mir doch, Monk, wem gleicht die Person auf der Fotografie – Fräulein Frik oder Eveline?"

„Eveline! Wohl war ich gewohnt, Sigrid in jener Tracht zu sehen, der mit Schnüren besetzten Jacke und dem kleinen Hut mit Schnepfenfedern, sodass ich mich beim ersten Blick erst bedenken musste. Aber bei genauerem Hinsehen würde ich nicht gezögert haben, zu sagen, dass es Eveline sei, sie und keine andere, wenn nicht der Umstand mit dem Finger dazugekommen wäre."

„Die Fotografie wurde doch geprüft, oder nicht?"

„Wenn je eine Fotografie in der Welt geprüft worden ist, so ist es diese. Wie Du Dich vielleicht erinnerst, gaben Fotograf Rodin und ein anderer Sachverständiger ihre Erklärungen bei der Gerichtsverhandlung gegen Eveline ab. Später wurde sie im physischen Kabinett der Universität untersucht. Alle Urteile stimmen darin überein, dass keine Veränderung der Fotografie unternommen noch versucht worden ist – – weder durch Retouchierung noch auf andere Weise."

Während ich das Gespräch mit Monk fortsetzte, bemächtigte sich Klara des Bildes. Ich reichte ihr das Vergrößerungsglas, aber sie schob es von sich und begann die Fotografie anzustarren, ohne ein einziges Mal aufzusehen.

„Du bist vielleicht müde", sagte ich zu Monk, „und unserer vielen Fragen überdrüssig, aber wenn es Dir nicht unangenehm ist, zu antworten, so möchte ich Dich gerne ein wenig verhören."

„Nein, im Gegenteil. Ich möchte nichts lieber hören als Deine Bemerkungen. Was ich wünsche, das ist, dass ich aus diesem circulus vitiosus herauskommen könnte, in welchem meine Gedanken sechs Jahre lang gekreist haben, ohne einen Ausweg zu finden."

„Kann man es als sicher betrachten, dass dieses Bild gerade an jenem Nachmittag, am 10. Mai zwischen 5 und 7½ Uhr aufgenommen worden ist?"

„Ja, nur zu gut. Aber der Referent des „Morgenbladet" hat vielleicht nicht so genau berichtet, dass es Dir
deutlich wird. Höre nun: Der Momentapparat, der von
Mr. Howell benützt wurde, hat im Inneren eine Rolle,
auf der präpariertes Papier zu je zehn Bildern aufgerollt
ist. Nun, Du hast gewiss schon solche Apparate gesehen.
Vor jeder neuen Aufnahme dreht man mittels einer
Schraube die Rolle so lange, bis eine neue Zahl zum Vorschein kommt. Wenn die Rolle aufgebraucht ist, kann
man sie zur Herstellung der Bilder herausnehmen, worauf man eine neue Rolle einsetzt. Auf der Rückseite
dieser Fotografie wirst Du Nummer 10 gedruckt finden.
Nr. 9, die dem Gerichte ebenfalls vorlag, war eine
Gruppe, die Mr. Howell im Museum vor dem Weggang
des Prokurator Jürgens aufgenommen hatte. Die
nächste, also Nr. 10, muss in der Zwischenzeit bis zu jenem Augenblick, als die Rolle dem Fotografen übergeben wurde, also zwischen 5 und 7 Uhr, aufgenommen
worden sein. Du siehst nun, dass eine Fälschung ganz unmöglich ist, selbst wenn Mr. Howell sie gewollt hätte.
Nicht wahr?"

„Ja, nur allzu wahr. So bleibt mir nur noch die Frage
übrig, ob die Uhr an der Stirne des Elefanten nicht, sei es
zufällig oder in bestimmter Absicht, von irgendjemand
vor- oder zurückgestellt worden sein könnte?"

„Da stellst Du mir die gleiche Frage, die ich mir selbst
viele Jahre lang vorgelegt habe. Was man weiß, das ist,
dass die Uhr ganz richtig 5 und 7½ Uhr gezeigt hat. Dass
dies in der Zwischenzeit geändert worden sein könnte,
ist unmöglich. Die Glasplatte, welche das Ziffernblatt bedeckt, befindet sich nämlich nicht in einem beweglichen
Deckel. Soll die Uhr anders gestellt werden, so muss man
das ganze Werk von unten herausnehmen, indem man

eine kleine Metallplatte am Bauch des Elefanten entfernt. Als man zwei Tage nach Evelinens Freisprechung den Elefanten untersuchte, fand man gar keine Spuren in der dünnen Staubschicht, die sich in den Fugen zwischen der Platte und dem Elfenbein abgelagert hatte."

„Aber dann ist noch der Zeitpunkt übrig. Dieser beweist doch, dass Sigrid zu der Zeit, welche die Uhr auf der Fotografie angibt, nicht vom Pfandleiher zurückgekehrt sein konnte. Soweit ich Dich verstehe, war es einzig dieser Umstand, der sie vor dem Schwurgericht rettete?"

„Ich werde Dir meine Ansicht nun aufrichtig sagen. Dieser Umstand war es allerdings, der sie rettete, insofern als er den Geschworenen als Vorwand dienen musste, um die Schuldfrage zu verneinen, oder besser gesagt, als Entschuldigung, um nicht bejahen zu müssen. Ich glaube, dass sich unter den Geschworenen nicht ein einziger gefunden hat, der nicht im Herzen an die Schuld Sigrids glaubte. Aber der Verteidiger betonte sehr schlau die Unklarheit, die über der ganzen Sache schwebte, sowie die Möglichkeit, dass die Geschworenen irren und die Wahrheit später an den Tag kommen könnte. Sie zogen es deshalb vor – oder vielmehr fünf von ihnen taten es, so behauptet man wenigstens – die Schuldfrage zu verneinen, Eventualitäten halber, wenn ich so sagen darf, wozu ihnen die Nichtübereinstimmung der Zeitangaben den Anlass lieh. Du verstehst, was ich meine?"

„Ja, ich verstehe. Aber was ist Deine persönliche Meinung über die Nichtübereinstimmung der Zeit?"

„Mir erscheint dies als ein Beweis unter all den anderen Beweisen, dass die ganze Sache etwas Geheimnisvolles hat, etwas, was ich sechs lange Jahre zu ergründen versucht habe, aber umsonst. Dennoch muss ich mir selber gestehen, dass derjenige, der an Sigrids Schuld glaubt, das Recht zu sagen hat: Setzt man voraus, dass der Kutscher ziemlich schnell gefahren ist, so ist der Zeitunterschied nicht größer als ca. fünf Minuten. Demnach ist wohl wenig gegen die Annahme einzuwenden, dass dieser Unterschied davon herrührt, weil die Uhren in den verschiedenen Stadtteilen in der Zeitangabe voneinander abwichen."

Hier unterbrach uns Klara mit den Worten:

„Darf ich mir die Fotografie leihen, um sie mit nach Hause zu nehmen?"

Sie hatte von der Fotografie keinen Blick gewendet und stand nun vor Monk, das Bild in der Hand bergend.

Monk bedachte sich einen Augenblick.

„Wenn Sie mir versprechen, das Bild in den eisernen Schrank Fredriks zu legen, falls Sie es nicht selbst in der Hand halten."

„Ich verspreche alles", war Klaras Antwort. „Aber ich werde Ihnen beweisen, dass die Fotografie – falsch ist!"

Es klang eine solche Überzeugung aus der Stimme meiner Frau, dass Monk vor Aufregung das Blut in die Wangen stieg. Diesmal sah ich nichts von einem hoffnungslosen Lächeln. Es blieb ihm übrigens keine Zeit zu einer Antwort, denn Klara begann sehr schnell, sich mit Hut und Mantel zu bekleiden.

„Komm nun, Fredrik, es ist ja schon über drei Uhr nachts und morgen ist wieder ein Tag."

„Gute Nacht, Monk!"

„Gute Nacht!"

„Warte ein wenig!", sagte meine Frau. „Monk, zwei Dinge müssen Sie mir noch mitteilen, ehe wir gehen. Wo wohnt Madame Reiersen jetzt?"

„Sie wohnt in ihrer alten Höhle, in der Russelökgade Nr. 44."

„Wo befinden sich die Kleider, die Eveline an jenem Tage getragen hat, als der Diebstahl begangen wurde, ich meine den Hut und die Jacke, in denen sie auf der Fotografie erscheint?"

„Wahrscheinlich hat Madame Reiersen sie noch, wenn sie die Sachen nicht verkauft hat. Sie wurden vor Gericht vorgelegt, später aber natürlich der Mutter des unglücklichen Mädchens zurückgegeben. Aber weshalb fragen Sie danach? Sie wissen ja doch, dass – –"

„Das ist vorläufig meine Sache. Gute Nacht nochmals!"

Diese letzten Worte wurden zwischen Klara und Monk gewechselt. Ich hörte verwundert zu. Was in aller Welt bezweckte Klara mit ihren Fragen?

Als ich mit ihr am Arm im schönsten Mondschein nach Hause wanderte, versuchte ich, aus ihr herauszubringen, was sie mit ihren Fragen an Monk gewollt hatte.

„Du hast doch nicht die Absicht, Madame Reiersen zu besuchen?"

„Das möchte ich Dir nicht mitteilen", war die Antwort. „Aber selbst wenn ich es täte, wäre wohl keine Gefahr dabei."

„Nein, eine Gefahr ist, glaube ich, dort eigentlich nicht vorhanden. Allein nach Monks Beschreibung hatte die Madame schon vor sechs Jahren nichts besonders Anziehendes an sich, und im Laufe der Jahre hat sie sich gewiss nicht zu ihrem Vorteil verändert."

„Wir wollen nicht mehr davon reden. Bedenke, dass ich schon früher bei wenig angenehmen Personen und in geheimnisvolleren Angelegenheiten gewesen bin. Erinnere Dich nur daran, wie ich damals meinen fruchtlosen Besuch bei dem Pfandleiher abstattete und in meiner Verzweiflung nichts Besseres zu tun wusste, als zu Monk zu gehen."

„Ja, damals war Dir das Glück günstig", antwortete ich aufgeräumt. „Wenn Du an jenem Tag nicht zu Monk gekommen wärest, so würdest Du mich nicht getroffen haben und hättest Dich vielleicht nicht verheiraten können."

„Ich werde Dich lehren, eine Dame zu verhöhnen!", rief Klara und versetzte mir mit der freien Hand einen leichten Klaps unter das linke Ohr. Das ließ sich nur auf eine einzige Art bestrafen, aber sie riss ihren Arm los und versuchte, auf der Drammensstraße zu entfliehen.

Gott mag wissen, wie lange die Jagd gedauert hätte, wäre nicht plötzlich ein Konstabler aus dem Schatten eines Hauses getreten, der zu überlegen schien, ob er nicht gegen diese Störer der öffentlichen Ruhe einschreiten sollte. Da nahm ich wieder Klaras Arm und wir setzten unsere einsame Wanderung fort.

„Ich will keine Geheimnisse vor Dir haben, weder große noch kleine", sagte Klara. „Es ist wirklich meine Absicht, morgen zu Madame Reiersen zu gehen. Aber Du sollst mich nicht begleiten. Denn erstens glaube ich, dass es meinen Zwecken förderlicher ist, wenn ich allein gehe. Sie ist den Männern gegenüber natürlich misstrauisch und könnte Dich vom Hörensagen leicht als Monks Freund erkennen. Und dann möchte ich gar zu gerne meinen kleinen Plan allein ausführen. Denke, wenn ich ihm helfen könnte, wie er mir bei dem Pfandleiher geholfen hat – wie? Das würde ein Triumph sein!"

Vierzehntes Kapitel.
Das wichtigste Kapitel: Klara als Detektiv.

„Nun sollen Sie aufstehen! Die Frau sagte, dass ich Sie um zehn Uhr wecken sollte!"

Ich schlug die Augen verwundert auf. In der Türe stand unsere rotwangige Stubenmagd vom Lande und nickte mir gemütlich zu.

„Aber wo ist denn meine Frau?", fragte ich.

„Die Frau ist um halb neun ausgegangen. Sie sagte, dass ich Sie wecken und um zehn Uhr das Frühstück fertig haben sollte."

Nun, das waren klare Worte für Geld. Ich stand also schnell auf, beschämt über meine Schläfrigkeit.

Kaum war ich angekleidet, als es im Vorzimmer läutete und Monk mit einem sehr ernsten Gesicht hereintrat. Er gehörte nicht zu jenen Menschen, denen viel darauf ankommt, ob sie eine Nacht oder zwei wachen müssen. Aber heute sah er auffallend müde und übernächtigt aus.

„Du hast gewiss nicht gut geschlafen heute Nacht? Es war auch ziemlich spät. Wir hätten Dich nicht so lange aufhalten sollen."

„Die Schuld lag wohl eher an mir. Aber wo ist denn Deine Frau?"

„Klara ist um halb neun Uhr ausgegangen, wie die Magd sagt. Sie kommt wohl bald wieder. Weshalb fragst Du nach ihr?"

„Sie telefonierte mir vor einer Viertelstunde. Ich glaubte, es geschähe von hier aus. Sie ersuchte mich, sogleich hierherzukommen, da sie mir etwas Wichtiges zu sagen habe."

„Sie muss irgendwo draußen in der Stadt telefoniert haben", antwortete ich verwundert.

„Deine Frau machte gestern einige sonderbare Bemerkungen über die Fotografie", sagte Monk zögernd. „Hat sie mehr darüber gesagt?"

„Monk!", antwortete ich lachend, „Du kommst also, um den Privatdetektiv Klara Viller zu konsultieren?"

Monk hatte nicht Zeit zu antworten, denn in diesem Augenblick trat meine Frau herein, mit von der Morgenluft geröteten Wangen und mit einer koketten, mit Pelz verbrämten Jacke nebst einem Barett bekleidet. In der Hand trug sie ein hässliches, unregelmäßiges Paket in grauem Papier.

„Entschuldigen Sie, Monk, dass ich Sie warten ließ. Aber ich habe noch zum Wurstler gehen müssen, um ein delikates Frühstück für Fredrik zu besorgen. Sie wissen, er ist ein großer Feinschmecker. Für Sie habe ich etwas anderes. Doch setzen Sie sich nun zu Tisch und nehmen Sie eine Tasse Kaffee. Ich werde mich schnell umkleiden und den Schinken nebst den übrigen Sachen draußen in der Küche abgeben. In einer Minute sollen sie in der Pfanne und in zehn Minuten auf dem Tische sein!"

Sie sprang aus dem Zimmer, ebenso schnell wie sie gekommen war.

Monk und ich setzten uns an den Frühstückstisch und Klara gesellte sich bald zu uns. Sowohl sie als ich taten dem Frühstück alle Ehre an, Monk aber spielte nur mit Messer und Gabel.

Als wir fertig waren, bat mich Klara um den Schlüssel zu dem eisernen Schrank in meinem Geschäftszimmer.

Sie kehrte mit der Fotografie und dem Vergrößerungsglase zurück und legte beide Gegenstände vor Monk auf den Tisch.

Monk und ich blickten sie verwundert an. Sie legte auch das Paket in dem grauen Papier in die Nähe. Dann sagte sie zu Monk:

„Gestern habe ich Ihnen zu zeigen versprochen, dass die Fotografie falsch ist. Ich hätte es schon da tun können. Aber ich wünschte gerne alle die Einwendungen widerlegen zu können, die Sie und Fredrik vorbringen würden, und deshalb habe ich bis heute gewartet. Es ist bald getan: Die Dame, welche auf der Fotografie steht, trägt einen kleinen Hut mit einer Feder auf dem Kopfe. Auf welcher Seite sitzt die Feder?"

Monk warf einen Blick auf das Bild:

„Auf der rechten Seite."

„Ja, ganz richtig. Aber glauben Sie, dass eine Dame die Hutfeder auf der rechten Seite trägt?"

„Nein – – aber wenn ich darüber nachdenke, so tragen wohl die Damen gewöhnlich die Hutfeder auf der linken Seite", sagte Monk und sah uns beide ungewiss an.

„Gewöhnlich, sagen Sie. Nein! Keine Dame trägt die Feder auf der rechten Seite."

„Es mag viel Wahres an dem sein, was Sie sagen", klang Monks Stimme noch immer etwas unsicher. „Aber dies ist ja nur eine kleine Schnepfenfeder, und Eveline – Fräulein Frik – – ich meine die betreffende Dame auf der Fotografie kann sie vielleicht wenigstens einmal auf der rechten Seite aufgesteckt haben."

„Abgesehen davon", fiel ich ein, „dass die Dame in der Eile den Hut verkehrt aufgesetzt haben kann."

„Diese Einwände habe ich gerade erwartet!", rief Klara triumphierend. „Echte Männerargumente! Doch sehet einmal! Hier ist der Hut selbst, den Eveline und Sigrid an jenem Tage trugen, als der Diamant gestohlen wurde. Nun könnt Ihr ihn selber sehen!"

Sie riss das Papier von dem Paket und reichte Monk einen kleinen grünen Filzhut mit brauner Feder.

Monk sprang auf und griff schnell darnach. Seine Hand zitterte vor Erregung.

„Ich habe ihn heute von Madame Reiersen gekauft", fuhr Klara fort. „Ich erfand eine Geschichte von einer reichen englischen Dame, die Merkwürdigkeiten von berühmten Gerichtsgegenständen sammelt. Dazu war das Quartal glücklicherweise bereits zum großen Teil verstrichen, soviel ich verstehen konnte, denn die Madame war augenscheinlich in großer Geldnot. Sie war sogar nüchtern."

Monk saß da, mit dem Hut in der Hand und starrte ihn an. Ich trat zu ihm.

„Die Feder ist festgenäht", murmelte er, „und man bemerkt nichts, dass sie jemals auf der anderen Seite gesessen hätte."

„Aber wenn sie den Hut verkehrt aufgesetzt hätte?"

Klara lachte lustig:

„Sieh einmal!"

Sie nahm den Hut aus Monks Hand und setzte ihn auf ihren Kopf.

Ich sank zusammen.

Die Feder neigte sich nach hinten, wenn der Hut richtig aufgesetzt war, wie die Fotografie ihn zeigte. Saß er aber verkehrt, so wie jetzt bei Klara, dann neigte sie sich in komischer Weise nach vorn.

Es war kein Irrtum mehr möglich: Die Fotografie war gefälscht!

„Seid Ihr überzeugt?", rief Klara.

„Ja", antwortete ich, „es ist alles zusammen Lug und Trug."

„Das ist sonderbar", sagte Monk und begann aufs Neue den Hut anzustarren, den Klara wieder vor ihn gelegt hatte.

Ich nahm inzwischen die Fotografie und das Vergrößerungsglas und begann, sie aufs Neue zu untersuchen.

„Sollten vielleicht noch andere ähnliche Dinge zu entdecken sein?", dachte ich.

Plötzlich legte ich das Vergrößerungsglas hin und lehnte mich unter einem schallenden Gelächter im Stuhle zurück. Klara und Monk mochten wohl glauben, ich sei verrückt geworden.

„Das ist denn doch stark", rief ich. „Wer diese Fotografie gemacht hat, muss entweder die Frechheit oder Dummheit selber sein. Dass aber so etwas nicht früher entdeckt worden ist! Betrachtet doch einmal die Venus von Milo! Ha, ha, ha! – Kennst Du die Venus von Milo, Monk?"

„Meinst Du die kleine Kopie von Elfenbein, die in Friks Museum steht und die mit auf das Bild gekommen ist, das Du in der Hand hältst?"

Monks Stimme war zwar ruhig, aber seinem Gesicht sah ich es an, dass ihn Spannung und Erwartung erfüllten.

„Lass mich sehen!", rief Klara, indem sie hastig Bild und Vergrößerungsglas aus meiner Hand nahm.

„Was ist denn da Merkwürdiges an dieser Venus? Soviel ich an der Fotografie sehen kann, muss die Kopie ein vollkommenes Meisterwerk sein. Aber sonst kann ich nichts entdecken."

„Nein, weil sie weder Hut noch Kleider trägt. Aber höre einmal", wandte ich mich an Monk, „wie viele Arme hat die Venus von Milo?"

„Auf der rechten Seite nur einen halben Arm und auf der linken keinen – –"

„Aber diese hier hat einen halben Arm auf der linken Seite und keinen auf der rechten, das begreife ich nicht", fiel Klara ein; sie hatte das Bild behalten, reichte es nun aber Monk und sah mich mit einem zweifelnden Blick an.

„Da siehst Du nun", antwortete ich triumphierend. „Wenn eine Dame die Hutfeder auf der rechten Seite aufgesteckt hat, so entdeckst Du es gleich. Wenn sie aber ihren einzigen Arm auf der linken Seite trägt, statt auf der rechten, so bemerkst Du nichts davon. Aber was hat denn Monk?"

Er hatte einen Augenblick das Bild durch das Vergrößerungsglas betrachtet. Dann legte er beide Gegenstände hin und stand vom Stuhle auf. Er benahm sich beinahe wie ein Romanheld, zwar schlug er sich nicht vor die Stirne, wie es ein solcher zu tun pflegt, aber er führte die eine Hand an die Augen und hielt sie lange dort. Als er sie wieder sinken ließ, starrte er ins Leere hinein und so blieb er stehen, indem er murmelte:

„Ich Dummkopf, ich Idiot will den Detektiv spielen und bin blind – vollständig blind! Ich versuche andere zu führen und kann nicht einmal den Weg vor meinen eigenen Füßen sehen! Ich bin nicht wert zu leben, ich bin nicht des Staubes wert, den ich trete – –"

Ich denke oft an diesen Auftritt und daran, wie sonderbar unser Leib sich oft benimmt, wenn das Gehirn tüchtig arbeitet. Monk hat mir später erzählt, dass er gar keine Idee davon hatte, welche Worte damals seinem Munde entschlüpften. Aber in den wenigen Sekunden, die verstrichen, ging die ganze Geschichte, die Jahre seines Lebens in Anspruch genommen hatte, aufs Neue durch sein Gehirn, nicht in der alten Gestalt, sondern in einer ganz neuen Form, in neuer Beleuchtung, die ihn klar alle die Schleier durchblicken ließ, welche bisher den Kern der Sache verborgen hatten.

Doch genug! Monk glich bald sich selber wieder, oder besser gesagt, einer verbesserten Ausgabe des herabgestimmten, niedergeschlagenen Mannes, den wir in den letzten Tagen gesehen hatten. Seine Augen strahlten und seine Lippen zitterten vor freudiger Gemütsbewegung, als er vor mir und Klara stand und abwechselnd unsere Hände drückte.

„Nun ist alles klar! Ich kann beweisen, dass Sigrid unschuldig ist, das ist so klar wie der Tag, und ich kann zugleich zeigen" – hier glitt ein Schatten über sein Gesicht, „wer der Schurke ist, der den erbärmlichen Betrug in Szene gesetzt hat!"

„Aber wieso – ?"

„Das ist schnell erklärt", antwortete Monk. „Sagt mir, weshalb wurde Eveline freigesprochen? Wie wurde bewiesen, dass nicht sie es war, welche fotografiert wurde – wisst Ihr es noch?"

„Ja, natürlich!", antwortete ich. „Vor allem trägt die Dame auf dem Bild einen Ring am Ringfinger der linken Hand, während das Kammermädchen infolge einer Verletzung in den Kinderjahren keinen Ring an diesem Finger tragen konnte – –"

„Richtig – und dann?"

„Dann zeigt die Uhr auf dem Bild 9 Minuten über 5½ Uhr, eine Zeit, in welcher Eveline nachweislich bei ihrer Mutter war."

„Ganz richtig. Aber wie Du und Deine Frau mir gezeigt, so sieht man auf dem Bild eine Hutfeder auf der rechten Seite, obschon sie auf der linken sein sollte, und die Venus von Milo trägt einen Arm auf jener Seite, wo sie keinen hat, dagegen dort keinen, wo sie einen solchen haben sollte. Wenn nun die Dame auf dem Bild ebenfalls ihren rechten Arm auf der linken Seite trägt und umgekehrt, so ist der Umstand mit dem Ring ja kein Beweis, oder nicht? Dann trägt ja ihre rechte Hand den Ring ...“

„Ja, Du hast recht, aber die Zeitangabe? Die Uhr an der Stirne des Elefanten?“

Statt zu antworten, schritt Monk zu einer kleinen Weckeruhr, die auf meinem Schreibtisch stand. Zuerst richtete er die Zeiger, während er das Ziffernblatt sorgfältig vor uns verbarg. Dann nickte er uns zu, dass wir ihm folgen sollten, worauf er nach einem großen Wandspiegel auf der anderen Seite des Zimmers ging. Er schob Klara und mich vor den Spiegel. Er selbst stellte sich hinter uns und hielt die Uhr in die Höhe.

„Schaut nun in den Spiegel und sagt mir, wie spät es ist!“

„Neun Minuten über halb sechs Uhr“, antworteten Klara und ich zugleich.

„Jetzt dreht Euch um und seht nach, ohne den Spiegel zu benutzen. Nun, was sagt Ihr dazu? Es fehlen neun Minuten an halb sieben Uhr, nicht wahr?“

Jetzt war an mir und Klara die Reihe, nachdenklich zu werden.

„Du meinst also, dass das ganze Bild gefälscht ist? Gleichsam verkehrt, sodass rechts links ist und umgekehrt?“

„Ich meine“, antwortete Monk lebhaft, „dass diese Fotografie in Ordnung ist. Die Person, welche sie darstellt, ist Eveline Reiersen. In dem Augenblick, als sie fotografiert wurde, trug sie die Hutfeder auf der linken Seite. In der linken Hand hielt sie den Diamanten und an der rechten trug sie einen Ring. Die Uhr zeigte gleichzeitig neun Minuten weniger als halb sieben Uhr – –“

„Aber wieso – –?“

„Das werde ich Euch gleich sagen. Das ganze Geheimnis liegt darin, dass die Fotografie in einem Spiegel aufgenommen worden ist!"

„In einem Spiegel?"

„Ja, in einem Spiegel."

„Wahrhaftig, Du hast recht, das erklärt alles!", rief ich.

„Ja, alles, und noch ein wenig mehr, woran Du vielleicht nicht gedacht hast. Gott sei Dank, die Schuppen sind mir von den Augen gefallen und ich bin wieder sehend!"

„Jetzt haben wir nicht Zeit in biblischen Redensarten zu sprechen, mein lieber Monk, wir wollen hören, was Du mit Deinem „und noch ein wenig mehr" meinst?"

„Ja, Du hast recht, ich muss in einer moderneren Sprache reden. Gut! Soweit sind wir gekommen, dass wir wissen, wie das Bild in einem Spiegel aufgenommen worden ist. Aber in welchem Spiegel?"

„Nun, das magst Du ergründen. Ich und Klara haben unsere Pflicht getan."

„Dass Ihr das getan habt, ist sicher, ich werde mit dem Rest wohl fertig werden – glaube ich. An der Wand gegenüber dem Schrank im Museum ist ganz richtig ein Spiegel, und zwar ein ziemlich großer. Und in diesem Spiegel ist die Fotografie aufgenommen worden."

„Aber dann muss ja derjenige, der das Bild genommen hat, gleich neben Eveline gestanden haben, und er müsste wohl mit auf der Fotografie erschienen sein", bemerkte Klara.

„Ganz richtig. Aber er hat so weit zur Seite gestanden, dass er selbst nicht innerhalb des Spiegelrahmens erschienen ist. Damit nicht auch der Rahmen auf dem Bilde sichtbar würde, hat er die beiden Seiten beschnitten. Deshalb ist das Bild so schmal."

„Das alles ist schön genug", wandte ich ein. „Aber ein Umstand wirft Deine ganze schöne Theorie über den Haufen. Ist es denn glaubhaft, dass Eveline eine Person neben ihr hat stehen und sie in einem Spiegel fotografieren lassen, während sie einen Diamanten stiehlt, oder besser gesagt, dass sie gerade einen Diamanten stehlen will, während sie fotografiert wird?"

„Ja, bis vor einem Augenblick verursachte mir dieser Umstand die meisten Schwierigkeiten, als ich meine Theorie aufstellte. Aber ich habe diese Frage glücklicherweise gelöst und die Lösung eröffnet uns noch weitere Aussichten."

„Damals, als Du Deine Theorie aufstelltest, sagst Du! Meinst Du die wenigen Sekunden seit dem Moment, als Du mit stierem Blick dastandest und Dich „blind" schaltest?"

„Es ist möglich, dass ich mich sonderbar benahm", lachte Monk. „Ich habe gar keine Ahnung davon, wie lange ich geistesabwesend war. Aber wenn es nur wenige Sekunden gewesen sind, so haben sie hingereicht, um mir zu zeigen, was wirklich vorgegangen ist hinter den täuschenden Kulissen, die ich bisher als Wirklichkeit betrachtet habe. Hört, meine Freunde! Wenn Ihr Euch meiner Schilderung des kleinen Hauses in Friks Garten, wovon ein Teil aus dem Museum besteht, noch erinnert, so werdet Ihr wissen, dass aus dem Museum eine Türe nach dem feuerfesten Raum führt. Diese Türe befindet sich gerade neben dem Schrank, auf den wir immer wieder zurückkommen. Die einzige Art, auf die man unbemerkt einen vor dem Schrank stehenden Menschen fotografieren kann, besteht darin, dass man sich in dem feuerfesten Raum aufstellt und vorsichtig die Türe nach dem Museum ein wenig öffnet."

„Du meinst also, dass der Engländer in der Schatz-kammer des alten Frik gewesen ist? Die Türe zu derselben steht doch wohl nicht offen?"

„Nein, es ist eine schwere eiserne Türe, zu der nur der alte Frik den Schlüssel besaß. Aber einem geschickten Manne, dem genügend Zeit zur Verfügung stand, war es wohl möglich, sich einen falschen Schlüssel zu verschaf-fen. Bedenkt, dass Mr. Howell während mehrerer Monate nach Belieben Zutritt zu dem Museum hatte."

„Aber was hatte denn der Engländer da drinnen zu tun? Er mag ja ein großer Schurke gewesen sein und man darf auch annehmen, dass er hat stehlen wollen. Aber ba-res Geld hat sich dort kaum befunden und Du hast mir auch nichts davon erzählt, dass der alte Frik auf diese Weise bestohlen worden ist."

„Du hast recht. Ich kann mich noch nicht darüber aussprechen, was Howell in dem feuerfesten Raum zu tun hatte. Aber das eine steht fest, dass er nicht in guter Absicht dort war. – Wir müssen nun auf die eine oder andere Weise die Erlaubnis des alten Frik zur Untersu-chung seiner Schatzkammer erlangen, wie Du sie nennst. Ich glaube, dass wir dort den Schlüssel zu dem Geheim-nis finden werden. Aber wie zu dem Alten kommen? Mich will er nicht mehr sehen, und da ich befürchte, dass er von unserem freundschaftlichen Verhältnis vernom-men hat, so wird er sich weigern, Dich zu empfangen, Fredrik!"

„Nun, so werde wohl ich bis zu dem alten Frik vor-dringen", rief Klara, „und Ihnen Zutritt zu ihm verschaffen, Monk. Aber ich schäme mich für Sie, Monk, haben Sie denn Sigrid schon vergessen?"

„Sigrid vergessen!", antwortete Monk mit puterrotem Gesicht.

„Ja, sie vergessen, sage ich. Wie spät ist es in Wirklichkeit gewesen, als die Fotografie im Spiegel genommen wurde?"

„Es müssen 10 Minuten weniger als 6½ Uhr gewesen sein."

„Und in der ganzen Zeit zwischen 6 und 7 Uhr saß ja Sigrid drinnen bei ihrem Onkel und trank in seiner Gesellschaft Tee. Ist es nicht so?"

„Ja, genau so."

„So ist ja ihre Unschuld erwiesen, mag nun der Engländer in der Schatzkammer des alten Frik gewesen sein oder nicht. Warum telegrafieren Sie denn nicht sogleich an Sigrid – weshalb haben Sie das nicht vor einer halben Stunde getan? Ehe ich mich mit einem Detektiv verheiraten würde, möchte ich lieber – –"

Monk versuchte diese fürchterliche Salve zu beantworten, wurde aber lachend abgewiesen.

Nun wurde vereinbart, dass Klara zu dem alten Frik gehen sollte. Sobald Monk und ich nach New York telegrafiert haben würden, wollten wir uns ebenfalls nach der „Villa Ballarat" begeben, aber draußen warten, bis Klara uns durch einen Wink davon benachrichtigen würde, dass die Festung kapituliert habe.

Fünfzehntes Kapitel.
Nochmals der alte Frik.

Der alte Frik war, wie Monk erzählt hatte, viele Jahre an den Beinen gelähmt und an seinen Stuhl gefesselt gewesen.

Wer beschreibt daher Monks und meine Verwunderung, als wir in die Villa kamen, nachdem uns ein Diener von unserem Posten draußen im Garten abgeholt hatte, und den Herrn des Hauses mitten im Zimmer stehen sahen, während Klara lächelnd in einem Stuhl saß.

Ich brauche den Auftritt zwischen ihm und Klara nicht zu schildern, obschon meine Frau uns damals eine ausführliche Beschreibung davon gab.

Es genügt zu erzählen, dass sie kühn in die Höhle des Löwen gedrungen war und dem Eigentümer derselben Vorwürfe über seine Härte gegen die Bruderskinder gemacht hatte.

„Wenn Ihr Neffe gefehlt hat", sagte sie, „so war er damals jung und in schlechter Gesellschaft, dafür kann ich garantieren", – sie dachte ohne Zweifel an Mr. Howell – „und was Ihre Nichte betrifft, so haben Sie sie wie die ganze übrige Welt auf einen Verdacht hin verurteilt, ohne Rücksicht auf ihren Charakter zu nehmen."

Der Alte wurde bei diesen Worten feuerrot über das ganze Angesicht und begann mit Armen und Beinen gleichsam zu zappeln.

Klara hegte wohl die Befürchtung, dass den Alten der Schlag treffen könnte, aber eingedenk des Sprichwortes: „Freude tötet nicht", fuhr sie unverdrossen fort: „Inzwischen ist etwas geschehen, was Sie nicht verdient haben, Herr Frik. Monk und zwei seiner Freunde, nämlich mein Mann und ich, haben die Entdeckung gemacht, dass Fräulein Sigrid an dem Verschwinden des Diamanten ganz unschuldig ist und dass der Schurke, Mr. Howell, alles in Szene gesetzt hat. Es besteht somit Aussicht, dass Sie in kurzer Zeit Ihre Nichte wiedersehen und für die übrige Zeit Ihres Lebens Gelegenheit haben werden, zu bereuen und Ihre Fehler wieder gut zu machen."

Es hatte den Anschein, als ob Klara eine glückliche Hand, oder besser gesagt, eine glückliche Zunge hätte. Denn weit davon entfernt, dass der alte Frik vom Schlage getroffen wurde, stand er im Gegenteil plötzlich auf, humpelte auf Klara zu und bat um genauere Erklärung. Die Gemütsbewegung hatte seine Lähmung behoben. Den vollständigen Gebrauch seiner Glieder erlangte er jedoch nicht wieder. Aber von nun an konnte er sich wenigstens mit eigener Hilfe umherbewegen.

Ich werde auch nicht lange bei der Begegnung zwischen dem alten Frik, Monk und mir verweilen. Es dauerte nicht viele Minuten, bis er mich jahrelang gekannt zu haben schien. Vor Klara hatte er einen Respekt bekommen, der ihn, wie ich glaube, bis an sein Lebensende begleiten wird.

Nur die notwendigsten Erklärungen wurden abgegeben, – glücklicherweise war Monk der Mann, um sich mit aller wünschenswerten Kürze und Deutlichkeit auszudrücken – und dann beschloss man, dem „Museum" im Garten zuzusteuern. Der alte Frik steckte einen gewaltigen Schlüsselbund zu sich, der auf dem Tisch neben seinem Rollstuhl lag. Der Diener, der erschienen war, um seinen Herrn zu fahren, wurde zu seiner großen Verwunderung fortgeschickt. Es bedurfte jetzt keiner weiteren Augen als der unsrigen. Indem sich Frik auf

Monks und meinen Arm stützte, setzte sich der Zug in Bewegung.

Mit eigentümlichen Gefühlen betraten ich und Klara den Schauplatz jener Begebenheiten, die seit mehreren Tagen unsere Gedanken vollständig in Anspruch genommen hatten. Dass Monk und der alte Frik ebenso bewegt waren, daran zweifle ich nicht, wenn auch ihre Gefühle ganz anderer Art waren.

Wir betraten den Pavillon im Garten und schritten durch das Museum. Es sei unverändert, wie vor sechs Jahren, sagten Frik und Monk.

Der Alte suchte einen Schlüssel hervor und öffnete die Türe zu dem feuerfesten Raume.

Wie nach stillschweigender Übereinkunft stellte Klara sich vor den Schrank an der gleichen Wand – er war ebenfalls von dem Alten geöffnet worden und unter anderen Gegenständen glänzte uns dort die schwarze Schildkröte entgegen – während wir anderen in den Raum hineingingen und die Türe hinter uns beinahe zuzogen. Ganz richtig! Durch den Spalt fiel unser Blick unwillkürlich auf den großen Spiegel gegenüber und in demselben sahen wir das Bild des Schrankes mit seinen Regalen, das Gesimse über demselben mit dem kleinen Elefanten, mit der Venus von Milo – und Klaras Gestalt mit gegen uns gekehrtem Rücken.

Der alte Frik stieß einen lauten Ruf der Überraschung aus. „Bei Gott!", sagte er. „Es ist so, wie Monk angibt! Der Elende muss hier drinnen gestanden und sie fotografiert haben!"

Auch Klara musste sich überzeugen, sie trat in den Raum, während ich ihren Platz einnahm.

Aber nun entriss uns Monk weiteren Betrachtungen.

„Haben Sie in dem feuerfesten Raum etwas vermisst, Herr Frik?", fragte er. „Der Engländer muss doch irgendeine Absicht gehabt haben, als er sich den Schlüssel verschaffte, um hier einzudringen."

„Nein", antwortete Frik, nachdem er sich eine Weile bedacht hatte. „Hier drinnen wurden bloß Dokumente und Papiere aufbewahrt, die nur für mich Wert haben. Das Bargeld legte ich immer in den eisernen Schrank in meinem Geschäftszimmer."

„Hier befinden sich ja zwei eiserne Schränke", sagte Monk.

„Ja", antwortete Frik. „In diesem größeren Schrank bewahre ich alte Familienpapiere und ähnliches auf, die übrigens keinen Wert haben. In dem kleinen dort – es ist ja nicht viel mehr als ein eiserner Schrein mit einem ungewöhnlich künstlichen Schloss – liegt mein Testament und das Verzeichnis über mein Vermögen."

Der große Schrank wurde beim Scheine einer aus dem Museum herübergebrachten Lampe geöffnet. Der Schrank und sein Inhalt wurden genau untersucht. Aber es war nichts Ungewöhnliches zu entdecken.

„Nun kommt der Schrein an die Reihe", sagte Monk. „Willst Du mir helfen, Fredrik, ihn ins Museum hinaus zu bringen?"

Obschon der ganze Apparat nicht mehr als sechzehn bis zwanzig Zoll im Geviert maß, war er doch so massiv, dass es unserer vereinten Kräfte bedurfte, um ihn in das helle Zimmer zu schaffen. Der Schrein, eine schöne Stahlarbeit, war mit Arabesken auf den vier Seitenflächen und dem Deckel verziert.

Der alte Frik brachte einen eigentümlich geformten Schlüssel zum Vorschein. Monk hielt seinen Arm zurück.

„Warten Sie ein wenig, Herr Frik. Wann wurde dieser Schrein zum letzten Mal geöffnet?"

„Vor sechs Jahren", sagte Frik zögernd. „Ich änderte damals mein Testament ab. Gott sei Dank, dass ich es noch einmal ändern kann!"

„Kannte Mr. Howell das Testament?"

„Gewiss. Ich machte ihn ja zum Alleinerben von allem, was nicht für Stiftungen, Legate usw. bestimmt war. Es ist ungefähr eine halbe Million. Ich hatte es zuerst zu gleichen Teilen für Sigrid, Einar und ihn bestimmt gehabt. Aber dann – – dann, nun, ich brauche mich wohl nicht weiter zu erklären, kam die verwünschte Geschichte dazwischen und so strich ich Sigrids und Einars Namen."

„Und Howell wusste, wo Sie das Testament aufbewahrten?"

„Ja, ich las es ihm ein paar Tage vorher, ehe er verreiste, hier im Museum vor und legte es in seiner Gegenwart in den Schrein."

Monk unterwarf den Behälter jetzt von allen Seiten einer genauen Untersuchung. Es dauerte einige Zeit, bis er antwortete:

„Es ist, wie ich vermutete", rief er. „Seht hier!"

Wir alle bückten uns, um besser zu sehen. Monk hatte den Schrein umgekehrt, sodass die Seite, welche drinnen im Raum gegen die Wand gekehrt gewesen war, nun zum Vorschein kam. Man sah auf derselben eine Menge kunstfertig verschlungener Kreise in den Stahl eingraviert. Mit dem Federmesser entfernte Monk den Rost und Schmutz aus einem dieser Kreise, der etwa 5–6 Zoll im Umfang zählen konnte. Es zeigte sich nun eine Menge kleiner, runder Flecke. Monk nahm eine Stecknadel, setzte die Spitze gegen einen der Flecke, drückte darauf und die Nadel drang zu unserer großen Verwunderung in den Stahl ein.

„Ist kein Hammer vorhanden?", rief Monk. Indem er sich umblickte, gewahrte er eine alte Axt aus der Bronzezeit. „Die tut es wohl auch", meinte er.

Ein kräftiger Schlag auf die Mitte des Kreises – und zu unserer grenzenlosen Überraschung verschwand die runde Stahlscheibe im Schrein.

„Zum Henker, da soll doch!", schrie der alte Frik. „Aber wie in aller Welt – –?"

„Das ist einfach genug, aber doch eine tüchtige Arbeit", antwortete Monk trocken. „Mr. Howell konnte mit dem Schloss nichts anfangen, er bohrte also viele kleine Löcher in den Kreis und sägte nachher mit einer Uhrfeder die Zwischenräume durch. Er ist ein fleißiger Handwerker gewesen, das lässt sich nicht leugnen. Als er mit dem Inhalt seinen Zweck erreicht hatte, setzte er das Stück wieder an seinen Platz, kittete die Löcher zu und schmierte Rost und Schmutz darüber – echte Spitzbubenarbeit!"

„Dann hat er wohl gar die Obligationen gestohlen!", rief der alte Frik, drängte sich vorwärts und streckte seine große Hand durch das Loch in den Schrank. „Nein, hier sind wenigstens die beiden Umschläge!"

Es gelang ihm, wenn auch mit einiger Mühe, die beiden Pakete herauszuholen. Das eine war sehr dick, das andere etwas dünner.

„Nein, hier ist das Testament", atmete er erleichtert und zeigte auf das dünne Paket, „und hier sind die Obligationen. Die Siegel beider sind nicht erbrochen."

„Das Siegel ist leicht zu brechen und wieder in Ordnung zu bringen", antwortete Monk. „Aber antworten

Sie mir auf eine Frage, ehe wir die Pakete näher untersuchen. Hat außer Mr. Howell noch jemand das Testament und das Verzeichnis über Ihr Vermögen gesehen?"

„Nein", erklärte der alte Frik mit Entschiedenheit. „Weil ich mit den Notaren, diesen Zwiespaltstiftern, nichts zu tun haben will, ging ich zum Stadtvogt und bewog ihn, die Formularien für mich aufzusetzen. Dann schrieb ich das Testament selber. Und das wusste ja auch Howell, hol' ihn der Teufel! – – Dass ein solcher Vater einen derartigen Sohn haben kann!", fuhr er in einem veränderten Tone fort.

„Nun wollen wir die Pakete öffnen", sagte Monk. „Wir werden wohl noch weitere Spuren der Finger des sauberen Mr. Howell sehen."

Das kleine Paket wurde also aufgemacht. Wir bogen uns alle über das Testament. Es war den gesetzlichen Formen entsprechend aufgesetzt und lautete kurz dahin, dass Frik seine Raritäten-Sammlungen dem Staate, sein bewegliches Eigentum – das bare Geld, die Bankaktien usw. Mr. Reginald Howell, das feste Vermögen, die Pfandobligationen, Hypotheken u. dgl. der Universität, der wissenschaftlichen Gesellschaft, zu Legaten usw. testiere.

Alles war bis ins einzelne geregelt. Die Summen waren entweder gleich genau oder mit Hinweis auf ein beigelegtes Verzeichnis in diesem angegeben.

„Nein, hier ist wirklich alles in Ordnung", sagte Frik. „Das Testament lautet gerade so, wie ich es selber geschrieben habe. Der Kutscher und der Gärtner haben als Zeugen unterschrieben. Ich schenkte einem jeden 5000 Kronen in bar, damit ich ihnen kein Legat auszusetzen brauchte."

„Sind Sie ganz sicher, Herr Frik?" Monk beugte sich über das Papier. „Hier ist eine Zahl, die ausradiert worden zu sein scheint."

„Wollen sehen! Ja, beim Henker, was ist denn das? – Mein festes Eigentum, Hypotheken und Obligationen usw.", las der Alte, „die laut Verzeichnis sich auf ca. 1000000 Kronen Wert belaufen – bei Gott, ich besitze doch eher 1900000, das heißt fast die Hälfte mehr und das habe ich auch geschrieben –"

„Sieh da! Wir kommen wohl nach und nach der Sache auf die Spur", sagte Monk mit seinem launigsten Lächeln. Ich hatte ihn lange nicht mehr in so gutem Humor gesehen. Er glich einem Fisch, der lange auf dem Trockenen gelegen hat, aber endlich wieder in sein Element gekommen ist und sich nun munter zwischen den dunkelsten Seepflanzen herumtummelt.

„Aber ich verstehe nicht", brummte der alte Frik. „Welches Vergnügen konnte der Schuft davon haben, mich ärmer zu bezeichnen als ich bin? Er erhält ja die 900000 doch nicht, die er ausradiert hat!"

„Wir wollen einmal das Verzeichnis und die Obligationen prüfen", antwortete Monk gleichlaunig. „Wir erlangen dann wohl Aufschluss."

Der zweite Umschlag wurde geöffnet.

Ich las das Verzeichnis vor, während der Alte die Obligationen und Urkunden öffnete:

„Nr. 177 b an der Drammensstraße, Urkunde."

„Ja, hier ist sie."

„Karl Johannesgade 77, Urkunde."

„Ja, alles in Ordnung."

„Pfandobligation im Wert von Kr. 27000 auf das Gut Hoff in Hedemarken; protokolliert usw."

„Ja hier ist sie", – – und so weiter.

„Eine lange Lektion das", sagte ich, „endlich ist sie zu Ende."

„Zu Ende?", schrie der Alte. „Nein, zum Henker, sie ist noch nicht zu Ende. Die Rosine kommt am Ende der Wurst, und es ist auch eine schöne Rosine!"

„Was meinen Sie denn? Das Verzeichnis enthält nichts weiter."

Der alte Frik suchte in dem leeren Umschlag nach:

„Und hier ist auch nichts mehr! Er hat die Obligation auf Ashton-Abbey gestohlen und – –" Der Alte riss das Verzeichnis aus meiner Hand – „sehen Sie hier, hat er nicht den unteren Teil des Verzeichnisses abgeschnitten, sodass die letzte Nummer fehlt? Aber ich verstehe wahrlich noch immer nicht, welchen Vorteil er von dieser Obligation haben kann."

„Ich auch nicht", fügte ich hinzu. „Pfandobligationen sind keine auf den Inhaber lautenden Papiere, die dieser nach Belieben zu Geld machen kann. Herr Frik braucht ja nur nach England zu schreiben, um eine neue Abschrift aus dem Pfandregister zu erhalten."

„Monk weiß gut, was das alles zu bedeuten hat!", rief Klara. „Er will uns nur neugierig machen. Hätte ich gewusst, dass Sie so bald Ihre überlegene Detektivmiene zeigen würden, dann würde ich Ihnen gewiss nicht so schnell mit der Fotografie geholfen haben, dessen können Sie sicher sein."

Sie blickte Monk mit komischer Erbitterung an, der nur wohlgefällig lächelte:

„Ich gebe zu, dass mir in diesem Augenblick alles klar ist. Aber der letzte Knoten löste sich erst vor einem Augenblick. Sagen Sie mir, Herr Frik, von welcher Obligation ist hier die Rede und welchen Wert hatte sie?"

„Erinnern Sie sich nicht mehr", antwortete Frik eifrig, „dass ich Ihnen einmal von einem alten Schurken –

Davis hieß er – erzählte? Und wie es mir schließlich gelang, seiner Meister zu werden, sodass er mir mein Eigentum zurückbezahlen musste, das er mir gestohlen hatte."

„Jawohl, ich erinnere mich."

„Ja, ich auch."

„Und ich ebenfalls."

Der alte Frik blickte mich und Klara verwundert an.

„Ich habe ihnen schon früher alles erzählt", fiel Monk ein. „Lassen Sie uns mehr von Mr. Davis hören."

„Nun, ich kann Ihnen nichts weiter sagen. Er sollte mir 50000 Pfund bezahlen. Aber er hatte zu wenig bares Geld, weil er das meiste in ein großes Gut gesteckt hatte, und so nahm ich dafür eine Pfandobligation erster Priorität auf das Gut. Sie war für mich gerade so gut wie bares Geld, denn das Gut ist das doppelte und mehr wert. Dies ist die Obligation, welche gestohlen und aus dem Verzeichnis gestrichen ist."

„Dann passt gerade die Zahl 1000000 an Stelle der 1900000 Kronen", sagte Monk. „50000 Pfund sind ja gerade 900000 Kronen."

„Ja, das ist wahr. Aber der Dieb kommt deshalb nicht weiter. Wie Herr Viller sagt, kann die Obligation nicht ohne meine Bescheinigung verkauft werden."

„Wusste jemand darum, dass Sie im Besitz dieser Pfandobligation waren?", fragte Monk.

„Nein, niemand hier im Lande."

„Niemand außer Mr. Howell", war Monks trockene Antwort. „Aber hören Sie, meine Freunde! Ich will ihnen eine Frage vorlegen – ich bitte um Entschuldigung, zuerst müssen Sie, Herr Frik, mir noch einmal antworten: Wenn heute nicht all dieses geschehen wäre, was glauben Sie, würden Sie diese Pakete jemals geöffnet haben?"

„Nein", erklärte der alte Frik bestimmt. „Wenn meine letzte Stunde gekommen wäre, so hätte ich vielleicht den Schrein öffnen und nachsehen lassen, ob die Schriftpakete vorhanden und die Siegel in Ordnung wären, weiter nichts. Ich hätte ja gewusst oder zu wissen geglaubt, dass alles in Ordnung wäre."

„Gut. Nun werde ich Euch andere ebenfalls fragen: Wenn Herr Frik gestorben wäre, ohne die Fälschung entdeckt zu haben, die hier begangen worden ist, so würde niemand etwas von dem Vorhandensein der Obligation gewusst haben und der Besitzer von Ashton-Abbey hätte seine Zinsen nicht mehr zu zahlen gebraucht. Würden nicht Davis oder seine Erben auf diese Weise eine reine Einnahme von etwa 2500 Pfund jährlich erzielt haben?"

„Wahrhaftig, das würden sie", schrie der alte Frik. „Aber weshalb der junge Mr. Howell Davis zu 50000 im Jahr verhelfen sollte, das begreife ich nicht. Dass er ein so großer Halunke ist, obschon sein Vater der beste Mann unter der Sonne war, das verstehe ich jetzt. Aber dumm ist er dennoch nicht."

„Gleichwohl artet er seinem Vater nach – –"

„Halt!", rief ich, „nun kann ich es auch sagen – Ashton

– Hall – – Ashton – Abbey – ich verstehe alles. Der junge Howell ist eben der Sohn des alten Davis!"

„Ja, das ist auch meine Ansicht", antwortete Monk, gar nicht beleidigt darüber, dass ich ihm in der Enthüllung zuvorkam. „Er muss mit dem jungen Mr. Howell aus Australien herübergereist sein. Alle müssen dabei das Leben verloren haben, außer dem jungen Davis. Dabei hat er sich der Papiere des jungen Howell bemächtigt und später seine Rolle in der alten Welt gespielt. Ich denke, das erklärt alles!"

„Ja, er ist der Sohn des alten Davis, das kann nicht falsch sein", rief der alte Frik aufgeräumt. „Das ist, der Henker hol's, die beste Entdeckung von Ihnen, somit wird mir der Kummer darüber erspart, dass mein alter Freund einen solchen Sohn haben sollte. Aber was sagten Sie da von Ashton-Hall? Das ist das Nachbargut von Ashton-Abbey. Früher bildeten beide ein einziges Gut."

„Monk hat uns bereits erzählt, dass seine Agenten ihm die Nachricht gebracht hätten, Mr. Howell – oder besser gesagt, Davis junior – halte sich viel auf diesem Gute auf. Das geschieht natürlich, um mit seinem würdigen Urheber, dem alten Davis, sich zu besprechen. – Das hat Dich wohl auf die Spur gebracht, Monk?"

„Jawohl!"

Sechzehntes Kapitel.
Die Jacht „Deerhound".

Monk hielt Wort. Am Freitag reiste er nach Amerika. Aber unsere Hoffnung, dass er bald zurückkehren werde, ging nicht in Erfüllung.

Als er in New York anlangte, fand er Sigrid schwer krank darniederliegen. Kummer und Überanstrengung bei der Pflege ihres Bruders hatten sie aufs Krankenlager geworfen. Ich glaube, dass nur Monks Telegramm, das wir gleich nach der von uns an der Fotografie gemachten Entdeckung an sie abgesandt hatten, ihr Leben rettete.

Indessen war sie bei Monks Ankunft, wenn auch im Zustande der Besserung, dennoch äußerst schwach.

Erst einen Monat später konnten die beiden sich heiraten, aber an die Rückreise über den Atlantischen Ozean war nicht zu denken, solange die Winterstürme tobten.

Endlich erhielten wir Anfang Mai die Nachricht, dass sich das junge Paar eingeschifft habe. Vierzehn Tage später empfingen wir sie in Christiania.

Es war eine außerordentlich schöne Dame, die ich an Monks Arm auf dem Deck des Dampfschiffes sah, und außerordentlich glücklich sah sie aus, wenn auch Trauer und Kummer ihrem Gesicht einen ernsten Ausdruck verliehen hatten.

Klara sprang an Bord, noch ehe der Landungssteg ordentlich gelegt war, und schloss Monks Frau in ihre Arme, was den beiden als die natürlichste Sache von der Welt erschien, ungeachtet sie einander früher noch nie gesehen hatten.

Der alte Frik humpelte unruhig auf der Brücke wie ein großer Hund umher, der etwas Unrechtes getan hat und nicht recht weiß, ob ihm vergeben worden ist oder nicht. Er konnte auch kein Wort hervorbringen, als die Nichte ihre Arme um seinen Hals legte und seine weißen Haare mit Freudentränen benetzte. Aber seine Beredsamkeit war desto größer, als wir uns am Abend auf „Villa Ballarat" versammelten, wo die Neuvermählten vorläufig wohnen sollten.

*

Es mochte wohl eine Woche nach der Heimkehr Monks sein, als dieser bei mir erschien. Sein Gesicht war ernster als sonst in dieser Zeit.

„Ich habe noch eine Pflicht zu erfüllen im Dienst der schwarzen Schildkröte", sagte er. „Du wirst mich wohl morgen nach Stavanger begleiten? Ich hoffe dort Mr. Howell oder eigentlich Mr. Davis junior zu treffen."

„Monk! Monk!" Ich drohte ihm. „Ist der Detektiv wieder obenauf? Willst Du Deine Frau schon jetzt verlassen?"

Monk errötete leicht.

„Nein, diesmal ist es nicht der Detektiv. Aber es ist meine Pflicht gegenüber der Gerechtigkeit und meiner Frau, die Diamantengeschichte gründlich zu erforschen. Bedenke, dass mehr als die Hälfte dessen, was wir entdeckt zu haben glauben, nur die Folge von Vermutungen und Kombinationen ist."

„Du hast recht, ich werde Dich begleiten. Darf ich fragen, wie Du die Sache mit dem Engländer anpacken willst? Es sind wohl nicht so viele Beweise vorhanden, dass Du einen Verhaftsbefehl gegen ihn erlangen kannst."

„Nein, das befürchte ich und habe daher meine Pläne noch nicht recht fertig. Aber ich glaube, dass wir uns jedenfalls begnügen müssen, ihn zu einem vollständigen Beweis für Sigrids Unschuld an dem Diebstahl zu zwingen, indem wir ihm dafür weitere Unannehmlichkeiten ersparen. Es ist hart, denn Sigrid ist noch sehr nervös und schaudert bei dem bloßen Gedanken, noch einmal vor Gericht erscheinen zu müssen."

„Gut, so reisen wir morgen Abend mit dem Westlandsboot. Ich werde bereit sein. Aber weißt Du sicher, dass Du ihn dort triffst?"

„Ja, mein Agent in London schreibt, dass er mit seiner Jacht „Deerhound" bereits von England abgefahren ist, um in den Ryfylkefjorden Lachse zu fischen. In Stavanger will er eine Gesellschaft abwarten, die mit dem regelmäßig fahrenden Dampfer dort anlangen wird."

*

Eines Morgens zu Beginn des Monats Juni glitt das Dampfschiff in den Hafen von Stavanger. Wir hatten auf dem ganzen Wege Regen und Südwind gehabt. Die Nachtfahrt am Jaederen entlang war alles eher als angenehm gewesen, wenn auch weder Monk noch ich von der Seekrankheit geplagt waren.

Aber in der Frühe sprang der Wind gegen Norden um und jagte Regen, Nebel und Wolken vor sich her in die Nordsee hinab. Die Sonne beschien eine Menge gekräuselter, kleiner Wellen, die lustig um die buntbemalten Jachten und Schiffsschuppen plätscherten.

Die breite Landzunge, welche den Byfjord vom Meer im Westen trennt, lag so grün da, dass ein Maler vor zwanzig Jahren kein solches Grün hätte malen dürfen, während ostwärts, dem breiten Fjord gegenüber, bläuliche Berge ihre schneebedeckten Gipfel durch die Nebelwolken emporstreckten, die sich festklammerten, um nicht vom Winde entführt zu werden.

Unter den Schiffen im Hafen befanden sich zwei, die unsern Blick fesselten. Das eine war ein schöner englischer Kutter. Die blaue Flagge wehte von seinem Hinterteil. Es hatte nur einen Mast, obschon es seine fünfzig Tonnen messen mochte. Aber der hohe Untermast und der schwere Baum verrieten, dass es an diesem einen Mast ein Segel führte, dessen größte Schote nicht leicht zu holen war, wenn der Wind dagegen drückte. Es schien auch eine ziemlich zahlreiche Bemannung zu haben im Verhältnis zu seiner Größe, denn man sah an Bord sechs bis acht Mannu eifrig beschäftigt, die nassen Segel zum Trocknen aufzuhissen.

Das andere war ein langer, hellgrauer Rumpf mit scharfen Linien und einem gewaltigen, hellgelben Schornstein. Die norwegische Orlogsflagge wehte am Hinterteil und am Bug las man den Namen „Wiking".

„Das Glück ist uns günstig!", rief Monk. „Da haben wir das Kanonenboot „Wiking". Der Chef an Bord desselben ist Kapitän Holst. Du kennst ihn ja – Tryve Holst?"

„Ja, ich kenne ihn. Aber was soll das helfen? Du wirst ihn doch nicht veranlassen wollen, den Engländer in den Grund zu schießen?"

„Das gerade nicht. Aber nichtsdestoweniger wird er uns nützen können."

Monk hatte wieder die Leitung übernommen. Ich hatte mich in meine bescheidene Rolle als Historiograph vertieft und ließ ihn gewähren.

Unsere erste Handlung nach dem Verlassen des Dampfschiffes bestand darin, einen Besuch auf dem Kanonenboot abzustatten und die Offiziere zu begrüßen.

Monk ging mit dem Chef in dessen Kajüte, wo sie sich eine Viertelstunde aufhielten.

Ich wusste, dass sie von früher her gute Freunde waren, und konnte wohl begreifen, dass Monk den Freund unter vier Augen darüber aufklären wollte, welche neue Wendung sein Schicksal genommen hatte.

Darauf gingen wir ans Land und besahen uns mit Muße die Domkirche und den unvermeidlichen Feuerwachtturm.

„Wollen wir nicht Mr. Howell besuchen?", fragte ich.

„Ja, aber nicht vor zwölf Uhr", war Monks Antwort.

„Weshalb nicht?"

„Hast Du denn keine Vorliebe für spannende Auftritte?"

„Doch, aber –"

„Dann frage lieber nicht mehr, vielleicht kannst Du etwas Derartiges erleben."

Endlich war es zwölf Uhr. Ein einäugiger, verwitterter, alter Flößer ruderte uns hinaus nach der Jacht.

Hinten auf Deck stand ein großer, schöner Mann mit einem gewaltigen, schwarzen Schnurrbart.

Monk stieg zuerst an Bord und schritt sofort auf den Eigentümer der Jacht zu – denn er war es. Ich folgte nach.

Mr. Howell schien von diesem Besuch nicht sehr angenehm berührt. Er trat unwillkürlich mehrere Schritte zurück und sein Gesicht verfinsterte sich, doch nur für einen Augenblick. In der nächsten Sekunde lächelte er und rief in gutem Norwegisch:

„Welche Überraschung! Darf ich Sie endlich nach so vielen Jahren wiedersehen, Mr. Monk?"

„Ja, es gibt viele Überraschungen auf der Welt, Mr. Howell", war Monks trockene Antwort, indem er die Hand nicht zu sehen schien, die ihm der Engländer entgegenstreckte. „Darf ich Ihnen meinen Freund, Ingenieur Fredrik Viller, vorstellen, Mr. Howell?"

Der Engländer machte eine steife Verbeugung und warf mir einen forschenden Blick zu. „Ingenieur?", wiederholte er fragend, in Gedanken aber fragte er sich vielleicht: „Wohl nicht etwa Polizeibeamter?"

„Ja, Ingenieur. Hier in Norwegen sind wir alle etwas, nicht bloß Gentleman."

Dem Engländer schienen die Scherze Monks nicht zu gefallen. Er runzelte im Gegenteil die Stirne und antwortete nicht.

„Wir möchten einige Worte mit Ihnen sprechen", sagte Monk ruhig. „Ist es Ihnen gelegen, uns in Ihre Kajüte hinabzuführen?" – Er warf einen bedeutungsvollen Blick auf ein paar in der Nähe beschäftigte Matrosen.

Der Engländer schien sich einen Augenblick zu bedenken, dann sah er auf die See hinaus und in die Takelage der Jacht hinauf. Jetzt ergriff er eine kleine silberne Pfeife und setzte sie an den Mund. Ein Mann, der einem Hofmeister oder Diener glich, zeigte sich.

„Führe diese Herren hinab in die Kajüte. Ich werde gleich kommen. Ich habe nur noch dem Schiffer ein paar Befehle zu geben. Er soll nach dem englischen Dampfer Auslug halten und meine Reisegesellschaft dort an Bord abholen lassen."

Es schien mir etwas Gezwungenes und Sonderbares in dem Wesen des Mannes zu liegen. Ich richtete einen fragenden Blick auf Monk. Da aber mein Freund völlig sorglos zu sein schien, so blieb mir nichts anderes übrig, als mit ihm und dem Diener hinabzugehen.

Wir schritten zuerst durch einen Gang mit zwei Verschlagen auf jeder Seite, darauf durch einen kleinen Salon, der die ganze Schiffsbreite einnahm, und zuletzt in eine kleine Kajüte mit einem Verschlag auf jeder Seite. Der Raum wurde durch ein mattes Oberlicht im Deck des Schiffes beleuchtet.

Es war augenscheinlich die Kajüte des Eigentümers. Die Größe des Schiffes gestattete ihr keinen besonders großen Rauminhalt. Aber die Kajüte war sehr nett ausgestattet und gewährte Sitzplätze für vier bis fünf Personen.

Der Eigentümer der Jacht kam sogleich herab. Sein Gesicht war freundlich. Lächelnd sagte er:

„Wünschen Sie etwas zu trinken, Gentlemen? Soll mein Diener vielleicht einen Cocktail bereiten – ich versichere Ihnen, er ist ein Meister in dieser Kunst – oder ziehen Sie ein Glas Champagner in Eis vor?"

Wir lehnten jede Erfrischung ab, was der Engländer mit einem resignierten Lächeln aufnahm.

„Wir werden Sie nicht lange aufhalten", sagte Monk und blickte dem Engländer fest ins Gesicht. „Es wird jedenfalls von Ihnen abhängen, ob die Unterhaltung lange oder kurz dauern wird."

„Sind Sie vielleicht gekommen, um mir Grüße von dem alten, lieben Frik, seiner reizenden Nichte oder dem munteren Einar zu überbringen?"

„Ja, ich bin gekommen, um Sie von allen diesen Personen zu grüßen; aber – –"

„Nehmen Sie sich eine Zigarre!" Der Engländer erhob sich, ergriff ein Kistchen auf einem Regal und reichte es uns hin. „Nicht einmal eine Zigarre? Dann erlauben Sie wohl, dass ich mir selber eine anzünde. Was glaubt Ihr wohl, Ihr Norweger, die Ihr Euch so gut auf das norwegische Wetter versteht, werden wir in nächster Zeit guten Wind haben? Ich und mein Gefolge haben die Absicht, in die Ryfylkefjorde zu fahren, und ..."

„Es ist Ihr eigener Schaden, wenn Sie sich verzögern", sagte Monk und seine Stimme war scharf und drohend. „Hören Sie lieber an, was ich Ihnen zu sagen habe, und antworten Sie schnell, es ist am besten für Sie selber."

„Sind Sie hier an Bord gekommen, um mir zu drohen? Sie sind gewiss ein Gentleman, Mr. Viller, sagen Sie doch Ihrem Freund, dass er nicht gegen einen Engländer an Bord seines eigenen Schiffes unangenehm werden soll!"

Klüglich überließ ich es Monk, sich selber zu verteidigen, und sah den Mann nur verächtlich an. Der Gedanke an das, was er getan hatte, reizte mich zum Zorn. Am liebsten hätte ich ihn beim Halse erfasst und ihm eine gute Tracht Prügel verabreicht.

„Sie entschlüpfen uns nicht, Mr. Howell", fuhr Monk unbeirrt fort. „Wir sind gekommen, um eine Rechnung mit Ihnen abzuschließen, und wir gehen nicht von hier fort, bis dieses getan ist."

Ein eigentümliches Lächeln fuhr bei den letzten Worten Monks über Mr. Howells Gesicht.

„Fahren Sie fort", sagte er. „Ich muss jedenfalls wissen, um was es sich handelt. Ich glaube nicht, dass ich etwas mit dem Privatdetektiv Monk zu schaffen habe. Denn Sie sind ja nicht mehr im Dienste der Polizei, ist es nicht so?"

„Was ich bin oder nicht bin, gehört nicht zur Sache. – Sie erinnern sich wohl an den Diamantendiebstahl bei dem alten Frik in Christiania vor sechs Jahren? – Gut! Durch einen schändlichen Betrug gelang es damals, den Verdacht auf Fräulein Frik zu wälzen – sie ist jetzt meine Frau – –"

Der Engländer unterbrach ihn mit einem gedehnten Pfeifen. Die Röte stieg in Monks Angesicht und einen Augenblick glaubte ich, dass er sich auf den Schurken werfen werde. Aber er fuhr ruhig fort:

„Nein, Sie brauchen nicht in der Tischschublade nach Ihrem Revolver zu tasten. Ich bin nicht so dumm, dass ich Ihnen Gelegenheit geben werde, mich aus Notwehr zu erschießen! Das würde Ihnen allzu gut in den Kram passen."

Der Engländer stieß einen abscheulichen Fluch aus und wir hörten einen schweren Gegenstand in die Schublade zurückfallen.

„Fahren Sie noch eine Weile fort", schrie er. „Aber ich werde Sie lehren, was es kostet, mich an Bord meiner eigenen Jacht zu beleidigen – hören Sie? Fahren Sie fort!"

Ich gewann den Eindruck, als ob sein lärmender Zorn zum guten Teil erkünstelt wäre. Während Monk weiter erzählte, schien jener auf etwas ganz anderes zu horchen.

„Wir verlangen von Ihnen", sagte Monk, „dass Sie einen vollständigen Bericht über den Betrug abgeben, der bei dieser Gelegenheit verübt wurde, und dass Sie uns in Stand setzen, die Unschuld meiner Frau zu beweisen."

„Ja, ich werde Ihnen vollständig Bescheid geben, darauf können Sie Gift nehmen, Sie elender Polizeispion, der versuchen will, einen Gentleman zu belästigen! Oder wünschen Sie noch etwas mehr? Sie haben mir noch nicht gesagt, wie groß die Geldsumme ist, die Sie von mir zu erpressen gedenken!"

Er stand auf und schlug auf den Tisch, dass die Zigarrenkasten und Aschenbecher tanzten.

„Weshalb dieser Lärm?"

„Lärm? Darf ich vielleicht hier an Bord nicht machen, was ich will? Warten Sie ein wenig, dann werden Sie etwas sehen, das Sie in dieser Hinsicht vielleicht ein bisschen überraschen wird."

Der Engländer brach in ein triumphierendes Gelächter aus.

Ich erhob mich ebenfalls. Ein Verdacht stieg in mir auf – der Verdacht, dass unser Wirt, wenn ich ihn so nennen darf, Böses gegen uns im Schilde führte. Ich hatte schon lange verspürt, dass das Fahrzeug sich bewegte. Zuerst schrieb ich dieses den kleinen Wellen der See zu, welche von den vorbeieilenden Dampfbooten in Bewegung gesetzt wurden. Aber in den letzten Minuten überzeugte ich mich davon, dass die Jacht gleichmäßig und stetig sich nach der einen Seite hinüber neigte, und als der Engländer und ich uns erhoben, hörte man deutlich das rieselnde Geräusch von Wasser, wenn es von einem sich bewegenden Schiffe zur Seite gedrängt wird, das Schiff aber neigte sich noch mehr auf die Seite.

„Was glaubt Ihr nun, meine Herren?" – Der Engländer riss die Türe zu dem Verschlag an Steuerbord auf, öffnete das Ventil auf der Schiffsseite und zeigte hinaus.

Es war, wie ich geahnt hatte. Die Jacht hatte gelichtet und segelte aus dem Hafen hinaus und ostwärts zwischen den Inseln hindurch, da der Wind keinen nördlichen Kurs gestattete. Wir waren beinahe schon eine Viertelmeile vom Ankerplatz entfernt.

„Bei der nächsten Kreuzung fahren wir an Tungenaes vorüber", fuhr Mr. Howell fort, „und da wisst Ihr selber, wie weit es ist bis zum Meere!"

Ich sah Monk an und unwillkürlich klopfte mein Herz etwas rascher als sonst. Aber Monk lächelte in einer Weise, die mir deutlich sagte, dass er nichts anderes erwartet hatte.

Ein fürchterliches, durchdringendes Gebrüll zerriss jetzt die Luft und drang gleichsam durch das offene Ventil in die Kajüte herein. Monk nickte dem Engländer freundlich zu:

„Was war das, was glauben Sie?"

„Es war das graue Kanonenboot, das seine Dampfsirene versuchte. Aber ich verspreche, dass wir nicht lange durch dieses verdammte Gebrüll belästigt werden sollen. Der Wind frischt auf!"

Der Engländer warf sich behaglich in einen Stuhl.

„Das geht nicht länger an, Mr. Howell", sagte Monk und diesmal war seine Stimme wieder scharf und ernst. „Ich ahnte, dass Sie versuchen würden, uns diesen Streich zu spielen und Ihre Lage zu verschlimmern, deshalb erlaubte ich mir – –"

„Was in des Teufels Namen – –"

„Schweigen Sie stille und hören Sie mich an! Es ist Zeit, dass wir uns mit dem ernsten Teil unseres Geschäftes befassen! Das Gebrüll, das wir hörten, stammte ganz richtig von dem Kanonenboot her, es war ein Signal, welches für mich bedeutet, dass es in diesem Moment lichtet und den gleichen Kurs nimmt wie diese Jacht. Sobald es an unserer Seite ist, wird es Sie mit Güte oder Gewalt zwingen, in den Hafen von Stavanger zurückzukehren. Mit diesem Wind macht die Jacht 5–6 Knoten, das Kanonenboot aber 16, sodass Sie selber ausrechnen können, wie lange es dauern wird, bis wir es neben uns haben."

Es war ein Genuss, das Gesicht des Engländers bei Monks Worten zu betrachten. Es wurde ganz grünbleich vor Wut und Enttäuschung. Aber noch versuchte er seine Stellung zu behaupten.

„Wollen Sie mir weiß machen, dass ein norwegisches Kriegsschiff es wagen darf, eine englische Jacht aufzuhalten, die nichts Ungesetzliches begangen hat? Es würde den Chef seine Stelle wenn nicht mehr kosten, das wissen Sie ebenso gut als ich."

„Heute Morgen um 9 Uhr war ich an Bord des Kanonenbootes", antwortete Monk ruhig, „und auf meine Vorstellungen hin gab der Chef Befehl zu heizen. Um 12 Uhr konnte das Schiff unter Dampf sein und auf diesen Zeitpunkt setzte ich den Besuch auf der Jacht fest. Ich unterrichtete den Chef davon, dass wir hier an Bord Geschäfte hätten, aber die Möglichkeit vorhanden wäre, dass man Gewalt gegen uns anwenden würde. Es wurde verabredet, dass wenn wir nicht binnen zwei Stunden die Jacht verlassen hätten, das Schiff ein Boot absenden solle, um uns hier an Bord abzuholen. Sollte aber die Jacht lichten, ohne dass wir sie verlassen hatten, so solle das Kanonenboot nachfahren und sie zur Rückkehr zwingen. – Glauben Sie, der Chef habe nötig, sich lange zu bedenken, die Jacht aufzuhalten, wenn er Zeuge davon ist, dass zwei norwegische Untertanen mit Gewalt auf ihr zurückgehalten werden? Geben Sie Befehl, zu wenden, und lassen Sie die Jacht wieder vor Anker gehen, dann wird sich das Kanonenboot ebenfalls ruhig verhalten. Einzig auf diese Weise können Sie Skandal vermeiden. Haben Sie mich verstanden?"

Der Engländer antwortete zuerst mit keinem Wort, aber sein Gesicht verzerrte sich unheimlich. Nach einer kurzen Pause riss er mit Heftigkeit am Glockenstrang, der über seinem Stuhle hing. Der Führer der Jacht kam mit seiner mit Goldschnüren besetzten Mütze in der Hand herein.

„Lassen Sie wenden und gehen Sie wieder vor Anker, wo wir früher gelegen haben, Kapitän Watkins. Diese Herren haben etwas vergessen. Wir verschieben die Fahrt bis morgen."

„Es ist gut, dass Sie Vernunft annehmen wollen, Mr. Howell. Sie haben aber durch diesen Versuch, meinen Freund und mich entführen zu wollen, Ihre Lage nur verschlimmert. Ich will offen gestehen, dass ich keinen Verhaftsbefehl gegen Sie habe. Allein dieser kleine Ausflug wird bewirken, dass weder der Chef des Kanonenbootes noch die Polizei des Ortes sich bedenken werden, Sie zurückzuhalten, bis ein solcher aus Christiania erhältlich ist."

„Was verlangen Sie von mir?"

„Ich habe es Ihnen schon gesagt: einen klaren und genauen Bericht über alles, was Sie hinsichtlich des vor sechs Jahren in Friks Hause stattgefundenen Diamantendiebstahls wissen."

Es trat wieder eine Pause von einigen Minuten ein. Da warf der Engländer die Zigarre unter einem Fluch auf den Boden: „Fragen Sie und ich werde antworten! Aber unter der Bedingung, dass Sie nichts gegen mich etwa deswegen unternehmen, weil ich mit der Sache zu tun gehabt habe."

„Es ist klug von Ihnen, diese Bedingung zu stellen. Sie haben das Gericht hinters Licht geführt und einen falschen Eid abgelegt. Es würde Sie viele Jahre Ihrer Freiheit kosten, wenn der Arm des Gesetzes Sie erreichte. Aber wir versprechen, dass von unserer Seite keine Anzeige gemacht werden soll, wenn Sie uns die Beweise dafür geben, dass damals Fräulein Frik nichts mit dem Diebstahl zu tun hatte."

„Gut, ich bin bereit. Fragen Sie, ich werde antworten!"

„Wen haben Sie im Museum vor dem Schranke mit dem Diamanten in der Hand fotografiert? – Ich meine damit die Fotografie, die Sie später den Händen des Gerichtes überlieferten."

„Es war das Kammermädchen – Eveline Reiersen."

„Und Sie haben gesehen, dass sie den Diamanten nahm und damit fortging?"

„Ja."

„Haben Sie diese Fotografie zufällig aufgenommen? Es ist ja wohl im Spiegel geschehen?"

„Ja, ich habe sie in einem Spiegel aufgenommen. Ich trat zufällig in das Museum. Eveline war so in die Betrachtung des Diamanten vertieft, dass sie meine Anwesenheit nicht bemerkte, bis ich sie fotografiert hatte. Ich sah ein, dass sie etwas Unrechtes tun wollte, und dachte, dass es nicht schaden könnte, wenn ich sie fotografierte."

„Weshalb wandten Sie sich gegen den Spiegel, statt das Bild direkt aufzunehmen? Sie standen doch hinter ihr?"

„Ja", – der Engländer heftete einen misstrauischen Blick auf Monks Gesicht, aber es war unbeweglich – „das tat ich, es war eine reine Grille, den Apparat nach dem Spiegel zu richten."

„Wie kamen Sie auf die teuflische Idee, die Fotografie gegen Fräulein Frik zu verwenden?"

„Teuflisch oder nicht teuflisch, sie hatte mich beleidigt – es kann gleichgültig sein weshalb – und ich rächte mich. –

Ich hatte vorher noch nie im Spiegel fotografiert und dann untersuchte ich das Bild mit einem Vergrößerungsglas."

„Jawohl, und so wurden Sie auf die Uhr, die rechte und linke Hand und so weiter aufmerksam?"

„Gerade das! Es fiel mir ein, dass dies für Fräulein Frik unangenehm werden könnte. Ich wartete nun, bis die Sache vor Gericht kam, und dann sandte ich ein Bild an den Verteidiger, das ihm sagte, wie er eine Freisprechung seiner Klientin erlangen könnte."

„Wie konnten Sie wissen, dass Fräulein Frik beim Pfandleiher gewesen war? – Heraus mit der Sprache! Je eher wir fertig werden, desto besser!"

„Nun, ich wusste, dass sich der junge Frik in Verlegenheiten befand – der Grünschnabel wollte mit mir und meinen Kameraden absolut hoch spielen – und dass er einen Wechsel im Betrag von 4000 Kronen mit der Unterschrift seines Onkels versehen hatte."

„Und Sie halfen ihm nicht? Das wäre ja für Sie ein leichtes gewesen."

„Das gehört nicht zur Sache. Je eher wir fertig werden, desto besser! So sagten Sie ja wohl vorhin? Nun gut, er schrieb von Hamburg aus an seine Schwester und bat sie dringend, die 4000 Kronen bei einem bekannten Bankier einzubezahlen. Deshalb suchte sie Geld auf ihre Schmucksachen aufzunehmen. Das ging nicht und so wandte sich der Bankier an den alten Frik, der ohne ein Wort zu sagen den Wechsel bezahlte. Er begriff sogleich, dass der Neffe den Wechsel mit seinem Namen unterschrieben hatte."

„Auf welche Weise wurden Ihnen alle diese Begebenheiten bekannt?"

„Ah, auch dies hat mit der Sache nichts zu tun. Es mag Ihnen genügen, dass ich meine Interessen zu wahren hatte und dass man immer Helfer findet, wenn man nur Geld hat."

„Sie hatten Verbindungen mit dem Kammermädchen Eveline. Wie hängt das zusammen?"

„Zur Hölle mit Ihren Fragen! Brauchen Sie mehr zu wissen? Nun, meinetwegen! Ich kannte ihr Verhältnis zu dem Schauspieler. Ich überraschte sie einmal im Garten der Villa Ballarat. Im Arrest erhielt sie einen Brief von mir, in welchem ich mein tiefes Mitgefühl mit ihrer Lage ausdrückte und ihr sagte, wenn sie leugnen und stillschweigen würde, so wollte ich für ihre Freisprechung und für ihre Heirat mit dem Schauspieler sorgen."

„Also um ihm Geld zu verschaffen, stahl sie den Diamanten?"

„Der Schauspieler hatte sie um ihre Ehre gebracht, weigerte sich aber, sie zu heiraten, es sei denn, dass sie sich Geld verschaffe, damit sie das Land verlassen könnten. Er betrog sie also zweimal."

„Er erhielt also die 5000 Kronen? Was machte er damit?"

„Er brachte sie vor seiner Verhaftung glücklich bei einem wohlwollenden Kameraden in Göteborg unter. Aber als er zum zweiten Male dorthin kam, war der Freund verschwunden. Wenigstens schrieb er mir so, als er mich um Geld anzupumpen versuchte. Ich hieß ihn natürlich zum Teufel gehen."

„Wollen Sie niederschreiben, was Sie mir erzählt haben und Ihren Namen daruntersetzen? Bedenken Sie, dass wir einen positiven Beweis für die Schuldlosigkeit meiner Frau haben müssen. Nur unter dieser Bedingung wollen wir Sie laufen lassen, ohne die norwegische Polizei von der Geschichte in Kenntnis zu setzen."

Man hörte Lärm und Getrampel auf Deck und gleich darauf das Rasseln der Kette, als der Anker fiel.

Wir lagen wieder im Hafen von Stavanger. Man vernahm jetzt ein starkes Scharren an der Schiffsseite und das Geräusch von Rudern, die gleichzeitig eingetaucht wurden.

„Das Boot des Kriegsschiffes legt an", erklärte Monk. „Es bleibt Ihnen nicht lange Zeit, sich zu bedenken."

„Sie sollen den Beweis erhalten. Ich habe etwas, das ebenso gut ist, wie eine Erklärung."

„Warten Sie ein wenig", sagte Monk schnell, „ich gehe auf Deck und ersuche das Boot, zu warten. Wenn der Quartiermeister uns wohlbehalten sieht, so wird er ohne Zweifel die Jacht nicht untersuchen. Wenn ich meinen guten Freund, Kapitän Holst, richtig kenne, so mag er wohl in dieser Hinsicht Befehl gegeben haben."

Monk ging hinauf.

„Ihr Freund, der Detektiv, scheint sich gewiss für einen verteufelten Kerl zu halten, weil er mich diesmal überlistet hat", knurrte der Engländer, als wir allein waren. „Nun, vielleicht treffen wir uns noch einmal, wenn die Partie gleicher ist, dann werde ich es ihm heimzahlen."

„Monk wird sich zu verteidigen wissen", sagte ich unwillig. Der kaltblütige Schurke widerte mich an. „Sie sollten lieber wünschen, dass Sie ihn nie mehr zu sehen bekämen."

Der Gegenstand unseres Gespräches erschien wieder in der Kajüte.

„Nun, Mr. Howell, heraus mit dem Beweis, von dem Sie gesprochen haben. Sie sind nun hoffentlich mit uns darin einverstanden, dass es umso besser ist, je eher unsere Unterredung ein Ende nimmt."

Der Engländer öffnete einen Schrank an der Kajütenwand, stöberte eine Weile in einem Fach herum und kehrte dann mit einem Ding in der Hand zurück, das einem zusammengefalteten Brief glich.

„Derartiges kann einem immer nützen, deshalb verbrannte ich ihn nicht. Hier ist ein Brief von dem Kammermädchen, am gleichen Tage geschrieben, als sie sich erhängte. Das wird Ihnen genügen. – Aber ich bedinge mir aus, dass meiner Abreise aus dem Lande keine Hindernisse in den Weg gelegt werden, wenn ich Ihnen den Beweis übergebe."

„Unser Ehrenwort darauf, dass keine Anzeige bei der Polizei erfolgt und Ihrer Abreise keine Hindernisse in den Weg gelegt werden, wenn Sie uns einen vollgültigen Beweis geben."

Der Engländer warf den Brief auf den Tisch. Monk öffnete ihn und las:

„Lieber Herr Howell!

Sie sind der einzige, der mir in meinem Unglück Freundlichkeit erzeigt hat. Aber Ihre ganze Freundlichkeit ist an ein Wesen verschwendet, das nur zum Verderben geboren ist. Sie warnten mich schon früh vor dem Elenden, dem ich so blind vertraute. Doch es bedurfte mehr, um meine Augen zu öffnen. Zuerst verleitete er mich zum Stehlen, um die Mittel zu unserer Verbindung zu erlangen, und dann flüchtete er sich allein mit der Frucht meines Diebstahls. Gleichwohl ergriff ich mit Freuden Ihr Anerbieten, meine Freisprechung zu erwirken und die Heirat mit meinem Liebhaber zu bewerkstelligen. Da betrog er mich wieder. Ich weiß, dass er gestern das Land verlassen hat. Und gleichzeitig vernehme ich, dass meine Wohltäterin, Fräulein Frik, des Verbrechens angeklagt ist, das ich begangen habe.

Wohl weiß ich, dass Sie sie nicht unschuldig werden leiden lassen, Sie, ihr Freund und derjenige ihrer Familie.

Aber wie können Sie ihre Unschuld beweisen, ohne zu offenbaren, dass Sie das Gericht auf eine falsche Fährte geleitet haben, um mir, einem armen Mädchen zu helfen, für das Sie Teilnahme empfanden?

Ich verstehe nicht viel von derartigen Dingen, wohl aber, dass mein Leben ein verlorenes ist und dass ich nur auf eine einzige Art Fräulein Friks Unschuld beweisen kann, ohne selbst ins Gefängnis geschleppt zu werden.

Wenn Sie vernehmen, dass ich nicht mehr lebe, so schneiden Sie den untersten Teil dieses Briefes ab und senden Sie ihn dem Gericht. Meiner Mutter kann ich nicht vertrauen. Sie ahnt, dass ich den Diamanten gestohlen habe, und plagt mich jeden Tag, damit ich ihr den Verbleib des Geldes mitteile."

Am unteren Rand der Seite war mit großen, aber unregelmäßigen Buchstaben geschrieben:

„Nur ich allein stahl den Diamanten des alten Frik und verkaufte ihn an Prokurator Jürgens um 5000 Kronen. Ich und sonst niemand soll für mein Verbrechen büßen.

Eveline Reiersen.

Den – Juni 18..."

Ich konnte mich nicht länger beherrschen: „Sie sind doch der größte Schurke, der in zwei Schuhen geht, Mr. Howell oder Davis, wie Sie sich auch nennen!", rief ich und stürzte auf ihn zu. Ich glaube, ich hätte ihn auf Deck niedergeschlagen, wenn sich Monk nicht schnell dazwischen geworfen haben würde. Ich brauchte ihn übrigens nicht zu schlagen, denn bei meinen Worten schwankte er wie ein Betrunkener und stützte sich an die Wand.

Monk nahm das Wort:

„Sie haben es meinem Freund zu verdanken, dass Sie gewarnt sind, Mr. Davis. Ich hatte sonst die Absicht gehabt, Sie selbst entdecken zu lassen, dass Ihre Fälschungen enthüllt sind."

Der Engländer war totenbleich. Er öffnete mit zitternden Händen einen Schrank, nahm eine Flasche heraus und schenkte sich ein großes Glas Branntwein ein.

„Hast Du ihm noch mehr zu sagen? Wenn nicht, so wollen wir gehen, ich ertrage den Anblick dieses Schurken nicht mehr."

„Nein", antwortete Monk. Wir gingen schnell die Kajütentreppe hinauf und stiegen in die Schaluppe des Kanonenbootes hinab, die uns erwartete.

„Du würdest ihm also nicht mitgeteilt haben, dass alle seine Schurkenstreiche entdeckt sind?"

„Nein, ich wollte ihn der englischen Polizei in die Arme laufen lassen. Der alte Frik hat sich aus Australien die Fotografie des wirklichen Mr. Howell junior senden lassen. Diese befindet sich nebst einem Schreiben des alten Frik soeben in den Händen der englischen Polizei. Aber nun hütet sich der Schurke wohl davor, nochmals den englischen Boden zu betreten."

„Du hättest mich vorher unterrichten sollen."

„Da ist nichts zu bereuen. Er wird für seine ganze übrige Lebenszeit ein landflüchtiger Schwindler bleiben, ohne Geld und ohne Freunde. Ich weiß, dass er schon seinen Vater, den alten Davis, ruiniert hat. Er besitzt nur noch seine Jacht. Nur mit Not entrann er diesmal seinen Gläubigern in England."

*

Einige Monate später las man in den Zeitungen folgende Notiz:

„Wieder ein Opfer des Spielteufels.

Die bekannte Jacht „Deerhound", die neulich in der Regatta bei der Insel Wight den Pokal der Königin gewann, kam letzthin nach Monaco. Der Besitzer, ein gewisser Mr. Howell, verkaufte dort die Jacht, nachdem er sein letztes Geld am grünen Tische verloren hatte. Er setzte nachher das Spiel fort, mit der Folge, dass man ihn am ... d. M. mit zerschmettertem Kopfe und einem abgeschossenen Pistol in der Hand im Park des Spielhauses fand."

Es war Hochsommer und die Obstbäume prangten in ihrer weißen Blütenpracht im Garten der Villa Ballarat. Eine Gesellschaft von fünf Personen saß in dem kühlen Museum, während die warme Sommerluft durch die offene Türe hereinströmte.

„Der Arm der ewigen Gerechtigkeit erreichte ihn schneller, als wir erwartet hatten", sagte ich, als Monk jene Zeilen laut gelesen hatte.

„Friede seiner Asche", sagte der alte Frik mit Salbung. „Der alte Davis war ein großer Schuft, aber ich glaube wirklich, dass der Sohn ein noch viel größerer war."

„Aber was wollt Ihr nun tun", bemerkte Klara, „kann die Sache nicht wieder vor Gericht gebracht werden? Ich halte es für schändlich, dass nicht die ganze Welt den Hergang jener Geschichte wissen darf, besonders aber alle diejenigen, die seinerzeit Steine auf Sigrid geworfen haben."

„Es ist ja niemand verurteilt worden", antwortete Monk, „und so glaube ich nicht, dass es angeht, die Sache nochmals aufzunehmen – –" Er warf einen Blick auf seine Frau.

„Alle, auf deren Urteil ich Wert lege", antwortete Frau Monk leise, „kennen ja meine Geschichte ebenso gut, wie ich selber. Ich schaudere bei dem bloßen Gedanken, das Gericht noch einmal um mich versammelt zu sehen."

„Ich mache Euch einen Vorschlag", rief ich, „der alle Schwierigkeiten löst. Ich schreibe einen Roman über den Diamanten des alten Frik! Der wird von ganz Christiania gelesen, glaubt Ihr nicht auch? Und auf diese Weise erfahren alle den wahren Sachverhalt!"

Christian Sparre (30.07.1859 – 30.11.1940), norwegischer
Admiral, Politiker und Schriftsteller (Pseudonym: Fredrik Viller).

Porträt aus: Deutscher Hausschatz in Wort und Bild. 27. Jahrgang
1900/1901. Verlag von Friedrich Pustet, Regensburg/New York/
Cincinnati, Nr.33, S.513.